那时的我，牵过你的手

风月幻音
/著

中国华侨出版社

图书在版编目（CIP）数据

那时的我，牵过你的手 / 风月幻音著. —北京：中国华侨出版社，2015.7
ISBN 978-7-5113-5565-2

Ⅰ.①那… Ⅱ.①风… Ⅲ.①长篇小说—中国—当代 Ⅳ.①I247.5

中国版本图书馆 CIP 数据核字（2015）第 164092 号

那时的我，牵过你的手

著　　者	/ 风月幻音
策　　划	/ 周耿茜
责任编辑	/ 月　阳
责任校对	/ 孙　丽
经　　销	/ 新华书店
开　　本	/ 710 毫米×1000 毫米　1/16　印张 /16　字数 /253 千字
印　　刷	/ 北京中印联印务有限公司
版　　次	/ 2015 年 9 月第 1 版　2015 年 9 月第 1 次印刷
书　　号	/ ISBN 978-7-5113-5565-2
定　　价	/ 29.80 元

中国华侨出版社　北京市朝阳区静安里 26 号通成达大厦 3 层　邮编：100028
法律顾问：陈鹰律师事务所
编辑部：（010）64443056　64443979
发行部：（010）64443051　传真：（010）64439708
网　　址：www.oveaschin.com
E-mail：oveaschin@sina.com

目录 Contents

001	第一章	希望，那是最后一场大雪
005	第二章	生活是一个圈
009	第三章	幸福多简单
013	第四章	相遇，是黑与白的交替
019	第五章	得了伤寒的天空
023	第六章	碎了一地的蓝
027	第七章	烟火人间三千年
031	第八章	守望者的空谷幽兰
035	第九章	那是一首简单的小情歌
040	第十章	你是好人
045	第十一章	彼此的天堂
048	第十二章	说好的幸福呢
052	第十三章	我们都像留声机
055	第十四章	你是我到不了的彼岸
058	第十五章	灯火阑珊
062	第十六章	最是烟花夜未央
066	第十七章	喜于无形
071	第十八章	彼此的念想
073	第十九章	春来江水绿如蓝
077	第二十章	邂逅

081	第二十一章	霓虹纷扰不夜城
084	第二十二章	一帘幽梦等你来
087	第二十三章	答案虚妄
090	第二十四章	再一次见到你
093	第二十五章	野蛮人的态度
097	第二十六章	倔强的女人
101	第二十七章	熟悉的旋律
104	第二十八章	一念成佛一念成魔
108	第二十九章	你我最近的时候
112	第三十章	陷入你的牢
117	第三十一章	姐儿妹儿
129	第三十二章	流着泪的你的脸
142	第三十三章	围绕糖果
154	第三十四章	终有红颜，白首千结
194	第三十五章	一抹苍凉
210	第三十六章	嫁给我
221	第三十七章	错乱的纠葛
239	第三十八章	挑开
245	第三十九章	婚礼（大结局）

第一章
希望，那是最后一场大雪

窗外是北京灰色的冬天，凄冷的寒意在落地窗的背面滋长蔓延，凝结的水雾，像是张牙舞爪的图腾，迷乱地拓下一张张虚妄苦涩的脸颊。

顾南筝靠在电脑面前，昏黄的灯光隐射他的侧脸，这个时候他都喜欢小睡片刻，虽然外面的世界喧闹纷扰，但是在他的内心里，只要有机会，他就要停下来休息养神。

电脑的光晕忽明忽暗，屏幕终于在闪烁了二十三下以后，轰然熄灭，这是顾南筝设定的时间，在他睡着之后电脑就会自动锁屏，然后闪烁二十三下，在一场黑暗快要到来的光色里，上演一出犹如死亡的结束祭奠礼。

北京的天色像是出自大师手笔下的画面，灰蒙的色调渲染出压抑的美感，抬眼看去，无数高压电线穿插的城市天空像是编织起无数宽阔的网，所有的高楼犹如在穿针引线的孔洞里拼命拔节，一层一层，不知疲惫。

人来人往的马路上，灯火刺眼，却又从灯火的缝隙里看见城市的妖艳和与众不同，这是一个庞大的都市，庞大到很多人看不见它的边缘，更摸不到它就矗立在眼前的轮廓。

当墙上的时钟指向8点的时候，顾南筝准时醒来，他眯着眼睛，回身从落地窗看向外面的灯红酒绿，然后站直身体，伸一个很夸张的懒腰，最后，他会揉搓自己的头发，走到宽大的落地窗前，对着透明的水晶玻璃，哈出一口气，然后伸出手指，淡淡地写下两个字——你好。

冬天的雪花在北京的大街小巷蔓延飘洒，四合院里的青砖白瓦在冬季的氤氲里蒙上一层传奇色彩，像是等待别人来揭开面纱的姑娘，娇羞玲珑，却又亭亭玉立。

夜晚气温更加低下，大雪已经下了整整三个小时，白色的羽毛不断在小院里堆积，组成一片白色的奇幻世界。

四合院外的小道上，曹北歌骑着自行车在雪地里艰难地"爬行"，薄薄的车轮印子在雪色里留下浅浅的痕迹，看上去像是一条绵延的经纬线条，却又很快被后面降落的雪花覆盖。

她的鼻子已经通红，头上的红色线帽被一层白雪覆盖，乍一看去，就像是马戏团的小丑，雪水融化，大概已经打湿了她向来最疼爱的黑头发，身上紧紧裹住的黑大衣在寒风里发出阵阵呼啸声，似在抗议，曹北歌看着前方昏色的胡同，咬咬牙，继续前行。

若非为了赚一点外快，她也不会愿意在这样的季节里受这种罪，但是对方给出的条件不薄，所以她只能硬着头皮接下了这趟活，等到把东西送到客户手中，已经是晚上10点多钟，客户住在郊外，她竟然听见了不远处教堂发出的钟声，曹北歌心里一哆嗦，这辈子她最怕的东西有两种，一是毛毛虫，二就是教堂。

谁也无法把这两种东西联想起来，因为这两者本就毫不相干，可曹北歌打心眼里不适应教堂的气氛。

雪花在她的头顶持续不散，看来老天爷对她很不错，这样的夜晚注定是她的落魄夜，不过，曹北歌从来不承认命运对她的苛刻，至少，她能安静地活着，这也许就是老天爷最好的礼物。当自行车终于停在一扇铁门前时，曹北歌大大地喘了一口粗气，然后顺势将自行车靠在一边，掏出钥匙，轻轻地打开了门。

铁门有些生锈老化了，发出"咯咯"的声音，曹北歌吐吐舌头，喃喃道："铁门啊铁门，你争点气，再坚持一年半载，等姑奶奶有钱了，你就能寿终正寝了。"

她说话的热气在空气里飘散，白色的雾霭很快就融合在下落的雪花里，铁门无视她的话语，默默地在寒风里摇曳。

曹北歌将门掩好，自行车就随意地躺在院子里，那哀怨的模样让人伤心，却无法让它的主人，有丝毫的怜悯。

屋里的灯火亮起来，曹北歌脱下头上红色的线帽，身上的黑大衣也顺便挂在了墙角的架子上，她安静地坐下来，从裤兜里掏出今天的"战绩"，一张红高粱之外，便是零零散散的小票子，她叹口气，说道："一百八十二块三毛，相比昨天降了零点一个百分点,看来明儿得努力,把它赚回来。"说完她从脚下的皮椅下面抬出一个大铁盒子来,盒子上挂着一把小铜锁,曹北歌嘴角微翘,从贴身的衣袋里掏出钥匙,轻轻地打开盒子,然后将桌上数好的钱留下了十块,其余的通通都丢进了盒子,然后眯着眼睛仿佛祷告,空旷不大的房子里传出她咿呀的低语声——2012 的北京,我希望这是最后一场大雪。

当北京的万众灯火相继熄灭,曹北歌的小房子也熄了灯,深夜的北京发出沉重的叹息,不知道是城市本身,还是隐匿在这城市下面的人。

北风从更远的北方吹来,雪花夹杂着异域风情在城市上空舞蹈翩跹,每一片雪花都仿佛生命万千的精灵,不到落地融化的那一瞬间,就绝不会放弃任何一个飘舞纷飞的机会。

远处的朦胧好像一层层难以窥探的神秘纱布,包裹着无数人的梦想与豪情壮志,太多人在这里挣扎,太多人在这里迷惘、伤痛,然后前赴后继的他们,总是不知道那伤痛究竟能有多痛,只要能在这个地方有容身之地,就会不顾头破血流的伤口,顽强而倔强。

顾南筝不会再睡了,越是深夜他越是保持着清醒,晚上 8 点钟之后才是他生活的开始,用三个小时的时间开着他的凯迪拉克在北京最繁华的地段招摇拉风,然后和一群狐朋狗友到夜场疯狂嗨歌。到了深夜 12 点,他会准时回到住所,然后在落地窗的反射下,脱光自己,对着水晶镜面做几个恶心却又不做作的举动,才一头扎进浴室,出来的时候一脸精神,英俊的外表下一身正气。

外面的灯火明灭不定,只有还在不断修建的高楼上发射出巨大的探照灯,灯光下面或许就是蜷曲的大大小小来自于四面八方的灵魂。雪花在那些强烈的灯光下无所遁形,更加顽强地表演着下落的姿势,它们若果真有生命,或许就是在完成那生命里最后的涅槃。

北京的建筑事业争先恐后,寸土寸金的楼盘像是雨后春笋,在无数人的眼球下,日复一日地快速生长,而在顾南筝眼里,却不只看见那些快速拔节的高楼,还有更多的是那些绿网竹竿里面,一双双急切而充满奋斗的眼神。

那是怀揣着梦想来到北京大都市想要改变自身命运的人们,却不得不在工地上时时刻刻提心吊胆地艰难活着,这些人会有谁记得,当万丈高楼平地而起之后,所有人的目光都只会看见这大楼的辉煌,却没有人关心那些农民工曾经把他们的青春和汗水洒在这里的每一砖一瓦上,他们的每一个手指都曾抚摸过那些高楼的寸寸肌肤,可是,当时过境迁,这些工人就会全部迁徙,到下一个需要他们改造的地方去，然后用他们曾经摸过无数高楼的手指，重新建筑新的水泥森林。

顾南筝收回目光，深夜的北京陷入安详，凛冽的风被挡在窗外，已经结冰的窗帷发出"呜呜"的声音，他莞尔一笑，打开电脑，轻轻地在博客上写道：2012的北京，我希望是最后一场大雪。

第二章
生活是一个圈

沉寂下来的时空，总会有种沉默是对城市无声的质控，但是这质控只能小心翼翼不留痕迹，但偶尔也会在一些小缝隙里被人传得沸沸扬扬。

顾南筝从床上爬起来，清晨的第一缕阳光正好从他的落地窗爬到窗帘布上，那种丝绸的布料在阳光的浸染下冉冉发光，像是雍容华贵的少妇，在阳光里沐浴朝圣。

他麻利地收拾好一切，当钟摆敲响7点45分的时候，桌上已经放着最新的报纸，报纸是专人送来的，这个时候他会眯着眼睛，仔仔细细地看着每一个字，然后用红笔，找出那些不负责任的编辑不小心打印错误的字体。

这是他的习惯，跟他的工作息息相关，说仔细点，顾南筝就是这家报纸的老板，而这报纸在北京的发行量，每个礼拜超过了20万份，而它所承载的信息量，可以影响半个北京城的商业情绪，所以顾南筝很牛，至少在很多人的眼中是这样的。

当红笔画写第七个错别字时，时间正好指到了8点5分，顾南筝穿好衣服，随意地将手机丢进包里，拿着车钥匙缓缓下楼。

他住在十楼，当电梯门打开的时候，外面混浊的空气就迎面而来，尽管昨晚的大雪洗干净了很多铅华，但低矮的天空下面腐朽的空洞尘埃依旧肆意蔓延。

雪果然停了，顾南筝惬意地笑出来，昨晚写在博客里的愿望竟然实现。阳光饱满地洒下来，满地的积雪发出均匀的光，光色的深处仿佛蜷曲着无数的精灵，在不经意的时候，晃到每一个行走之人的眼睑。

顾南筝打开车门，不忘记将手中带下来的报纸仍在副驾驶座位上，转身的时候手中的红笔笔帽掉在雪地里，他弯下身子，在雪色深处，他仿佛看见北京地壳的强烈运动。

远方的天色在阳光的浸染下发出一种妖艳的姿态，置身在高处云端的鸟儿俯瞰下面的忙忙碌碌，它们翅膀上捆绑的信仰像是远处还在修建的高楼大厦顶端反复包裹的脚手架，带着汹涌澎湃的启示，却又岌岌可危。

顾南筝站直身体，揉揉眼睛，细碎地发现在光幕下面有种异样的美，眼角处一条浅浅的纹路划破他的年纪，像是在不断宣告他今年已经28岁。

满目的积雪在阳光烈焰下开始褪去，幻化之后的水流汩汩地奔向下水道，附着的空气在它们的表面散发升腾，最终与它们混合起来，流入到最深最远的黑暗里。

顾南筝发动车子，因为地比较滑，所以他开得很慢，但总比乌龟要好得多，一辆崭新的凯迪拉克就这样肆无忌惮地驶向立交桥，辗转数里之后，停在一座耸立的大厦门口。

礼宾司是一个帅气的外地小伙，操着一口不算标准的普通话，帮他打开车门，然后呵呵笑道："顾总，您来了。"

"小杨，今天看上去挺精神嘛，昨晚是不是……？"顾南筝将车门关上，砰砰的声音沉闷有力，还不忘打趣地和礼宾司小杨开开玩笑。

小杨一本正经地回答道："是因为今儿不下雪了，太阳出来，所以人就有精神了，咱可不会去外面拈花惹草的。"

顾南筝看着他，拍拍他的肩膀，笑道："是不是怕我告诉你的小女朋友啊？放心吧，我不会的。"

"顾总，真没有，您就别逗我了。"小杨有些心急，他一向知道这个老总爱开玩笑，而且人和气好相处，从来不会因为他们是外地人而看扁他们，所以他也会很自然地跟这个老板谈心，说说自己老家的故事。

"好了，不逗你了，你有看见胡总他们来吗？"顾南筝慢慢地走向大门，声音里有种磁性，停在小杨的耳朵里，滋滋会响。

"哦，胡总他们来了，就在十分钟前。"小杨甩甩脑袋，看着顾南筝走进大门，耳朵边上还留着顾南筝最后的话语音："哦！"

小杨重新站到大门前，心里有些七上八下，他当然不会以为顾总会跟他的女朋友说些什么,但是今天他看见胡总等人的脸色,总觉得怪怪的,头顶上方"未来大厦"几个烫金大字在阳光的辅助下发出一团饱和的光,远远看去,犹如一排整齐陈列的上等钻石。

在小杨的心中,自己恐怕永远也达不到顾南筝那样的高度,但是他却满足于自己的小生活,能有一份稳定的工作,能谈一场简单的恋爱,能有一张踏实的床,或许就是他的全部了。

当然,顾南筝要的生活绝对不只是这些,要不然,他也不会在28岁的过往年华里,摸爬滚打,浑身上下充满着野兽的孤傲与战意。

经理室在十八楼,宽阔的玻璃窗能看见鸟巢弯曲的构造纹路,那些纵横交错的纤维材料在完美的定义下更加显得高贵唯美,庄重的气势在北京的土地上,发出一种前所未有的夸张模样。

顾南筝坐在椅子上,这个时候时间已经是9点10分,距离一个早上的正常运作,已经超过十分钟,他缓缓地吐口气,拿起电话,缓缓道:"通知胡总到办公室来。"

电话挂断,窗外突然飞过一大群鸟,黑的白的灰的,顾南筝清楚地看见它们的颜色,每一只鸟儿都似乎注视着远方,完全忽视强烈的阳光笼罩,以及刚刚才融化的苍白积雪。

办公室的门被轻轻敲响,顾南筝回过神,笑道:"进来吧!"

进来的是个女人,一身黑色的套装包裹住玲珑曲线,大腿上的棕色丝袜让她显得更加成熟性感,一双高跟鞋踩出让人心跳愉悦的节奏感。

"顾总,你找我?"女人说话的时候声音圆润,干脆利落不拖泥带水,带着浓烈的职业情操,顾南筝抬头看着她,女人的眼眶上挂着一副精致的眼镜,脸上没有化浓妆,淡淡的唇彩与她的肌肤相辅相成,看上去像是吐鲁番的葡萄,晶莹剔透,无可挑剔。

"胡总,我找你来说点事儿,你先坐吧!"顾南筝收回目光,将早上用红笔勾出错别字的报纸拿起来递给对面安然就座的女人。

女人接过去,嘴角泛起一个小小的弧度,然后牙齿咬住下嘴唇,淡淡说道:"顾总,这个事情我全权负责,我会召集编辑部马上开会,严肃对待这个事情。"

"胡总,我找你来,其实不是要你对这个事情负责,我要的是改正,你是我们'未来商情'的总编,有些事不必亲力亲为,但却要让员工能有自知之明。"顾南筝的眼睛瞥向窗外。声音一字一句刻在胡楠的耳朵里,对面的女人脸色虽然没有变化，但是顾南筝能从她急促的呼吸里感受到痉挛与尴尬。

　　胡楠吸口气，笑道："顾总，我明白了，我会盼咐下去的。"

　　"胡总，生活是个圈儿，不要被它转晕咯。"顾南筝说完闭上眼睛，靠在椅子上，偌大的房间只剩下他和胡楠低沉的呼吸声，胡楠看着椅子上眼睛微闭的他，喉咙里酝酿出的话语却说不出来，只得轻轻地说了一声："顾总，我先去忙了。"

　　顾南筝在恍惚里"嗯"了一声，胡楠如蒙大赦一般走出办公室，出门之后不忘记带上厚重的红色漆门，然后靠在墙上重重地喘气，心中却一直在回味顾南筝的那句话：生活是个圈儿，别被它给转晕了。

第三章
幸福多简单

雪停了,四合院外面的空气有种差异于北京城其他地方的清新,虽然在小小的胡同里,但却不会有烟草辛辣的气味以及人声的喧嚣,安静的早晨充满着偏远小镇的祥和。

曹北歌扶起倒在院子里的自行车,这个跟随她南征北战的坐骑已经有了不少年头,但是曹北歌除了晚上回来不爱打理它之外,别的任何时候都把它当宝贝看,生怕一不小心自己的爱心座驾就会支离破碎离她而去。

院子里的阳光把白色的雪水慢慢地蒸发,笼罩的雾霭从小小的四角天空升腾而去,像是妖娆的仙雾,曹北歌抬头看去,恨不得自己能驾驭那些缥缈的雾水,然后做一个让人干着急的神仙。

屋子里的桌子上放着一个杯子一个盘子,透明的玻璃杯里盛满了清水,清醇的液体发出柔和的光,盘子里的狼藉证明了刚才有人在这里大战过一场。玻璃杯上还残留着五个夸张的手指印记,或者杯中的水曾幻想自己能够是让人还魂的神奇鲜血,却只能在曹北歌的喉咙里酸涩地流淌到胃里去,然后孤独地泛滥在胃的底部。

当然,它却可以像一团火焰般燃烧,燃烧成曹北歌一天的精神食粮。

曹北歌把车子摆弄好,又起身回到屋子里,路过桌子的时候,她顺手拿起杯子盘子,随意地将它们丢在桶子里,然后灌满水,轻哼道:"等姑奶奶晚上回来,再来收拾你们。"

这时候她裤兜里的手机发出强大的声响，音乐声好像吓到了桶子里的餐具，杯子盘子被浸泡在水里，却同样发出了咳咳的碰撞声，曹北歌看着屏幕上的显示，听着那首在很多人耳朵里都快长茧的《最炫民族风》，然后还是干脆地按下了接听键。

"妈，早啊，我很好，好得不得了，我找了好工作，一天能挣不少钱呢，您别担心我。"曹北歌用正宗家乡话对着电话一阵炫耀，那架势好像自己是消灭了外星侵略的英雄。

而对方却只是微微地叹息一声，说道："小歌，在外面要注意身体，北京那地方大不比咱们小地方，要是受委屈了，你就回来吧，咱家虽然不富裕，但总还能撑得下去，没有必要老在外面漂着，晓得不？"

曹北歌的眼睛微微泛红，口中却嬉笑道："妈，您放心吧，我会很努力的，到时候一定让您老人家享清福。"

"小歌啊，妈这辈子习惯了，只要你好就行了，如果遇到好的男孩子，一定不能错过哈，你也老大不小了。"电话里曹妈妈的声音充满着希冀，声音也慈祥温柔。

曹北歌微微沉默，才道："妈，人家哪里大了，你是不是着急把我嫁出去呀，是不是嫌弃我了，我才不要嫁人呢，我要陪在妈妈身边，一辈子。"

"尽说傻话，你迟早是要嫁人的，女儿，听妈的话，要照顾好自己，千万别受委屈，你一个人在外边，我们也不知道你的好坏，要是有个小病啥的，要及时看医生，你从小个性强，什么事儿都硬撑着，那可不行哟！"

"放心吧，妈，我有分寸，我不能再跟您说了，上班要迟到了，拜拜啊！"曹北歌飞快地挂断电话，也掐断了母亲在那头的最后一声叮嘱。她把侧脸转过去，看着玻璃窗外的景色，积雪消融，阳光普照，这一天，该是美好的一天。

当她骑着车子出了小胡同，行在宽阔大马路上时，雪水哗啦啦地从车轮子底下流过，但却不滑，曹北歌把帽子拉紧，抬头看到远方一排排光了叶子的梧桐树，树下停着很多出租车，旁边一家包子铺发出模糊的热气，出车的师傅们都在这里吃早餐，然后上工。

梧桐树的枝丫寂寞萧索，阳光透过光秃秃的树枝洒下来，地上形影斑驳，曹北歌微微一笑，车子发出欢快的声音，很快就消失在这条路上。

早上9点10分，曹北歌按时到达她的上班处——北京"小巨人"送货单位，这个地方负责承接一切送货事宜，只要你说得出，它就能送得到。

说到单位，其实就寥寥数人，生意说好不好说坏不坏，曹北歌之所以选择这里，一来是因为上班方便，工资待遇也算可以，二来这里上班时间限制不严格，她可以到外面做做兼职。

老板是一个留着山羊胡子的老头，姓刘，人们都习惯叫他刘大爷，但是曹北歌作为职业习惯还是叫他一声老板。

当曹北歌进门的时候，刘大爷正好叼着一个大烟袋，巴嗒巴嗒地抽得很欢。

"老板，早。"曹北歌看着自己的老板，不知道为什么有种风雨欲来的感觉，但是这感觉偏偏不明显，还有点隐晦，但是出于拥有敏感神经系统的曹北歌来讲，的的确确感受到了。

"早，小曹啊，你在我这里干了多久了？"刘老板吸了一口烟，嘴下的山羊胡子轻轻抖动，每一次曹北歌看见他的胡子，都会想起在家乡放羊时的情景，那些老山羊的胡子就跟自己的老板毫无差别。

曹北歌嘿嘿一笑，说道："老板，我来这里五个月了。"

"五个月，不短了，不短了。"刘老板很深意地说了两遍，眼睛却始终不看曹北歌，他干脆地将烟袋卷起来，不大不小的屋子里泛滥着青色的烟雾，但在曹北歌的鼻腔里，却丝毫没有味道了。

她在想老板说这些话的意思是什么，难不成自己在无意中得罪了他，所以他要开除自己，然后不留余地地将自己一脚踢出去吗？想到这里，曹北歌心就一阵发凉，口中赶紧解释道："老板，还不长，还不长。"

"都五个月了还不长？"

"才五个月嘛，人家那些公司试用期都要三个月呢，所以我这真是不长。"

"你都说了，试用期三个月，你都五个月了，早过了试用期了。"

"老板，还早呢，我还得试用一下哦，没什么事我先去忙了哈。"曹北歌心里已经像是小鹿乱撞了，七上八下地咚咚直响，当下之急只有赶紧找借口逃开，免得老板一怒之下当场解雇了她。

"你急什么，火焦火燎的，女孩子家像这样可不好，以后怎么嫁人啊？"刘老板把烟袋收起来，该是抽满意了，青色的烟雾也慢慢散去，然后他从宽大的衣服里掏出一个信封，放在桌子上，对着曹北歌笑道："发薪水了，你来了不短的时间了，我酌情考虑了一下，给你加了两百块工资。"

曹北歌顿时觉得幸福在一瞬间就降临下来，那种感觉比穿上婚纱送入洞房都要激动，她也不顾体不体面，一下就抱住刘老头，哇哇大叫："老板，谢谢你，谢谢你。"

　　刘老头被折腾得不轻,过了好半天才消停下来,气喘吁吁道:"小曹啊,你是好姑娘,能干踏实,我要是不给你涨工资,我良心都不安啦。"

　　"老板,瞧你说的,那是我工作的本分,应该做的。"

　　"嗯,小姑娘不骄傲,谦虚谨慎,我看好你,去忙吧,好好加油哦!"

　　曹北歌重重地点点头,转身打算去工作,这时候刘老头又说道:"你不数数?"

　　曹北歌看着手里的信封,摇摇头,露出洁白的牙齿:"我相信老板。"

　　刘老头呵呵一笑,转身走出门去,曹北歌看着门外的光线,刹那间觉得幸福一点也不奢侈。

第四章
相遇，是黑与白的交替

正午时分，阳光毒辣地笼罩着整个北京城，城市的气温像是巨大的熔炉，把置身在里面的车水马龙全部蒸干。

曹北歌冒着大汗，她已经送了三趟货，虽然都是小东小西，但是路程不近，一路下来也觉得腰酸背痛，加上屁股下面的坐骑有些老化疲惫，所以牵连着她的坐骨神经、全身的细胞也发出了严重的抗议，曹北歌刹住车，从贴身的挎包里掏出一瓶矿泉水，咕噜咕噜地喝了一大口，然后抹抹嘴巴，眼睛瞟向远方，巨大的高楼在阳光里愈显高大挺拔，仿佛巨大的魔兽，横亘在天地间俯视她如此卑微、渺小。

曹北歌缩缩脖子，感觉到一阵痉挛，长时间抬着头看一个地方，是会得病的，曹北歌终于证实了这个理论。

她将车子放到一棵掉光了叶子的梧桐树下，虽然没有叶子可以挡太阳光，可是梧桐树粗大的枝干却可以让曹北歌倚靠，她呼出一口气，看着自行车有些发黄的链条，心里默默祈祷："车儿啊车儿，你要挺住啊，咱征战沙场无数次了，到了这个份上你可不能先我而去啊！"

自行车孤单地停在边上，有微风从它的周围吹过，带起小小的尘埃，车轮在风声里有些摇摆，连撑架都发出了呜呜的声响。

曹北歌把合在一起的手松开，一把扶住它，口中狠狠道："你要是不争气，信不信我把你拆成二级伤残？"

也许是她的话语太狠毒，自行车竟然有种精神焕发的味道，阳光开始偏向西方，曹北歌翻身骑到车上，前往下一个目的地。

无数的高楼穿插在她的视线里，像是童话故事里的魔幻城堡，却又那么真实地刻在她的眼角膜上，车水马龙的大马路，挤满了爬行的生物，每一个人都匆忙地行走，时间在他们的观念里，弥足珍贵。

曹北歌始终无法想象这些人在时间里追逐的是什么？难道他们的快乐与幸福就是这样的吗？每一天被时间拿着鞭子追赶，然后还气喘吁吁地抱怨着老天爷为什么不把一天分成48个小时。曹北歌看着在街道上埋头苦冲的过往行人，心里突然感觉到与这里的格格不入。

冬天的阳光就在那一瞬间沉寂下去，下午的时候，温度开始下降，虽然阳光还在飘洒着，但是曹北歌的手指已经开始出现红斑，那是被冷风吹出来的红色血块，一阵阵的肿痛，仿佛被银针深深地刺入。

当车子停在与北京体育馆相邻的未来大厦时，时间已经是下午4点5分，曹北歌把车子大大咧咧地摆在门口，然后就往大厦里走去。

礼宾司小杨眼睛一瞥，赶紧拦住她，严肃地说道："对不起小姐，你的车不能停在那里，那里是贵宾车子过往的地方，你会挡住别人的。"

曹北歌看着小杨，又看看身后的自行车，嘿嘿笑道："我说帅哥，现在不是没人从这里开车嘛，我就停一小会儿，进去一下就出来，你至于吗？"

"这里有规定，非机动车辆要停在后面的巷子里去，小姐，你请移驾吧！"小杨的表情严肃而认真，并没有因为曹北歌的话而气恼，看来专业素养很高，但看在曹北歌的眼中却不是那么回事。

曹北歌突然扯着嗓子道："你是不是看不起我们骑自行车的人，是不是觉得我们玷污了你们的形象？"

她的声音突兀而且尖锐，让过往的人们都有些惊讶，一个个都向这边看过来，小杨脸上有些挂不住，但是嘴上却说道："小姐，我没有看不起你，是真的有规定，你的车子只能停在后面去，请你不要耽误我的工作好吗？"

曹北歌心里突然就冒起一团火来，她来北京半年多，从来没有遇见过这种事情，加上她刚才的心境——发现自己与这个大城市格格不入，所以她爆发了，声音像只母狮子般咆哮开去："你不就是个打工的，你至于这样为难我吗，我都说了进去一会儿就出来，你听不懂咋的，还是你心眼里歧视我们骑自行车的人？我告诉你，自行车是最环保的，最健康的，现在全世界都提倡环保，你不知道吗，我们骑自行车一族,是在为国家作贡献,你看不起我们,就是看不起国家,你得罪得起国家吗?你个小屁孩儿。"她说完也不管小杨青白的脸色,大步往楼里走去,快进门的时候突然站住,然后转过身来,笑道:"兄弟,帮我把车看好哦,那可是为国家作贡献的工具。"

小杨哭笑不得,被人这么一骂,自己非但工作不好做,还成了别人口中对国家不尊重的消极分子,更气人的是,还被一姑娘说成小屁孩儿,想想就憋屈,正要发火的时候,那姑娘还火上加油,要自己帮她看着车子,还说那是为国家作贡献的工具,这事儿搁谁头上都是奇耻大辱,可是小杨就是一朵奇葩啊,他硬是把这口气忍住了,没有发作,只是心里却骂娘道:"小妮子,嚣张跋扈,等我有机会碰到你,一定把你的车子戳几个洞,看你得瑟。"

曹北歌当然不会想到门口的礼宾司恶毒的想法,但是想起刚才骂人的滋味,心里就只有一个字——爽。

未来大厦的电梯口,曹北歌气喘吁吁地看着红色下降的数字,想着老板告诉他的地址。飞快地按着向下的箭头,旁边有个中年人走过,咳嗽着摇摇头,那感觉好像在为电梯祈祷。

曹北歌却哪里管那么多,当电梯门打开的时候,她飞快地钻到里面,然后迅速地按下十八,电梯超重的感觉一下子从她的脚跟蔓延到大脑,短时间的眩晕让她心跳有些急促,她趴在透明的玻璃窗上,看着电梯向上飞行,眼睛却看着玻璃窗外那些与她不断相拼的建筑。

那是一种此消彼长似的感觉,仿佛踩着能够飞翔的云朵,与鸟儿们比飞行速度一样,曹北歌很喜欢这种感觉,连刚才的眩晕都随之消失,可是电梯停住的瞬间,她又有些小小的失落,感觉脚下的云朵全部消失,自己只能看着鸟儿们挥着翅膀,很快地消失在视线里。

但曹北歌终究是大神级的人物,所以对于这种患得患失的感觉只是刹那,须臾的工夫就恢复如初,然后大踏步走到一个接待台,礼貌地笑道:"请问,这里是'未来商情'的总部吗?"

接待台的小姐笑容和蔼可亲,点点头说道:"嗯,这里就是,请问有什么可以帮您的?"

曹北歌有些不好意思地笑笑,说:"我们公司是帮你们发货的,我老板叫我来找你们的营运经理问问,看看下个月发报纸的分布情况。"

接待小姐笑道:"我们营运经理今天不在,你可以去营运部问问他们值班的人员，从这边直走，然后左转走十米就是营运部了。"

"谢谢你，我知道了。"曹北歌点点头，道谢之后开始往营运部走去，这里的房间布置很清新脱俗，办公室的格调有种让人惊讶的美感，看得出来老板是个有品位的人，而且每一个电脑面前都放着一盘小小的植物，或是仙人球，或是小盆栽，随意而大方，简约却又透着高贵，曹北歌心里不免瞎想到："要是我也能在这里来上班该多好啊？"

如此一想，她竟然忘记了接待小姐说的路径，不知道该往哪里走才是正确的了，好在伟大的人们发明了指路牌，在醒目的地方贴着标示。曹北歌看着前方的门上画着一个小小的箭头，下面贴着两块牌子，方向都是一致的，文字却不一样，一个写着经理室，一个写着营运部，看来经理室和营运部是在一起的，这个老板很在乎营运方式嘛，连办公室都要和营运部挨在一起，曹北歌心里这样想，脚步却没有停下来，朝着箭头所指的方向，慢慢走进去。

可是到了里面的时候，竟是一条长廊，长廊底处有一扇窗，发出柔和的光幕，长廊两边就是光秃秃的墙壁，墙壁中间部位，两扇木门面对面地开着，门被拉成反转的样子，门上的标示肯定被挡住了，曹北歌就站在两扇门口，不知道哪个才是营运部。

这时候一扇门里走出来一个男人，看着曹北歌，轻轻拍拍她的肩膀，然后沉声道："到我办公室里来一下。"

曹北歌下意识地转头，但是说话的男人已经转身进入门里去了，曹北歌心里七上八下的，那个叫她的男人一定是误会了，以为她是公司的人吧，但是那个人会不会就是运营部的人呢，曹北歌心一横，管他呢，进去看看再说。

她轻轻地迈着步子走到房间里，房间很大，也很空旷，右边是一个大大的文件柜子，曹北歌看着陈列在上面的文件，心里都觉得压力山大，中间是一张大红桌，她当然不知道那是上好的桃木制作而成的，桌子上简单地摆设着一些用具，一台最新款苹果电脑安静地躺在边上，左边是一排沙发，沙发的后面是一个很精致的酒柜，酒柜里放着好些东西，却全是曹北歌不认得的牌子，而整个办公室里，现在却一个人影也没有。

曹北歌心里有些发凉，难道刚才见鬼了？而且看这里的陈设，应该不是营运部吧，莫非是经理室，刚才那人就是"未来商情"的老板？

曹北歌手心出现了细微的汗水，她刚要打算逃走，突然从柜子后面发出一个声音："进来了就过来帮帮忙，别站着瞎看。"

曹北歌被吓了一大跳，手上的汗水都掉落到地板上，她循着声音走过去，看着一个男人背着身子，好像在掏什么。

"要我怎么帮你？"曹北歌询问道，虽然她不是这里的员工，但是助人为乐的心可不少，加上这可是"未来商情"的老板，那就是自己的大东家，自己帮忙也算是理所当然的事。

"帮我把柜子移开。"男人的声音清澈而有力，听在曹北歌的耳朵里，充满了雄性魅力。

曹北歌微微失神，口中"哦"了一声，然后将身上的挎包扔在地上，把衣袖挽起来，手上一使力，就将柜子挪开一个大缝隙。她的力气是从小在老家的山沟里练出来的，那时候上山打柴，她一人能扛八十斤木头，然后以最快的速度冲回家。

柜子的缝隙足够大，男人很快就把东西掏出来，然后也不转身，喃喃道："把柜子挪回去就是了。"

曹北歌正想动，突然之间心里觉得很别扭，凭什么呀？自己帮你挪已经是很礼貌了，你拿了东西非但不感谢，连身子也不回转，还大大方方地要我把柜子移回去，这算哪门子事儿啊，要我曹北歌干苦力，还这样不闻不问没声谢谢，门儿都没有。

想到这里，曹北歌手一甩，柜子就发出强大的声音，柜子脚与地板发出的声音钝响刺耳，连柜子里的文件都不断地沸腾起来。

男人被她的响动惊吓，回过身来，一脸困惑。

曹北歌看着男人的脸，突然之间呼吸困难，心里的潮水在刹那间蔓延奔袭。

仿佛黑白交替的末尾出现的一道彩虹，有无数的飞鸟在光幕里交替繁衍，曹北歌看着那动情的一幕，心里就会感觉一切都那么美好，这是她脑海里最深爱的一幕，却只出现过寥寥数次，如今这个男人的一次转身，竟将她带到这种情境当中。

曹北歌从来不相信有人能长得比女人精致，所以她对帅哥、美男子这一类的称呼嗤之以鼻，每当北京大广场上巨大的显示屏里放出一张张被公认的帅哥脸颊时，曹北歌都会深深地鄙视。可是当这个男人转身的那一刻，她相信了，她相信了上帝是不公平的，可以把一个男人刻画得如此精致，犹如精雕细琢，不加任何的拖泥与带水，男人的双眼犹如星辰，曹北歌不小心看了一眼，差点陷进去。

"你好像很生气？"男人的嘴唇轻轻地动动，声音的节奏与喉结一张一合，完美而优雅。

曹北歌心里的气愤在一瞬间好像都失掉了，感觉自己严重失衡，口中干涩，竟然说不出一句话来，就这样呆呆地看着对面的男人，当然，她不敢再看他的眼睛。

两个人就这样对峙着，时间一分一秒，钟摆的声音嘀嘀嗒嗒，发出欢快的声音，这一切，都像是黑白电影的交替，默默地发生在周围，幻觉与现实，悄悄地晕开。

第五章
得了伤寒的天空

在黑白相继消失的瞬间，曹北歌分明感受到一种温暖从脚底板慢慢地升腾，像是在脚心窝处点了一根蜡烛，冉冉的火焰从最深处的冰冷开始融化，然后蔓延到四肢百骸。

"我问你，你是生气了吗？"顾南筝看着站在对面的女子，穿着黑色的外套，肿大的衣服让他无法知晓这个女子的身材，头上一顶红色的线帽，一眼就看得出来是路边摊上的次等货，但是戴在她的脑袋上倒有种清新的美感，眼睛上部被红色的线头挡住，看不见眉毛和睫毛，下部有淡淡的黑色，眼袋微微隆起，看上去让人心疼。

一块紫蓝色的三角围巾很随意地围在脖子上，带着夸张与跋扈，把下巴也裹得严严实实的，整个脸部看上去并不出彩，只有那双眼睛，发出暗黑色的光芒。

那是一双有着花瓣形状的眼睛吧，顾南筝突然这样想到，水光潋滟，视线一直惊奇地流转，带着一丝丝惊喜与慌张，当然还有恍惚与迷恋，顾南筝仿佛沉积在她的眼睛里，像是游过了一条清澈宽阔的河流，身体的毛孔都被她那股纯劲儿塞得满满的。

曹北歌退后一步，伸出手一阵乱舞，然后支支吾吾道："不，不是的。"

顾南筝嘴角微微上扬，像是北京的伟大建筑里翘起的屋角，他缓缓地迈出步子，手里握着一张卡片，曹北歌看见他把卡片慢慢地放进衣袋里，脸上的表情玩味而嚣张。

"你不是生气,那为什么弄出那么大的响动?"顾南筝的声音像是吸血鬼里的主角,带着陌生而霸道的雄性味道,一丝一毫地流进曹北歌的鼻腔里。

"我,我,我手软了而已,我不是故意的。"不知道为什么,一向骄傲自负不肯低头的曹北歌,在眼前的男人面前,充满了懦弱与胆小,生怕一不小心就会把他撕成碎片。

"哦,是这样?那你休息够了吗?"

"什、什么意思?"

"如果休息够了,手不软了,那就麻烦你把柜子移回原处。"顾南筝缓缓地走过她的身边,身上散发出的古龙香水味让曹北歌有种沉醉的感觉,仿佛一不小心她就会醉过去,然后天翻地覆永不醒来。

然后顾南筝优雅地走出办公室,留下她一个人,孤零零地闻着身边还残留的香水味道。

曹北歌心里没有火气,也没有一片灰烬,连灰色的心情都没有,就在顾南筝离开的一瞬间,她仿若感觉到了自己在北国的风雨里接受雪色珠子的洗礼,那冰凉的雪块打在她的脸上,像是敲响一面沉睡的鼓。

她回过神来,抬头看向对面的巨大窗幕,看见外面的天空像是一张受过伤寒的大脸,充满着混浊,尽管还有阳光,但是那些散漫的光线,在空中弯折下落以后,成为了一片金色的眼泪。有大群的鸟儿飞过,也许吱吱呀呀说着鸟语,它们挥动着翅膀,在伤寒一般的天空里,留下斑驳的印记,高处穿插的电网,无法阻止它们,它们由北向南,或者由东至西,发出呱呱的声响,在人们的视线里,编排成一出出呼吸急促的曲线。

曹北歌安静而镇定,她捡起地上的东西,然后把柜子挪回原位,站直身体的时候,感受到一种前所未有的满足,就好像小时候从山上打柴回到家得到父亲一个赞许笑容的那种快感。

身后突然传来一个声音,让她的神经应接不暇。

"事情搞定,你可以出去了。"顾南筝不知什么时候回来的,曹北歌回头看着他,他的手里端着一杯咖啡,散发出一种让她很不适应的味道,杯子是纯黑色的,一个奶勺轻盈地倒在里面,别致精美。

"先生,你误会了。"曹北歌第一次张口说话辩解,并且是真实的辩解,刚才的手软说辞是为了掩饰自己的窘迫,现如今,她当然要解释,并且解释得头头是道。

"我不是你公司的职员,我是来找你们营运经理的,所以……"

"所以,刚才的事情你很生气,所以故意将柜子重重地扔下?"顾南筝靠在门边上,一米八五的个头让他像是一座大山,横亘在曹北歌的身前。

"你……我……"曹北歌一时语塞,久久说不出话来,她天生不是刻薄的人,也不是很善言辞,就算偶尔有点小算盘,也都会烂在肚子里,可是今天遇见的这个英俊男人,让她束手无策,连后背上的汗,都汩汩地冒出来。

"其实,我想说谢谢你。"顾南筝看着她,一双眼睛散发出睿智的光晕,那好似幽蓝色的瞳孔中间带着认真与谨慎,看在曹北歌眼里,庄重神奇。

"谢我?"曹北歌弯着手指指着自己的鼻子,有些惊讶。

"当然了,谢谢你帮我的忙,刚才我有急事出去,所以才丢下你一个人。"

曹北歌看着顾南筝,想对他的话提出质疑,却又说不出来,只得把眼睛瞄着他手上的咖啡杯,眼神里却好像说道:"去喝咖啡就是说的急事吗?"

顾南筝扑哧一笑,解释道:"咖啡是我办完急事随手冲的。"

"那你说的急事不会是?"曹北歌吐着舌头,嬉笑道。

"不是上厕所,是公司的财务情况出了点状况,刚才想起来,所以急急忙忙赶过去。"顾南筝边说边走到房间中央,很随意地端着咖啡喝了一小口,模样大气而潇洒,给曹北歌一种挺拔的美。

"对了,你刚才说你来找营运部经理,我如果没记错的话,他今天休息,你要白跑一趟了。"顾南筝缓缓说道,嘴巴里似乎带着咖啡的味道,是极品蓝山。

"我刚才在接待台已经知道了,但是他们叫我来找找有其他负责人,因为这一个礼拜我们很忙,所以帮你们发报纸的分布段要好好规划一下。"曹北歌字正腔圆地说话。已经没有了刚才的不适,虽然顾南筝是帅哥,而且帅得一塌糊涂,但是为了生计,她还不至于昏了头脑。

"你是专门帮我们送报纸的?"顾南筝问道。

"嗯,我们公司专门负责承接一切送货,贵公司在郊区报纸分布就是我们负责的,但是这个礼拜实在太忙了,所以我才来找营运经理,看能不能缩小一点范围。"

"你们和我们签订了合同吗?"

"嗯,之前签过了,可是……"

"没有可是。"顾南筝打断她,声音沉稳老练,"既然签了合同,上面就有规定,你们既然负责那块地方,就要做好万全准备,你们老板明知道有合同还让你来谈，看来他很信任你，你有三头六臂能让合同不生效吗？"

"我、我只是来问问有没有转圜的余地，大不了这次我们缩小范围，下个礼拜把范围扩大一点，不行吗？"曹北歌的声音不自觉地提高，母狮子的本性慢慢展现。

"当然不行，合同是有法律保护的，不能随便改，我们生活在法治国家，没有规矩就不成方圆，所以，你还是趁早回去做好准备吧。"

曹北歌的眼睛慢慢地变色，瞳孔和眼白相继扩大，一团燃烧的火焰，快要烧到眉毛。

"你别生气，鉴于你帮了我，我虽然不能改合同，但还是可以帮你想其他办法的。"顾南筝的声音很适当地出现在她的耳畔，让她的怒火一下子全被熄灭，好像一盆凉水恰如其分地覆盖上去，火焰的苗子就被掐灭在摇篮里。

"怎么帮？"

"只要你告诉我你散发的区域在哪里，其余的交给我就是了。"

"嗯，我们负责郊区外的城镇，大概有十里直径大的圆吧！"曹北歌扳着手指头算了一下，然后才说道。

"那我知道了，到时候你自然知道我会怎么帮你的，如果没有什么事的话，我要忙了。"顾南筝毫不留情地下逐客令，带着冷漠的气息，却又让人不能拒绝。

"那好吧，不管怎样，还是先谢谢你。"曹北歌捡起挎包，用手理理头上的帽子，然后转过身，缓缓走出房间。

"你叫什么名字？"就在她要踏出房间的时候，顾南筝的声音抓上她，把她拽了回来。她回过头，笑道："我叫曹北歌，你呢？"

"顾南筝。"

大楼外的光线充满着刺眼的色彩，比房间里明亮得多，曹北歌骑着依旧停在大门口的自行车，在礼宾司小杨的张望下缓缓消失，小杨对着她的背影比了个中指，谁也没有看见。

路上，曹北歌看见大片的灿烂舞动，能透明地感受到城市细碎的脉络，这段时光平静深邃，从对面吹来的凉风，带着积雪融化后的凉爽与清香。

曹北歌默默念叨那个名字——顾南筝，脸上的笑意，愈发的浓烈。

高处的天空更加的高，有些混浊的蓝色像是病毒，伤寒的天空带着疲惫，让底下的人们蜷曲流浪，身上的汗液落在尘埃里，又传播着更多的疾病。

第六章
碎了一地的蓝

母亲曾对北歌说:"一切的缘分,注定在前世,从忘川河、奈何桥一路牵引,就算喝了孟婆的汤水,那缘分,也会绵延轮回,抵达今生。"曹北歌从不认为母亲迷信,她深深地记住母亲脸上那种虔诚的笑容,像是一株白色的大牡丹花,纯洁无瑕。

回到小四合院已经是夜里10点5分,她快速地将早上的杯子盘子洗刷干净,然后坐在小沙发上,闭着眼睛,脑海里满满的全是顾南筝的影子。

那是一个迷人的男子,深邃的眸子,尖挺的鼻梁,高大的身躯,优雅的举止,上帝的造诣深不可测,顾南筝的存在,也许是这个世界还存在美感的最好证明。

"南筝,南筝,这名字听起来很有女人味儿嘛。"曹北歌喃喃自语,窗外的风声从缝隙里挤进来,她蜷曲身子,眼睛上的睫毛微微抖动,像是她不安分的神经,节奏激烈而频繁。

她突然起身,从一个老旧的柜子里翻出一本《现代汉语词典》来,红色的封面,六厘米厚的大书本在她的手里显得笨拙而沉重,她舔舔手指,在词典上查找着"南筝"这个词。

外面的灯火在璀璨之后,终于陷入了死寂,因为还是冬日,没有任何虫鸣声,连鸟叫也少得可怜,只有呼呼的冷风,不知疲惫地捶打着窗帷,把水汽死死地按在玻璃上,留下一条条沟壑纵深的扭曲痕迹。

曹北歌的手指翻飞,在夜晚的铺垫里,充满着寂寞。

顾南筝今夜没有和朋友出去，也许很多夜场的人们都会觉得稀奇，这个举止优雅的男人是他们眼中的神仙级人物，每次降临都有很多惊喜，今夜的缺席，十之八九会成为明日的最佳谈资。

但是他根本没有想到这些，电脑的屏幕一片黑色，屋子里的灯光柔和温暖，宽大的窗幕让远方的景色更加真切，夜晚，犹如巨大的手臂，把所有的亮光攥在它的手心里。

顾南筝靠在椅子上，从怀里缓缓掏出一张卡片，那是一张过胶之后的照片，纸张很好，照片上是一个穿着军装的人，英气勃发，是个女子。

他嘴角微微翘起，伸手摸着照片上女孩的脸颊，女孩的眼睛很美，尽管从照片上看不太真切，但是那长长的睫毛下面灵动的眸子犹如暗夜的星火，明亮璀璨。女孩微微笑，脸上有小小的酒窝，露出点点白牙齿，头上的军帽整齐庄重，只在耳后留下一点碎发，看上去脱俗清新。

顾南筝将照片握在手里，小声地叹气道："宁阳，你还好吗？"

他的声音格外小心，生怕惊醒睡梦中的谁，然而询问的语气却那么真切，像是对着心爱之人的倾诉，羞涩纯真。

没有谁回答他，寂静的屋子里只有浅米色的色调，光晕笼罩着他的身躯，他把头仰起，像是要把眼睛里潮起的水花逼回远处，眼角有些微微疼痛，这时候外面飞过庞大的飞机身躯，巨大的轰鸣声，让他情绪得到控制。

他把照片放到衣袋里，然后转身给自己倒了一杯酒，端着杯子的时候，突然想起了白天那个叫曹北歌的女孩。

那个有着好看下巴并且眼袋微肿的女孩，让他有种久违的温暖，虽然很短暂，但是却那么不经意，给他温馨的感觉。

记得他的一个朋友曾说："这个世界上，你说能感知的一切，都是由细微关系处理的，这种东西要么是分子，要么是原子，分子比原子大，所以很多物质都是由原子构成的，包括情感。"

他当时觉得这个朋友的分析是无稽之谈，因为情感是最复杂的东西，稍有不慎，就会支离破碎，然而他不知道的是，就是这越复杂的东西，往往构造才越细小，也就越让人难以捉摸，更加有种无孔不入的感觉。

他安静地坐下来，手中的红色液体发出醇香，85年的拉菲有种让人惊艳的美丽，躺在高脚杯的底处，也能妖艳而张狂。

他抿着嘴喝了一小口，舌头上传来微微的涩感，葡萄酒的纯度恰如其分，若非是好天气下面生长的葡萄，又怎能酿出如此纯色的味道来？顾南筝手指在高脚杯上舞动，像是脱了高跟鞋的舞娘，灵动洒脱，逍遥不羁，这种放肆，犹如他的事业，一发不可收拾。

他缓缓吐出曹北歌的名字，自言自语说道："北歌，悲歌，难道注定它将是一场悲剧？还答应了她要帮她解决这一次报纸发放的危机呢，明天就是发行的日子，看来有得忙咯！"

他的声音被隔音效果不差的玻璃挡在房间里面，除了飞机庞大的轰鸣声能穿透之外，其他的声线都只能徘徊在里里外外，谁也无法触碰得到。

窗外的风拼命地从远方赶来，好像后面有人举着鞭子在抽打，急急忙忙停停走走，就算在高处的玻璃上撞了一头，还是会继续飘向别处的，至于它会消散在哪里，没有人知道。

巨大的黑幕沉潜，黎明在蛰伏的漆黑背面，蠢蠢欲动。

天色微明的时候，曹北歌接到了刘老头的电话，电话声线里充满着焦虑："小曹，今天你早些来吧，'未来商情'的报纸已经送到我这里了，我看着都心急。"

"老板，你放心，我很快就到。"曹北歌挂了电话，用了五分钟就打理完毕，她从不化妆，因为没那习惯，洗脸刷牙穿衣服，一气呵成。因为从电话里听出了刘老头的忧虑，所以她没弄早餐，慌张地收拾好一切，要出门的时候，眼睛瞥到了桌子上还放得歪歪斜斜的《现代汉语词典》。

昨晚用了一个小时的时间，她也没查到"南筝"的概念，她都有点怀疑起那本大词典的版本来——是不是过时了？但是时间紧迫，她根本就来不及多想，锁上门，骑着车子，快速地从胡同小道上一闪而过。

当看见公司门口停着的一辆小货车时，她的眼睛一片苦涩，她也知道刘老头焦虑的原因是什么，他们每个礼拜负责送郊外去的报纸数量是两万份，这个礼拜因为工作多，人手不够，根本就兼顾不过来，昨天她去未来大厦就是希望能把这次的区域缩小点，数量也少划分点，可是遇见顾南筝，那个男人一口回绝，把合同上的条款一本正经说得头头是道，虽然最后的时候说可以帮忙，但是曹北歌可不太愿意相信，那样的男人能帮她什么。

曹北歌的眼睛里充满着酸涩的味道，两万份报纸，要在一天之内发到郊区方圆十里的范围里去，这是一项多么浩大的工程，而且如今人手又少，如果她抱着必死的决心，应该是没问题的。但她可不想就这样早早夭折在这里，她的梦想不能止步于此，所以她只能想办法，但是这个节骨眼上，还能有什么办法可以想？

早上的空气虽然清新，但在曹北歌的鼻腔里却充斥着烦恼的意味，头顶上方是一片蓝色的天幕，阳光还没照到中央，她突然感觉，那些蓝色会一下子掉落下来，把她砸成肉酱。

思绪万千的她，多幻想可以自己有三头六臂，那样就能在最短的时间里完成工作，可是她不是哪吒，所以她只能哭丧着脸，一步步走进店里。

刘老头看见她来，拍拍她的肩膀，摇摇头说道："小曹啊，今日要辛苦了。"

曹北歌看着自己的老板，想到人家刚给自己涨了两百元工资，她心里又突然地升起一阵豪情壮志，为了报答这个老头子，豁出去了。

小货车车身贴着一些花花绿绿的图案，像是怪异的文身，这时候从驾驶室跳出一个穿着蓝色工作服的男人，戴着一个遮阳帽，帽檐低低的，对着曹北歌打了个响指，道："出发吧！"

曹北歌被他的声音吸引，转过身来，觉得声音很耳熟，她慢慢地看着那个男人，男人缓缓抬起头，露出一排白玉一样的牙齿，嘿笑道："我说过要来帮你的。"

"是你……你怎么会？"曹北歌退后几步，伸出手指着男人，指尖却在微微发抖，那感觉像是被闪电劈中，带着不可思议的神情。

"别嚷嚷了，走吧！"顾南筝爬到小货车的驾驶座位上，把另一边的车门打开，然后对着曹北歌招招手，示意她上车，然后踩着离合器，把车打着。

曹北歌迟疑了一下，终究还是钻到车子里，顾南筝一松离合，车子像兔子一样，瞬间就蹿了出去，吓了曹北歌一大跳。

"你会不会开车啊？"曹北歌埋怨道。

"不然你来？"顾南筝干笑一声，手在方向盘上打着拍子，模样痞气十足。

"唉，你是怎么找到这儿的？"曹北歌反应过来，问道。

"你们公司帮我们送报纸，我那里有备案的，一看就知道地址了，该有多难？"

曹北歌"哦"了一声，低下头去摆弄手指，声音低得她都快听不见："谢谢你啊！"

"你说什么？"顾南筝扯着嗓子问道，眼睛却看着前方，一丝不苟。

"好话不说两遍。"曹北歌坐直身体，歪着脑袋看向车窗外，一排排建筑与他们擦身而过，留下一长串模糊影像。

"不说就算了。"顾南筝嘿嘿一笑，身上的蓝色衣服发出柔和的光幕，曹北歌看着这些蓝色，联想到天空的蓝，突然觉得，蓝色全都碎了一地，等待她去捡拾一般。

第七章
烟火人间三千年

  顾南筝从没有"仔细"与任何一个女人有过交集。这个"仔细",包含着太多韵味。

  他记得一本书里写道:"人的一生,总会带着一些秘密死去,有些语言是孤独的秘密,这种孤独在黑暗里,像一枚炸弹,蠢蠢欲动。"

  他现在的内心就像有一枚炸弹,在濒临爆炸的边缘,只要有人轻轻一点,就会波及千里之外的地方去。

  他看着前方的小路,货车颠簸地前行,像是一瘸一拐的跛子,毫无踏实感。偶尔别过头看看副驾驶上的女子,她看着窗外,对这种感觉视若无睹,天色一如既往的蓝,却好像碎了很多块,凌乱地飘洒。

  曹北歌感觉脖子凉凉的,仿佛被野兽盯上的感觉,她赶紧回过头来,却见顾南筝安安稳稳地开着车,眼睛直直看着前方,模样一丝不苟。

  她缓缓吐出一口气,说道:"顾总,我该这样叫你吧?"

  顾南筝听着她的声音,左边眼角微微一挑,曹北歌正好看不见,他回过头,笑道:"别那么见外,叫我名字就好。"

  "叫你名字,可是你是大老板哎?"

  "老板就不能有名字了?什么逻辑?"

  曹北歌一时语塞,久久不能言语,顾南筝看看她,笑道:"我们生来并无不同,虽然我是老板,但是这只能说明我们社会分工不同,其余的没啥差别,难道就因为我是老板，就不吃不睡觉，不干正常人该干的事儿了？"

曹北歌听他这样一说，觉得这个人更加的莫测，好像无时无刻不让她觉得好奇、觉得神秘，这种迷醉的触觉让她的头有些晕，也不敢再回答什么。

顾南筝微微一笑，道："快到了吧，你要精神一下哦，在后排座位上有红牛，补充一下体力，咱们要干活了。"

曹北歌一听说要干活，马上精神振奋，这便是职业的操守啊，她从前排的座位上站起身来，然后勾着身子，去拿后排的红牛维生素饮料，这时候她的脚尖跷起来正好碰到小货车的收音机按钮，一段舒缓音乐竟然突兀地冒出来，而曹北歌被音乐吓了一跳，身体不由自主地向左边扑了过去。

顾南筝哪里想到这么个变故，脚下刹车一踩，整个车身都极度震荡，车轮在地上擦出一大段痕迹，尘埃四起，而曹北歌却结结实实地栽倒在顾南筝的怀里。

顾南筝的手还抓着方向盘，曹北歌整个人上身都压在他的身上，顾南筝的手臂明显地感受到曹北歌胸前的压力，而这时，那舒缓的音乐突然高昂起来，正是贝多芬的《钢琴协奏曲》。

两个人暧昧地贴在一起，顾南筝没有动，他害怕自己一动，曹北歌就会直接倒在他的右腿上，曹北歌这个时候只是把眼睛死死闭住，好像在那一瞬间，所有的喧嚣都消失不见，而整个世界，都好像只有他们两个人，和一首贝多芬钢琴曲。

时间一分一秒地过去，在坚持了五十八秒之后，顾南筝终于咬牙道："小姐，你再不起来，我的手就断了。"

曹北歌缓缓睁开眼，想象中的天翻地覆的车祸没有实现，自己紧紧地贴在顾南筝的身前，他的粗壮手臂与自己的胸亲密接触，她能感受到他肌肉的隆起，像是一块火热的铁，滚烫炙热。

"对，对不起，对不起。"曹北歌坐回座位上，她刚刚抽身回来的时候，眼睛与顾南筝的眼睛正好碰到一起，她看不到他眼睛里任何的色彩波动，只有一种深邃的蓝，与他的衣服很像很像。

"下次小心点，很危险的。"顾南筝想发动车子，却发现踩了几下都没反应，他一拍方向盘，正好按到喇叭键，巨大的声音在空旷的郊外散播得好远，曹北歌被吓了一跳，不敢再看身边的男人，但是嘴里却低声说道："顾、顾、南筝，真是对不起哈！"

顾南筝听见她叫自己，回身莞尔一笑："没事了，下次小心就是了，车子抛锚了，我们得下车咯！"说完打开车门就跳下去。

曹北歌坐在车里，大概待了一分钟之后，马上恢复常态，她曹北歌是什么人物啊，大神级的脸皮厚人士，这点事就能把她唬住了就怪咯。

曹北歌跳下车的时候，顾南筝站在马路边，手搭凉篷看向远方，这时候阳光被一片树林挡住，窸窸窣窣的感觉很清爽。

"顾南筝，你在看什么？"曹北歌叫他的名字越来越随意，这种随意不经意间就蔓延开来，没有谁追寻踪迹。

"前面好像有个修车的地方，我去找人来帮忙啊！"顾南筝回头看着她，虽然刚才的事情有些尴尬，但是两个人都刻意不提，所以倒也显得很融洽。

曹北歌缓缓道："前边就是一个孤儿院，那里的很多小朋友我认识，我去找他们来帮忙，你人生地不熟的，去了也白搭。"

"孤儿院？这地方还有孤儿院吗？"

"是啊，虽然不大，但是容纳了很多小朋友呢，他们最大的都13岁了，和我关系很好的。"

"一看就知道那些孩子都被你带坏了吧？"顾南筝嘻嘻一笑，阳光从他的头顶滑落，落在一旁的草丛里。

曹北歌也不跟他计较，从车上拿下她的包，然后就向前方走去，边走边说道："你就在这里等我，我去找人来，可不要乱跑哦，这地方没准有坏人，到时候欺负你我可管不了。"

顾南筝扑哧一笑，真想摆个害怕的姿势，然后弱弱地说几声"怕怕，怕怕"，但是他不会这样做，因为他是顾南筝。

谁都无法改变他的，他对自己说过。

他好像是一头孤独的兽，不食人间烟火，在自己的圈子里，安静地独活，有时候犹如雕塑，有时候像是白鸽，安静地矗立，静默地飞翔，这种情绪不知不觉在他的生活里泛滥成灾，他会有很多的恻隐之心，对弱势的人们一种卑微的关照，他对那些可怜背景身世的人们有一种爱的鼓励，却总是到最后的时候，变成爱莫能助。

曹北歌永远都不知道这个看上去神秘的男人有别样的情操，她只知道这个一身古龙香水味道、举止优雅、谈吐风流的男人是个有钱人，与她的生活有太大的出入。

然而顾南筝与太多人一样，都是普通的，只是这普通，已经像是三千年前之外的了。

谁会去追逐这些东西呢，除了他自己，但是他不想，于是这种状态就一直延绵下去。

生活的源头不知道在哪里，我们都从它的中下部开始行走，走着走着就淹没在它的身体里，然后沉沦，再也无法超生。

但是曹北歌相信，顾南筝是一个不会在生活里被淹没的男人，他高傲，却又不食烟火，这种气势，在她的小脑海里，蔓延成汪洋。

如果可以，她很希望自己能多活些年岁，看着那烟火人间三千年的燃烧，如何在炙热的生活里，翩跹舞蹈。

顾南筝蹲在货车的边缘上，从兜里掏出一包烟来，蓝色的外壳，上面一头狂奔的狼，如果会抽烟的人在场再结合他的身价，一定会觉得大吃一惊，因为他抽的只是七块钱一包的蓝狼，这种烟 8 毫克的焦油量，劲大，抽着的时候有种放肆的快感。他看着曹北歌的身形慢慢缩小，嘴角微微上扬，淡淡道："她还记得我的名字哩！"

他并非不食烟火吧，而是他本身，或许就是烟火。

第八章
守望者的空谷幽兰

曹北歌带着十几个小孩子和一个中年人赶到车坏的地方时，不见了顾南筝。

她心里莫名地感到心悸，这种感觉从她的每一个皮下组织蔓延到细胞和血管里，然后在她的大脑深处发出沉重的钝响，她看着周围，真的一点痕迹也没有，顾南筝就好像从未出现在这里一样，连刚才落在草丛里的那些阳光，都忘记了曾经有个男子矗立在这里，享受过这里宁静的午后。

曹北歌对中年男人微微一笑，道："付大叔，您先帮我看一下车子出了什么毛病，我那个朋友好像离开了，我得去找找。"

中年男人点点头，露出一口黄牙齿，但是整齐，那是经常抽烟而形成的，他笑道："小曹啊，这地方偏僻得很，你那朋友可能迷路了，你带着小豆子他们，然后一起去找找，他们鬼灵精，比你一个人快多了。"

"我知道了，大叔，那就麻烦您了。"曹北歌微微一笑，树林顶端的阳光慢慢地移到她的发线上，漆黑的发梢像一朵幽兰，夺魄倾城。

"小豆子，带上弟弟妹妹，跟姐姐一起去找一个人，好不好？"曹北歌招呼着一群围着小货车打转的孩子们，小孩子们听见她的声音，像是一群欢呼的麻雀，唧唧吱吱地围过来，他们当中最大的就是那个叫小豆子的女孩，她长得很可爱，梳着两根大辫子，眼睛大大的，眉毛像墨一般黑，就是脸色有些苍白，她对着曹北歌嘿嘿笑道："姐姐，你要我们找谁呀？"

曹北歌突然想起顾南筝英俊的脸庞，一时间竟有点失神，小豆子又喊了她一遍,她才回神过来,笑道:"我们要找的是一个穿蓝色衣服的大哥哥,他很帅哦,个子也高高的,你们看见他的话,就告诉他,姐姐很担心他,要他到这个地方来,晓得吗?"

"我们晓得了。"一伙小朋友都很兴奋地叫嚷着,小豆子带着他们,一哄而散,追追打打很快就消失在路边,曹北歌淡然一笑,也慢慢走到另一条路上去,希望可以尽快找到顾南筝。

这时候的顾南筝,正顶着蓝色帽子不断地散发报纸,脸上的汗水滴滴答答落在地面上,很快就被尘埃淹没,他等了曹北歌好一会儿都不见人来,实在无聊,就从车里搬了一些报纸,看见不远处有个村庄,就一股脑地走了进去。

他是见人就发,也没有个规划,走了没多远,就累得气喘吁吁,午后的阳光开始毒辣起来,郊外的空气充满着冷冽的味道,让他呼吸都有些急促,走到一个小商铺门口的时候,那家老板叫住了他:"小伙子,给我一份报纸吧!"

顾南筝停下脚步,把报纸抽出一份递给他,那老板看着他帅气的样子,有些不确定道:"送报纸的那姑娘怎么没来,是换人了吗?"

顾南筝喘口粗气,淡淡笑道:"她和我分工了,我负责这条道。"

"这样啊,看你累得,第一次干这活吧,来,给你一瓶水,解解渴先。"老板从柜台上递出一瓶矿泉水来,顾南筝也不客气,接过来拧开,大口地喝了几口,然后笑道:"谢谢你啊老板。"

"客气啥呢,你们帮我们送报纸呢,多辛苦呀,我们乡下郊外,虽然比不上大都市里,但是我们也不能落后了呀,多亏你们这样的年轻人,把城市里的信息发布到我们的小镇上来呀,这样我们才能与外面的世界接轨嘛,所以我才要谢谢你呢。"老板一脸和气,笑起来的时候脸上的皱纹挤在一起,但是那种平凡的美,不知不觉让顾南筝欣慰,他的心里不知怎的就想到了曹北歌。

这个女人也是平凡人中的一员,可是他看到了她的坚强与快乐,或许每一个人对幸福的定义不一样吧,越是平凡的人们,其实越有幸福的权利。

顾南筝看看时间,已经1点40分,离他出来已经超过了半个多小时,这时候曹北歌应该找到师傅去修车了,顾南筝告别老板,临走时候老板还嬉笑着递烟给他,他接过来,巧合的是那老板抽的,也是七块一包的蓝狼。

曹北歌找了一路,始终没看见顾南筝的影子,她的心里七上八下,莫非在离开之前说的话应验了,顾南筝真的碰上坏人被那个啥了?她越想越不对劲,可是偏偏又见不着一个鬼影,天色依旧亮堂,可是她的内心深处,却有些灰白,这种失落感，让她无能为力。

　　这时候她突然听见孩子们的欢呼声，她回过头去，知道声音是从另一个方向传来的，她猜想可能是孩子们找到了顾南筝，她不顾一切拔腿就跑，连鞋子都差点跑掉。

　　见到顾南筝的时候，他的左右手都不得空，一边搂着一个小孩儿，模样亲和随意。

　　她的眼睛里竟然有种落泪的冲动，但是还是被她逼回去了，她冷冷道："不是叫你别乱跑吗，这里你又不熟，迷路了怎么办？"

　　"我是个大人唉，不是小孩子，你觉得你在紧张什么？"顾南筝嬉笑一声，把孩子放下，摸摸他们的脑袋，然后走到曹北歌面前，认认真真看着她，道："我可是当兵退伍下来的，别说小混混，就算来个十个八个黑社会，也奈何我不得，知道吗？"

　　"这么说你很能咯？"曹北歌看着他英俊的脸庞，那耀眼的目光下面，是一个坚挺的鼻子，鼻尖上面还滚着汗珠，晶莹剔透，惹人怜爱。

　　"你好像很担心我哦？"顾南筝眼睛死死地看着曹北歌，他们之间的距离越来越近，曹北歌都能感受到他的男性气息扑在脸上的酥麻感觉，她的手死死地攥住衣角，抬头与他对视，口中却哼道："我是担心你啊，你是大老板，跟我一个送货的出来，要是失踪了被绑架了，我可赔不起。"

　　"就只是这样吗？"顾南筝对她步步紧逼，这种霸道让曹北歌有点窒息感，但是她却好喜欢好喜欢。

　　顾南筝的鼻尖都快碰到她的眼眶了，她还是不肯退，曹北歌的倔脾气八匹马也拉不回来，她淡定地回答道："就是这样！"

　　顾南筝越靠越近，口中喃喃道："看着我的眼睛。"

　　曹北歌就真的看着他的眼睛，那种深陷的感觉马上把她包围，那双深邃的眼睛像是一湾不知深浅的蓝色湖泊，可以把她拉进去然后封存起来，她在他的眼眸里是那么的渺小，很快就能完全沉溺。

　　这时候顾南筝突然别过头，然后从她的身边擦肩而过，淡淡笑道："现在不是做梦的好时候，我们先把东西发完。"

　　他的声音充满着雄性魅力，一下子就把曹北歌惊醒，曹北歌感觉脸颊发烫，像是一团火焰在烘烤，灼热的感觉从头顶一直到脚板心，酥酥麻麻的，好不舒服。

　　她回身看着顾南筝，只见他把一个个的纸箱搬下车来，里面都是报纸，有个箱子已经拆开了，里面的报纸少了许多，曹北歌恍然大悟，跑到他身边，问道："刚才你发报纸去了？"

"你这个问题是不是太迟了点？"顾南筝埋着头，曹北歌看着他的脖子上泛起的汗水，不知不觉从兜里掏出一包纸巾，然后递给了顾南筝。

顾南筝低头看着曹北歌的手，那双小巧的手掌握着一包同样小巧的纸巾盒，他不知不觉笑起来，然后伸出手去接，两个人的手就这样轻巧地碰在一起，像是一股电流，瞬间在两人的身上传播开去。

曹北歌感受到男人的指尖，温热而坚硬，而顾南筝感受到的女人指尖，却温暖如玉，曹北歌慌乱地缩回手，脸颊更加潮红，她低头说了一句："我去看看付大叔车修好了没。"

她的话像是自言自语，又好像说给顾南筝听，顾南筝也不管她，微微一笑，蓝色的遮阳帽下面，他的眼睛眯起来，有种神秘的错觉。

他突然想到空谷里的幽兰花，就像是孤独的守望者，在山洼低谷寂寞生长，却有种醉人的芬芳遍布山野，他们并非孤芳自赏的，而是命运的安排让他们只能在最底层，他们观望着高处的世界，却并不奢望，而是安安静静地绽放自己的花蕊，平添一份淡雅的清香。

顾南筝不知不觉就把曹北歌想成了一株空谷幽兰，同样淡雅，同样孤独，同样安静地独自开放。

第九章
那是一首简单的小情歌

远方的云层挤压翻滚,最后又被风吹得散落到各处去,没有人捉到风的影踪,就好像没有人知道,他从哪里来。

曹北歌走到付大叔跟前,样子却有些无神,恍恍惚惚,中年男人轻笑道:"小曹,不开心啊?"

"不是了大叔,你想哪儿去了?"

"那就是恋爱了?"

"才没有呢,大叔你就知道取笑我。"

"唉,小曹啊,你是个好姑娘,我们大家都喜欢你,你一个星期来一回,跟我们都那么熟悉,小豆子他们更是离不开你了,你要是有什么不开心就大声说出来,那样才会找到方法解决,如果是恋爱嘛,那就要好好珍惜哦。"他边说边瞄向后面车厢还在搬东西的英俊小伙儿,嘿嘿笑道:"长得倒是挺不错,不知道心眼好不好啊?"

曹北歌看着他的表情,哭笑不得,只得嗔怒道:"付大叔,你不要乱说好不好?不是他。"

"不是他啊,那是谁呀?"姓付的中年男人故意扯着嗓门大声说出来,一脸坏笑。

曹北歌抡着拳头捶着他的肩膀,口中却不停地说道:"大叔,你怎么这样坏。"

付大叔笑得很憨厚,其他的孩子们看见他们笑得很开心也叽叽喳喳围过来,小豆子跑到曹北歌身边，问道："姐姐，刚才的帅哥哥是你的男朋友吧?"

"不许胡说小豆子，不然姐姐就不跟你玩了。"曹北歌赶紧捂住她的嘴，生怕顾南筝听见，只是顾南筝早已听见了，却只是微微一笑，并无反应。

小豆子呜呜几声，挣扎开她的手，然后大声吼道："如果帅哥哥不是姐姐的男朋友，那小豆子长大了就嫁给他咯!"

她的声音传得好远好远，曹北歌和顾南筝同时抬头看着彼此，一时间好像所有都远去了，整个世界就只剩下他们的呼吸声和心跳声。黑暗在瞬间把所有都淹没，只有他们彼此的目光，婉转流淌，熠熠发光。

小豆子感受到自己被人忽略了，又扯着嗓子说道："姐姐骗人的呢，那帅哥哥根本就是姐姐的心上人嘛!"

付大叔嘿嘿一笑，道："小豆子，别再说了，一会儿带上弟弟妹妹，帮姐姐发报纸去。"

小豆子"哦"了一声，走过曹北歌身边的时候对她打个 Ok 的手势，曹北歌有点发蒙，过了许久才明白小豆子的用意。

车子修好了，顾南筝和曹北歌带着一帮小孩子，开始发报纸，大概四个小时之后，报纸发完，虽然很多都被小朋友们丢弃了，但是大体的工作算是完成，每一个人都累得气喘吁吁，但是好像都很兴奋的样子，小豆子几个还有意犹未尽的感觉。这时候天色慢慢地发黄，天边飘来了一朵黑色的云，付大叔找到他们，笑道："小曹，你大婶子做好了饭，大伙都饿坏了吧，走，回家吃饭去。"

曹北歌确实饿了，顾南筝也不推托，顾南筝发动车子，一伙小朋友跟在车屁股后面，欢快地追逐打闹。

到付大叔家门口的时候，曹北歌一下子就跳下来，然后对着院子喊道："大婶子，我来了。"从屋里传来一个女人声音应了一声，一会儿工夫一个中年妇女就走了出来，曹北歌看着她，跑过去抱住她，大声嚷道："大婶子，我想你了。"

"你这丫头，怕是想我做的饭菜了吧!"

"大婶的厨艺天下一绝，我当然想了，但是我更想你呀。"

"就知道要贫，哟，还有其他客人呢，老付，你招呼一下，我马上就出菜了。"中年女人看着走进院里的顾南筝，虽然还戴着帽子，但是那一身英气无法阻隔，她看着曹北歌，低声道："来厨房帮婶子的忙。"

曹北歌"哦"了一声，然后回身看看顾南筝，他正和付大叔一起说话，也没注意她，然后她走进厨房，没有注意顾南筝的眼光瞥了她一下。

厨房里散出浓厚的香气，曹北歌吞吞口水，这时候中年妇女突然拿着一个大勺子，夹住她的脖子，嘿笑道："丫头，快点招来，啥时候找的男朋友也不告诉婶子。"

"大婶子，那不是我男朋友，你就饶了我吧。"曹北歌一脸苦相，声音却有些沉不住气。

"还骗我，你婶子我是过来人，我看你现在面泛桃花，分明就是喜欢上别人了，那小伙子长得高高大大，一身英气勃发，你会不喜欢？快点老实交代，不然，大婶子我大刑伺候。"中年妇女一脸严肃，声音却婉转慈祥。

"好了，大婶子，真没那回事，八字还没一撇呢。"曹北歌淡淡道。

"这么说你对他是真有意思咯，我看他也挺好，一会儿吃饭的时候，让我再试试他，唉，对了，他叫什么名字"。

"他叫顾南筝，大婶子，你就别瞎掺和了行不？"

"大婶子我自有分寸，你就安心吧！"中年女人松开曹北歌，拿着大勺子开始下菜，一会儿的工夫菜就全搞定了，曹北歌慢慢地把菜端到院子里，这时候天色渐渐地黑下去，黑色的云也被风吹散了，最早的星已经发出微弱的光来，付大叔把桌子摆好，曹北歌就把一盘盘热菜，依次摆得整整齐齐。

最后，中年女人端出一份汤来，放在最中间，付大叔从屋里拿出两瓶酒来，一红一白，口中嘿笑道："今日辛苦了，解解乏。"

中年女人看着他拿酒来喝，便道："小曹和南筝能喝，你不准沾。"

付大叔一脸苦相，哀求道："就一点，就一点。"中年妇女哼了一声，看着顾南筝，他已经脱了帽子，虽然头发有点散乱，但是不影响他帅气的模样，中年女人笑道："南筝，我可以这样叫你吧！"

"当然可以的，阿姨。"顾南筝自然猜得到是曹北歌告诉了中年女人他的名字，不过他猜不到这个中年女人是给曹北歌把关的人。

中年女人笑道："这小伙子精神，大婶子看着都喜欢，要是我有闺女，一定嫁你这样的男人。"说着把眼睛瞥向曹北歌。

顾南筝正好在喝水，听他这样一说，差点没全喷出来，一旁的付大叔看到，忙指着中年女人说道："我说你这人，怎么乱讲话呢，都吓到人家小顾了。"

中年女人干咳一声，笑道："不好意思啊，南筝，我这人就是直肠子，你可别介意。"

"没事的阿姨，我去洗洗。"顾南筝站起来，正好看到一旁有些不知所措的曹北歌，她这时候一声不吭，也不敢看他，但是他分明看到她的耳朵根子有些发红，他轻轻一笑，走到一边的水管旁，拧开了水龙头。

白色的水花哗啦啦地溅起来，顾南筝捧一捧清水打在脸上，顿时清醒了许多，站起来的时候，曹北歌站在他身后，递上去一块干净的毛巾。

"谢谢。"顾南筝接过毛巾，在脸上胡乱抹抹，曹北歌低声道："付大婶没别的意思，你别介意。"

"我当然不介意了，呵呵。"顾南筝边擦边笑道，"大叔大婶是好人，至于你嘛，也是。"

曹北歌莞尔一笑，看着顾南筝慢慢走到桌子旁，她走过去，付大叔开了酒瓶，付大婶笑道："小曹和我喝点红酒，南筝你陪你大叔喝点白的吧。"

顾南筝点点头，付大叔给他倒了满满一杯，然后坐下来，笑道："我可是好久没喝酒了，被你们大婶子管得可严了。"

"好意思说，自己身体经受不起，还逞强，不管着你点儿，你早就拜拜去见你祖宗们了。"付大婶一脸不高兴。

"好了，好了，知道你为我好，今天人家年轻人来，咱就开心点，行不？"付大叔举起杯子，看着顾南筝，笑道："小顾啊，来，咱俩走一个。"顾南筝拿起酒杯，和他一碰，两个男人就开始畅饮起来，付大婶抿嘴一笑，对曹北歌说道："丫头，你也敬人家小伙子一杯呗。"

曹北歌有些不好意思，但是终究还是端着一杯红酒，然后站起身来，对着顾南筝笑道："今天谢谢你，我干了，你随意。"

顾南筝微微发愣，曹北歌已经把酒一股脑倒在了嘴巴里，红色的液体慢慢地从喉咙滑到胃里，有种翻江倒海的感觉。

顾南筝看着她的样子，突然间觉得有点恍惚，曹北歌喝完之后就坐了下来，顾南筝端起杯子，竟然一口就将杯子里的白酒全干了。

当兵多年的他，对于这点酒来讲就是小菜一碟，但是曹北歌能一口喝掉一杯红酒，就让他刮目相看了，而这时候曹北歌的脸色开始泛红，头也晕晕的。付大婶见两人都喝了酒，便提议道："我们家小曹唱歌最好听了，趁着酒兴，来一段吧。"

她一说话，付大叔也跟着起哄，曹北歌晕晕的，听见付大婶的话，马上站起来，笑道："那我就唱一首歌儿，给大家助兴哦。"

顾南筝看着她，心里突然很不是滋味，而曹北歌也正好看向他，眼睛里流露

出一种莫名的东西来,但是刹那间就收拾好,把眼睛从顾南筝脸上移开,张开嘴巴就唱起来,是一首婉转的《蓝莲花》:

没有什么能够阻挡
你对自由的向往
天马行空的生涯
你的心了无牵挂

穿过幽暗的岁月
也曾感到彷徨
当你低头的瞬间
才发觉脚下的路

心中那自由的世界
如此的清澈高远
盛开着永不凋零
蓝莲花

她的声音清澈而深邃,在夜空里传得好远好远,仿佛一首简单的小情歌,让人迷醉,让人心疼。顾南筝看着她的模样,眼睛有些潮湿。

曹北歌一边唱,心里却不断浮现出顾南筝的笑来,那种安静英俊的笑容在她的内心深处晕开,正如一朵蓝莲花,空前绝后地绽放。

她的歌声越来越靓,所有的人都屏住了呼吸,她娓娓地将最后一句歌词唱完,然后一下子就坐倒在地上,醉了过去。

第十章
你是好人

曹北歌做了很多梦，梦里面她看见好多好多的纸飞机，像是白色的鸟，胡乱地飞。然而它们只是盲目地，没有方向地乱窜，机械地重复着同一个动作，曹北歌不知道是谁折了那么多飞机，也不知道是谁让它们飞起来的，她唯一清晰的就是那些飞机都画着一双双彩色的眼睛，目不转睛地看着远方，有种诡异的美。

她迷迷糊糊醒来的时候，阳光从窗户里漫进来，她正好抬头看见窗外的枝丫上有几只麻雀，叽叽喳喳吵个不停，她甩甩头，关于昨天的记忆像是被抽空，一点也记不得，但是她还是清楚地记起了一个人——顾南筝。

院子里空空的，没有人声，也没有动物的叫声，刚才还叽叽喳喳叫唤的鸟儿，一眨眼就飞离了，曹北歌感觉嗓子发烫，快要着火一般，她走到水龙头处，拧开就要喝，这时候左边的门打开了，付大婶站在门外，看见曹北歌，忙叫道："小曹，不能喝生水。"

曹北歌站起身，嘴角刚沾上几滴水珠，付大婶疾步跑到她身边，把她拉到一边坐下，轻声道："你等着，我去给你倒杯开水。"

曹北歌点点头，头还晕乎乎的，这种感觉很不舒服，这便是喝醉酒之后的后遗症，她发誓，以后再也不会喝那玩意儿了。

没一会儿工夫，付大婶就出来了，手里端着一个玻璃杯，曹北歌拿过杯子就是一阵狂喝，脸都给憋红了，到最后呛了几下，看得一旁的付大婶挺着急，只能叫道："慢着点，慢着点。"

曹北歌一口气将整杯水都喝光了,末尾的时候竟然打了个饱嗝,然后不好意思地看着付大婶,低声道:"大婶,顾南筝呢?"

"小丫头,就知道惦记着男人,自个儿身体不要了?"

"没有。我就是随便问问,再说了,他可是来帮我忙的,要是就这样走了,我多不好意思呀。"曹北歌的声音有点沙哑,但是一杯水之后,感觉好了许多,说话也有了力气。

付大婶嘿嘿一笑,道:"丫头,那小伙子蛮不错,但是我看他身上有股奇怪的感觉啊,你大婶子是过来人,虽不敢说阅人无数,但是起码的灵敏感还是有的,这个小伙子身上有伤心往事,你要是真喜欢上他,可得小心点,别受伤咯。"

"大婶,谁说我要喜欢他了?"

"要是不喜欢他,为什么昨儿唱情歌给人家听?要是不喜欢他,今儿一大早就惦记着人家?你这小丫头片子,你那点心事大婶还看不出来?这又没什么的,这个时代了,你还害羞,喜欢就大方地追呗,不要到最后遗憾就行。"付大婶叹口气,似乎在追忆过去的时光。

谁都年轻过,谁都有过绚烂的青春,虽然时代不一样,但是青春的火焰一直燃烧,他从未熄灭过,也不会就此熄灭的。

"大婶,你还没告诉我他去哪儿了?"曹北歌岔开话题,问道。

"他呀,和你大叔一起去孤儿院了,昨晚孤儿院有消息说小豆子突然晕倒了,但是太晚,你大叔也就没去看,今儿一大早就去了,本想叫你,可你喝醉了睡得熟,就没忍心,估摸着也该回来了。"

"小豆子出事啦?"

"也不知道咋回事,可能是昨儿太累了,那孩子从小身体就弱,昨天蹦跶了一天,可能是累坏了,休息休息就会好的吧!"

曹北歌觉得有些不对劲,小豆子最近脸色苍白,气色很差,昨天虽然累,也不至于晕倒的,她想到这里,一下子就站起来,把付大婶都吓了一跳。

"我得去看看。"曹北歌低声说了一句,然后就往外走。

付大婶忙喊道:"丫头,你去干吗啊,你酒还没醒呢。"但是曹北歌已经出了院门,大踏步去了,付大婶叹口气道:"这孩子,风风火火,心里就是惦记着那帮孩子,希望他们没事才好啊!"说着将玻璃杯拿在手里,慢慢走回屋子里。

曹北歌的心里七上八下的,小豆子是她在这里认识的好朋友,千万不能有事呀，不然的话，她都不知道该怎么办。

孤儿院离付大叔家并不远，走了五分钟，便到了孤儿院的大门口，这时候大门口冷冷清清的，没有一个人影，大门上拴着几个气球，在风声里慢慢漂浮。

她轻车熟路地走到宿舍，见到一伙小朋友都围在一个房门口，都不作声，但是却有人在低低哭泣，曹北歌慌忙跑过去，小孩们见到她，纷纷都围上来把她抱住，哭嚷道："北歌姐姐，豆子她，她晕倒了。"

"没事的，没事的，大家乖，豆子不会有事儿的，我们要相信她，等姐姐先去看看她，好不好？"曹北歌安慰着一帮小朋友，这时候顾南筝听见外面的声音慢慢走出来，看着曹北歌，缓缓点头，曹北歌走上去，问道："怎么回事？"

"一会儿再给你细说，你先进去看看她吧，一直在念叨你呢。"顾南筝闪过身子让开道路，曹北歌就往里走去，他拦住外面的小朋友，蹲下身子，笑道："孩子们，大哥哥带你们去玩好不好？"

"帅哥哥，我们要豆子一起去，你让豆子起来我们一起去好不好？"一个小孩的眼睛红红的，眼泪都在眼眶里打转，顾南筝的鼻子微微发酸，低声道："豆子姐姐有点不舒服，要休息，咱们先去玩，等她休息够了，我们在一起好不好？"

"帅哥哥，豆子姐姐是不是病了啊，她得的什么病，她会死吗？"一个小男孩看着顾南筝，大眼睛眨巴着，问道。

"不会的，豆子姐姐不会有事的，她很快就会好起来，我们先去玩，一起为她加油好不好。"

"好，我们去大榕树下面，一起给豆子许愿。"小孩子们转身就开始往外面走去，顾南筝缓缓跟着，不一会儿就到了一棵大榕树下面，那是一棵上百年的大榕树，枝干粗壮，根茎交错横生，树上的叶片有些发黄，却还有一些是青色的，树上有些红线吊着一张张卡片，仿佛是曾经有人许过的愿望。

一伙小孩子就这样跪下来，双手合十，口中纷纷念叨祈祷豆子之类的话，但是顾南筝却眼睛微闭，有颗眼泪从眼角缓缓滴落。

他的心很痛，而心痛的，却不止他一个人。

曹北歌哭得很伤心，当付大叔摇着头将豆子的情况告诉她时，她的眼泪瞬间就滚落在脸颊上，而豆子昏迷的睫毛微微抖动，看上去，美丽极了。

"怎么会这样，豆子好好的，怎么会患上白血病？"曹北歌低声问道，声音颤抖，带着伤楚的情绪，眼泪更是像珠子一样，哗啦啦地往下掉。

付大叔拍拍她的肩膀，安慰道："我也不知道怎么回事，豆子这小丫头平时鬼灵精,昨儿晕倒之后,我们找镇上的李医生来看了一下,他当时也不确定,但是后来还是确定了,这种病不好治,豆子恐怕。唉。"付大叔又是一阵摇头,神情悲苦。

"李医生能确定吗?不行,我要带着豆子进城去,无论如何我都不会放弃她的。"曹北歌站起身来,付大叔却一把拉住她,道:"小曹,你冷静点,白血病你我都知道是不能治愈的,而且你有那么多钱给她治疗吗?不是大叔狠心,可是我们没有办法了。"

"大叔,不管怎样我都要救她,小豆子已经够可怜了,我不能眼睁睁看着她就这么没了,钱我可以想办法,大叔,你准备一下,一会儿我就带着她进城。"

曹北歌果断地站起来,看着床上昏睡的豆子,然后抹掉眼角的眼泪,走出门去。

付大叔摇头叹息道:"多好的姑娘啊,可惜,唉。"他看着床上的豆子,眼睛一红,眼泪差点掉下来,口中喃喃道:"可怜的孩子,你要坚强啊!"

曹北歌一路走到了大榕树下,小朋友们还跪在一起,双手合十,不断地祈祷着,她想哭,却又不能哭,假装笑笑,喊道:"孩子们,都快起来,姐姐要跟你们说点事儿。"

小孩子们看见曹北歌,全都站起来围在她身边,问道:"北歌姐姐,豆子没事儿吧?"

"豆子姐姐身体不舒服,北歌姐姐要带她进城去看医生,你们在这里要乖,等豆子身体好了,就会回来找你们的。"

"姐姐你不会是骗我们的吧?"

"姐姐怎么会骗你们呢,姐姐不会撒谎的哦,所以你们要乖,豆子姐姐会好起来的,你们在这里要乖乖听话,也要好好学习,不然等豆子姐姐回来了,你们可要受罪的哦。"曹北歌编着谎话,她不善说谎,但是这个时候却硬着头皮,她的脸色有些苍白,但是她坚持着,然后她拍拍小朋友们的脑袋,说道:"我要去跟大哥哥说点事儿,你们去边上玩儿吧!"

一群小孩子当然不会多想,在他们心里这个北歌姐姐就是仙女,他们一如既往地相信她,然后开心地走到了旁边。

曹北歌看着不远处的顾南筝,他正看着远方,从那个角度看去,他像是一块英俊的雕塑,充满着魅力。

"你决定了,要带豆子进城治病?"顾南筝背着她,声音充满着前所未有的慵懒与疲乏。

"嗯，我不能让她就这样走了，她是苦命的孩子，我要救她。"

"可是以你的能力，办得到吗？"

"所以，我要找你帮忙。"曹北歌看着他，眼神里充满着希冀。

"你凭什么认为我会帮你？"顾南筝转身看住她，两个人的眼神碰撞，并且出现了看不见的火花。

"因为，因为你是好人。"

顾南筝干咳一声，笑道："我是好人吗？"

"你是，至少我觉得。"

第十一章
彼此的天堂

"你是好人!"

这句话一直到了第三天都还在顾南筝的耳边回响,其实就连他自己,都不确定自己是个什么样的人,而曹北歌,却那么轻易地说出来,并且言之凿凿。

那一天,曹北歌坚韧的表情让顾南筝刻骨铭心,那双充满着炙热光芒的眼睛,让他的心神受到极大的震荡,就在那一天,曹北歌把小豆子带上了货车,然后在所有人目送的眼光下,顾南筝发动车子,小货车发出黑烟,然后颠簸着一路到了北京城里。

也在那一天,顾南筝将小豆子安排到了北京最好的白血病疗养院,曹北歌看着他的样子,再一次说了那句话——你是好人。

夜晚降临,顾南筝站在落地窗前,冬日的寒冷开始慢慢退去,这个冬天,终于带着倦容,慢慢消失在北京的城市上空。

窗外的灯火依旧灿烂,然而灿烂背后充满着颓靡的味道,顾南筝仿佛能看穿那些灯火,眼光掠过那些高楼,停到大气层中去,然后再俯瞰下来,把所有的血肉组成的大都市,一览无余,赤裸地剖析开来。

他叹口气,脑海中突然想起曹北歌的样子,那个有着好看额头的女孩,笑容纯真,却又有点圆滑,然而北京城的气息没改变她乡土的味道,这样的女子,总是让人好奇的。

他突然从衣兜里摸出那张卡片,穿着军装的女子,笑容勃发,带着一阵阵正义的气势,冲击他的脑海,他突然不敢再看,一下子趴在玻璃上,口中自言自语道:"顾南筝,你不能喜欢别的女人,你不能忘记宁阳,她为了你,放弃最宝贵的青春年华,她为了你的一句玩笑,可以从容地投身部队,你不能对不起她。"

他的声音充满着一种前所未有的痛苦,外面的灯火在半夜之后终于渐渐熄灭而去,他看着玻璃窗上自己落魄哀伤的影子,还是情不自禁地想到了曹北歌,然而他并未细想,他只是轻轻地带过,想到了曹北歌唱过的那首歌,那首也曾是他最爱的歌,许巍沧桑的声线,孤独而深邃的演绎,在他的脑海里,翩然升起。

第二日,天色阴了起来,好像和人的心情有着莫大关联,这一天顾南筝与曹北歌的心情都不好,顾南筝心情差是因为这个月公司的业绩评估出来了,与上月比较,竟然整体下滑百分之三,别说百分之三,就算是百分之零点一,那已是一种落后。因此,顾南筝召开全体管理人员会议,谁也没看过他愁容满面的样子,然而这一天,他的表情,像只发怒的公鸡,充满着高昂的怒气。

而曹北歌的心情不好,是因为小豆子的病情,虽然到了最好的疗养院,但是白血病是罕见病症,很难治疗,小豆子初到北京城里,对情况陌生而恐惧,在心理上承受着巨大的折磨,所以不能积极地配合医生的治疗,曹北歌虽然把大部分时间都拿来陪着她,但是工作的事情她也不能落下,她看着孤单的小豆子,眼泪就会情不自禁地往下掉。

在那一天的下午,顾南筝与曹北歌同时出现在了疗养院,他们陪小豆子散步,小豆子的脸色依旧苍白,顾南筝认识这里的权威专家,为小豆子做了全面检查,报告上指出小豆子的身体极度虚弱,而且白血病细胞已经扩散,需要找到合适的骨髓,然后移植,这样存活下去的机会有百分之七十,要是没有,那小豆子可能就……

顾南筝叹口气,看着曹北歌牵着小豆子的手,一步一步,走得很小心,小豆子似乎也知道自己的身体状况,虽然有些颓废和伤感,但是看着曹北歌,她还是很开心,紧紧地把手握在曹北歌的手里,感受到她手心里的温热,心里就很满足。

"北歌姐姐。"小豆子轻声地叫道,"你说人要是死了,会不会上到天堂去呢?我想去天堂找我的爸爸妈妈。"

曹北歌看着她,牵住她的双手,蹲在她身前,笑道:"傻豆子,我们不说不吉利的话,晓得不?"

"北歌姐姐，我感觉得到，我最近老是做梦，梦见我全身的血都流干了，好痛好痛啊，可能那就是要死了的感觉吧，我心里其实不害怕的，只要我能上天堂，去见到我的爸爸妈妈就好，还有，我希望可以在天上看着孤儿院的其他小朋友们，像小虎、阿生他们啊，他们都好久没见到我了，我好想念他们啊！"小豆子一脸神往地看着天空，他的话语里带着连曹北歌都不知道的倔强。

"豆子，听姐姐的话，要好好治疗，等你病好了，我们就回孤儿院找小虎他们，你要坚强哦。"曹北歌忍住眼泪，把头别过去，正好撞上顾南筝的眼神。

顾南筝缓缓走到她们跟前，拍拍豆子的肩膀，笑道："豆子，大哥哥带你去玩儿好不？"

小豆子看着他，眼睛眨巴一下，手指微微在曹北歌的手心里攒动，然后点点头，笑道："好啊，帅哥哥，我们去哪里玩儿？"

"大哥哥和姐姐带你去游乐场好不好？"

"好啊，好啊，我都没去过呢，只在电视上见过。"小豆子兴奋得跳起来，苍白的脸上也堆上了笑容。

曹北歌看看顾南筝，示意地点点头，顾南筝嘴角微翘。虽然有些苦涩，但是一闪而过，他跑到外面开来车子，曹北歌带着小豆子换了身衣裳，然后三个人，一起往游乐场行去。

车窗外的景色在他们的眼神中央浓缩变换，然后全变成黑的小点。那些过往的风景，终究只是人们心中的念想，会在看过之后，就烟消云散了。

第十二章
说好的幸福呢

  阳光明媚，充斥着本该属于幸福的味道，然而车里的气氛却有些沉重，小豆子眯着眼，看着飞驰而过的风景，慢慢地合上眼皮，似乎太过于劳累，曹北歌把她的头揽在自己的怀里，小家伙不知不觉就睡着了。

  刚到北京城，小豆子处于极度陌生的环境中，疗养院里的消毒水味道让她更加觉得害怕，所以一直都没休息好，加上自己的病情，让他根本无法安静下来，今天曹北歌和顾南筝一起带她出来玩，她的身心得到放松，才会一下就睡了过去。

  顾南筝在后视镜里看见小豆子睡去的模样，不知不觉笑起来，那份安详像是一只疲倦的鸟儿找到了家之后的温暖与满足。

  他回头看看曹北歌，小声道："要不我停下来，让她多睡会儿？"

  曹北歌点点头，顾南筝就把车子停在了路边一棵大树下，曹北歌轻轻地将睡熟的小豆子放在后排的座位上，然后走下车来。

  顾南筝站在大树下面，嘴里含着一支烟，但是却没有点燃，从曹北歌的视角看去，那支烟的弧度充满着无尽的魅力，似乎沧桑，似乎深沉，又似乎带着玩世不恭和愤世嫉俗，就是这么一根烟，让曹北歌在瞬间充满了遐想。

  顾南筝慢慢转过身，看看曹北歌，咧开嘴，用牙齿咬住烟嘴，声音慢慢渗透过来："天气真好啊，可惜人不好。"

  "人怎么不好了？"曹北歌走到他边上，淡淡问道。

  "人有生老病死，有悲欢离合，大诗人苏轼就说过'此事古难全'，但是真正发生在我们自己身上的时候,才明白那种痛,是痛彻心扉的。"顾南筝还是点燃了那支烟,深邃的模样像是看破红尘的绝世高人。

"是啊,谁能逃脱这世事无常呢。一睁开眼或者一闭上眼,时间就这样悄然逝去,没准哪个夜晚睡过去,就再也醒不来了,所以趁着现在能呼吸空气,能享受阳光,就要好好地把握。"曹北歌在一块干净的石头上坐下来,风轻轻地吹过脸颊,带着一种前所未有的绝美,顾南筝偶然一瞥,差点惊为天人。

他有些微微的尴尬,干咳一声,笑道:"所以说嘛,现在我们不就在享受阳光,在呼吸空气吗,心里就算有再多的哀愁,也不能影响我们呼吸哦。"

曹北歌呵呵笑起来,像个小孩子一般天真烂漫,阳光被一朵洁白云彩挡住,云彩的周边晕上一层金灿灿的光芒,看上去像是神仙的祥云,充满着庄严与肃穆。

"你看,多美啊,要是我也能在云朵上面,那该多好。"曹北歌有些幻想的表情看在顾南筝的视线里,竟然带着无尽的天真烂漫,这个样子,像是小时候母亲带着他,给他讲故事,而自己也是这样的表情。

"你想到云彩上去,莫非你想成仙女?"顾南筝嬉笑道,声音却带着急切的盼望。

"做神仙有什么好,多无趣啊,你没听过一句话吗,叫'只羡鸳鸯不羡仙',那些人都羡慕鸳鸯相依相偎,共度一生,而不羡慕神仙的快活哩!"曹北歌一本正经地说道。

"只羡鸳鸯不羡仙,说得很好啊,可是不知道天下间能有多少鸳鸯啊?"顾南筝也坐下来,他俩的距离就只有五厘米,曹北歌心里咯噔一声,像是有七八只小兔子在乱跳,她伸手按住胸口,让自己平复下来,这时候顾南筝又说道:"其实干吗非要做鸳鸯啊,做野鸭子也可以的嘛,自由自在,无拘无束,尽情享受天地间的一切,没烦恼,不忧伤。"

曹北歌听到顾南筝的话,扑哧一声就笑出来,紧张的心情也好了许多,疑问道:"你要做鸭子?"

顾南筝一下子没反应过来,等明白的时候,曹北歌已经脸都笑红了,他有些不自然地摆手道:"不是那个鸭子,是那个野鸭子,天然的那种。"

"你的意思是你要做纯天然的鸭子,这可够高端呢。"曹北歌又是一阵大笑,继续曲解顾南筝的意思。

顾南筝有些无语,看曹北歌笑得那么开心,心里虽然气恼,但却不生气。不知道怎的,他竟然情不自禁伸出手去抓曹北歌,边抓边吼道:"你才做鸭子,你才做高端的鸭子。"

曹北歌被他的手一碰，感觉到全身像是被电流击到了一样，顾南筝却没注意那么多，直接就去挠曹北歌的痒痒，曹北歌生平最怕别人挠她痒，顾南筝手一动，她便一个激灵站起来，笑个不停。

顾南筝看准她的弱点，把手抬起来，笑道："说，谁是鸭子？"

"就是你，你就是鸭子，还是高端的鸭子，哈哈哈。"曹北歌一边躲开顾南筝的手，一边哄笑，两个人围着那块石头，转起了圈。

阳光从大树叶子的缝隙里慢慢地渗透到地面，点点的光斑带着迷人的气息，风把尘埃都刮得干干净净，只有一地的清新，在他们的周围蔓延。

这便是最简单的幸福了，或许是事先就说好的，大方简约，充满着小小的情调，幸福的味道其实在平凡的分秒里，就已经被他们掌握，只是这幸福，捕捉到的人太少太少。

小豆子醒来的时候，天色已经晚了，远方的云彩带着醉人的颜色，夕阳慢慢地垂下去，像是在作最后的告别，有大鸟张开翅膀从他们的眼端飞过，羽毛带着另一个世界的风声，小豆子伸出手来，折叠成一个相框的姿势，好想把自己融进这个画面里去。

顾南筝和曹北歌这个时候靠在大树的枝干上沉沉地睡过去，两个人都累了，不是因为追逐打闹，而是这些天心理的压力，谁都有压力，在这大都市的熏陶下，不得不滋长起来。

他们背对着背靠在大树上，正好在树的两端，大树像是他们共同的脊梁，撑着他们的所有，小豆子看到这一幕，嘴角微微一笑，发出淡淡的好像铜铃一般的声音。

顾南筝耳朵一动，缓缓睁开眼，映入眼帘的正好是夕阳最后的光晕，一大片金色缓缓地下坠，像是落入到地表下面去，然后生长成更加热烈的火球。他站起身，看着站在车子旁边的小豆子，小豆子也看见了他，微微一笑，伸出手臂，指了指他的后方。

顾南筝回身看去，这才发现曹北歌睡得像个孩子一样，背紧紧地贴在枝干上，但是好像不舒服，肩膀微微抖动。

顾南筝轻轻走到她的面前蹲下来，看着她那张清秀的脸颊，光洁的额头上有几根碎发散下来，有种夸张的野性，而她的睫毛长长地翘着，在风的吹拂下一张一弛，充满着勃勃的生机。

顾南筝突然好想伸出手去摸摸她的脸，可是他把手举到半空，却迟迟不敢靠近，最后不得不放了下来。

小豆子走到他的身后，轻轻笑道："大哥哥，你觉得北歌姐姐美吗？"

顾南筝微微一笑，转过身搂住小豆子，道："姐姐再美，也没有小豆子可爱哦。"

"我可不敢跟北歌姐姐比呢，北歌姐姐人好，长得又漂亮，心地善良，我们大家可喜欢她了，帅哥哥，你喜欢姐姐吗？"小豆子靠在顾南筝怀里，闻见了他身上的香水味道，对于一个13岁的小女孩来讲，古龙香水根本毫无意义。

"姐姐是个好人，哥哥当然喜欢了，哥哥也喜欢小豆子，因为小豆子跟姐姐一样，都是善良美丽的呀。"顾南筝紧紧地搂着她，声音充满着慈祥。

"大哥哥，你说幸福是什么呀，以前姐姐说幸福只要你事先跟它说好，它就会如期而至的，可是我都说了好多遍了，可它一直没来，我都好着急好着急。"

"豆子，幸福很简单，其实能够自由自在，能够和喜欢的人们在一起，能够保护你身边的人，那就是最大的幸福，你告诉哥哥，你要的幸福是什么？"

"我想要见到爸爸妈妈，只要见到他们，我就会好幸福好幸福的。"

"那你的爸爸妈妈他们在哪儿呢？"

"他们在那里。"小豆子伸出手指着遥远的天空，声音淡淡地吐出来："他们都在天上看着我，可是我却看不见他们，我好想好想他们呀。"

顾南筝抬头看去，只见天色已经昏暗，最早的星已经爬上来，带着一种久违的光辉，顾南筝心里一痛，说道："豆子，其实爸爸妈妈都希望你好好的呢，他们就在天上，那些闪烁的星光就是他们变的，所以，他们一直都在，你也一定要幸福，知道吗？"

"我知道了，今天都好晚了，我睡了好久吧，看来是去不成游乐场了。"

"谁说的呀，我们晚上也能去，去骑旋转木马，可好玩儿了。"顾南筝笑道。

"真的吗，那我们快去吧，我都迫不及待了。"小豆子一脸雀跃。

"先把姐姐叫醒，我们一起去。"顾南筝回身，看着曹北歌，她依旧睡得沉沉的，顾南筝伸出手轻轻推推她的肩膀，曹北歌发出一声嘤咛，缓缓睁开眼来。

当顾南筝的脸在昏暗的夜色里出现在曹北歌的视线里时，曹北歌的心猛地收缩，刹那间觉得像是永恒的梦找到了归宿。

第十三章
我们都像留声机

有些记忆,永远封存在大脑深处,只要不愿意想,就永远都不会想起来。

有些故事,永远停留在身体内部,只要不刻意去找,就永远都找不出来。

曹北歌是这样,顾南筝也是这样。

当顾南筝看着曹北歌熟睡的样子时,心里突然一动,像是某种记忆片段,受到了强烈的轰击,有点刺痛神经的感觉在他的身体周围慢慢地滋生,然后蔓延到全部的骨骼里去。

他缩回手,不敢再看曹北歌,而曹北歌被他一推,也缓缓醒了过来。

小豆子呵呵一笑,跑到曹北歌身边,说道:"北歌姐姐,你醒了啊?"

"嗯,豆子,姐姐睡死啦!"曹北歌站起来,感觉全身都有些疼痛,那是靠在大树枝干上的后遗症。

她摸摸小豆子的脑袋,转身的时候看见顾南筝,他正掏出一支烟来,想要点燃。

"你为什么不早点叫醒我呢?"曹北歌看着他的背影,淡淡说道。

顾南筝没有回头,伸出手打着火,手上的铁质火机在昏暗淹没大地之前,展现最后的妖艳。

"我也是刚醒,所以很抱歉。"他的声音有种不知觉的远离感,在两个人之间缓缓流过,但是曹北歌感受不到,因为她对他,还很陌生。

这种陌生,只要不揭穿,或许就不会被发现,或许就能永远保持下去。

这种陌生，只要不说破，或许就能成为一种微妙的存在，可以到最后的时候成为一种借口，一种避难的工具。

这种陌生，有"你不说我不懂"的距离。

这种陌生，有"曾经沧海如今现世"的伤感。

但是，偏偏，却就在曹北歌的心里，漠然地存在着。

"看来最近你很累，抓紧时间休息吧。"曹北歌不再看他，她牵起小豆子，呵呵笑道，"豆子，今天都那么晚了，咱还玩儿吗？"

"刚才大哥哥说要带我去玩旋转木马，他说夜晚的时候光线很迷人，骑着马儿的时候很梦幻。"小豆子天真烂漫的表情让曹北歌心里一痛，这样可爱的孩子，老天爷为什么那么狠心，要让她忍受前所未有的折磨。

曹北歌鼻子微微发酸，这时候顾南筝将抽到一半的烟丢掉，用脚将烟头踩灭，走到她俩身边，低声道："出发吧，美好的夜晚开始了。"

他说这话的时候，表情深邃迷人，曹北歌有种淡淡的眩晕感，但是转瞬即逝，顾南筝抱起小豆子，笑道："豆子，咱们今天就玩疯癫，好不好？"

"好哎，我们疯狂去吧。"

曹北歌看着他们，把所有的不开心都抛在一边，然后缓缓跟着他们上了车，顾南筝发动车子，夜晚的灯火，在刹那间，弥漫了他们的眼睑。

所有美好，都是为了纪念美好而继续。

所有伤痛，都是因为还有伤痛而持续。

当小豆子大出血被紧急送往医院的那一刻，曹北歌深深地把头埋在膝盖里，眼泪不听话地流在了黑暗的地上。

他们从来不想把痛苦都归集在一起，他们从来不愿意把以前的伤痛都背负在一起，他们对于幸福的概念只有简单的诠释，他们对于生活的本真只有轻声的呓语。

但是，命运本身充满寓言，他无时无刻不在挑战人的极限，所以，有人离开，有人醒来，有人死去，有人降临。

而他们能做的，就是把自己当作一部留声机，留住美好的、伤痛的、善良的、丑恶的、梦幻的、虚无的，还有很多很多，他们只想成为一部这样的机器，带着最后的留恋，做淡然的告别。

顾南筝蹲在曹北歌的身边，想过要伸出手拍拍她的肩膀安慰她几句，可是最后却只是叹息一声,那叹息,带着无助的韵味,让夜晚的空气,都随着低沉。

"命运在人们手中,所以人能胜天,相信我,小豆子会好起来的,你别难过了。"他还是慢慢地说出话来,眼睛看着游乐场闪烁的灯光,刚才还其乐融融的画面,突然间就成了萧索的黑色土地一般。

那些灯火似乎在嘲笑他们的软弱,似乎在指责他们不该将小豆子带到这里来,这里是地狱吗,还是天堂?

"我就是心里难受,很难受很难受。"曹北歌呜咽着说,她的声音断断续续,听在顾南筝的耳朵里,疲惫伤感。

"我知道,我们谁也不愿看见这一幕,也不愿想到这一切,小豆子是个好孩子,我们要相信她,她会挺过去的。"

曹北歌抬起头,脸上的泪水像是透明的手指印,轻轻地拓在上面。

她突然合起手,看着天空,虔诚地说道:"老天爷,你一定要保佑小豆子,让她好好的,她还那么小,还有很多的路要走啊,你一定要保佑她,让她安安稳稳的有充足的时间来实现她的梦,她还是个孩子,还有无尽的梦境在等着她,所以,求你了,求你了。"曹北歌不断地重复,不断地祈祷,直到游乐场的灯火都熄灭了,再也不见。

顾南筝突然不顾一切地将她搂在了怀里,根本不容许她丁点反抗,像是霸气的王爷将自己心爱的女人搂在胸间一般。顾南筝的心里很清明,但是在清澈的心灵深处,却有一个声音在作祟:你喜欢上她了,你喜欢上她了。

曹北歌一动不动,手还是合在一起,虽然被顾南筝紧紧抱着,这时候却没有任何的举动,换作平时她一定会被吓坏的,但是这个时候,她却无动于衷,这是为什么呢?谁也不知道。

没有谁去追问,就连他们自己,也不清楚,顾南筝将她越搂越紧,想要把她揽入身体里去,而曹北歌,却闭上眼,沉沉地睡了过去。

她太累了,心力交瘁般的累,以至于顾南筝的拥抱,她都毫无知觉。

或许,她真的把自己幻想成了留声机吧,想要把一切都留在里面,然后再也不要醒过来。

只是,该醒的梦,终究是要醒来的。

第十四章
你是我到不了的彼岸

> 一望无际的大海
> 白色的浪花翻卷奔流
> 一条小船在浪花深处
> 做最后的沉浮

这是曹北歌在顾南筝怀里昏睡之后看见的场景。一条帆船，只有简单的桅杆和双桨，在无尽的大海里，浪花翻涌，白色的珠帘拉开了盛大的序幕，浪头一波卷住一波，不断地在帆船的两边捶打，碰撞的声音，像是一曲天外的摇篮乐曲。

曹北歌就站在不远处的岸边，梦里的一切虽然虚幻，但她却真切地感受到海风的暖，这种温度下绝对能开出美丽的花儿来，她如此这般想象。

但是没有花儿，没有树，更没有人。

她不算人，她是一缕魂儿！

岸边是无尽的黑色礁石，它们突兀地挺立，像是上古沉睡过去即将醒来的魔兽，带着远古的杀伐气息，让曹北歌心里，前所未有地害怕。

但是她没有因为怕而逃离这里，她还是站在岸边，远远看着海水里的帆船，那是一只孤单的船，没有任何人对它伸出援助，因为，没有人。

曹北歌突然把鞋子脱掉，光着脚丫站在石头上，尖锐的疼痛感使她更加清醒，但是这虚无的梦境里，她却无法知道，自己是否已经沉沦。

她跳进了海里，冰冷的寒意瞬间将她包裹，腥咸的海水呛住她的喉咙，她一下就咳嗽出来。远方依旧停着那艘帆船，然而曹北歌却永远到达不了，一个浪头翻过，彻底将她淹没。

当远方的光线再一次投射到海面，曹北歌微微醒来，她感受到一个人温热地呼吸在她的身体周围，那是一种绝对安全的呼吸，让她可以安静地不用担心被伤害。

她睁开眼睛，终于看清了那个人的模样。

那是一个男人，有着熟悉的背影，熟悉的轮廓，在曹北歌的心里，她已经猜到是谁，可是当男人转过身来的时候，曹北歌却只看见一张没有五官的脸。那根本就不是脸，是一块洁白的镜子。

不是他，不是顾南筝。

曹北歌终于挣扎着，哭着，晕了过去。

北京的夜晚，让生存在这里的人们感到前所未有的满足，灯红酒绿的街市，让男男女女沉迷。顾南筝开着车子，看着在副驾驶上沉睡的曹北歌，他的心前所未有地宁静。

曹北歌一直在说梦话，但是身体一切都很正常，顾南筝不知道曹北歌的梦境，所以自然不能帮助她得到解脱。他想送曹北歌回家，可是到最后才发现，自己竟然不知道曹北歌住在哪里。

夜越来越黑，满目的灯火渲染着城市的繁华，过往的行人在都市的外衣下面苦苦挣扎，谁也猜不透彼此，他们或贫或富，在彼此的眼中，却都毫不相干。

也许只有一杯酒，一首歌，一支舞，可以诠释他们的生活，拉近他们的距离，只要短暂的放纵，只要片刻的迷醉，所有的痛苦喧嚣，就能离他们远远的。

顾南筝开车穿过了人世繁华的辉煌长街，终于将车停在了自家的楼下。

但是他却没有动，不是他不敢，而是不想。

他再一次看着睡过去的曹北歌，这个女人，让他的古井不波的心，不止一次地悸动，这到底是怎么了，除了宁阳，这个世界上难道还会有第二个让他心动的女人吗？

答案是缥缈的。

他还是将曹北歌背回了家,安置她睡下,然后他倒了一杯红酒,透过巨大的落地窗,看着北京遥远的夜空。

无数的星星慢慢地浮现在他的眼前,像是琳琅满目的珠宝玉石,在他的眼睑深处,点缀着美好的夜晚,而随着时间推移,那些星辰开始慢慢向远方流动,像是一条缓缓流动的紫色河流,带着他的思绪,飘向远方。

可就在那河流的岸边,顾南筝突然地看见一个身影,寂寞而哀伤,她没有穿鞋,光着脚丫,头发被水打湿,散落在脸上,看上去充满了萧索,他的眼睛突然好痛好痛,心也好痛好痛,可是当他再一次看过去的时候,却只是遥远的高楼和不夜的灯火。

他们都是站在彼岸的人群,都只能遥遥观望,或许某天上帝发现,会告诉他们河流的尽头其实就是交点,但是,在此之前,他们彼此,都是彼此到不了的河岸。

没有错,你是我到不了的彼岸。

你也是我到不了的彼岸。

第十五章
灯火阑珊

灯火
在铺天盖地以后终于湮灭
燃烧过后的烟雾
点缀成梦幻的城郭
那是孤色的带着萧索的城
困住的人中
有你有我

曹北歌无法看清自己的本真,所以她会做噩梦,她会感到害怕,她会在无尽的夜里被孤单的味道充满。

当她猛然睁开眼的时候,发现,海不见了,船不见了,黑色的礁石,白色的浪花,都不在了。只有空旷的房间,柔和的黄色灯光,以及大大的橱柜。

门被虚掩着,透过门缝,曹北歌看见一个背影,那背影,跟她在梦中见过的,大相径庭。

她看看身上的衣服,在身上摸了几把,发现没什么异常,她缓缓站起来,地上放着一双米色的拖鞋,看上去很清晰。

她穿在脚上,自然大了一号,那是男人的型号,不用想,一定是外面那个男人——顾南筝。

她拉开了门，发出点点声音，声音让男人回过头来，他的手里端着一杯红酒，红色的液体映衬着他的肤色，看上去，英俊潇洒。

"你醒了，不好意思，我不知道你住哪里，所以……"顾南筝看着曹北歌，微微有些惊讶，刚睡醒的曹北歌，脸上有种明显的倦容，但是却多了一份美丽。

曹北歌微微错愕，转而便是一笑："谢谢你，不然我就睡在大街上了。"

"不客气，我们是好朋友嘛，举手之劳，你睡得还好吗？"

"嗯，还好。"曹北歌走到他的身前，与他站成一线，然后透过巨大的玻璃窗，看向外面的夜空。

"你们家真大。"曹北歌微微一笑，但却没有显得惊讶，她是个波澜不惊的女子，在浮华面前，根本没有什么能让她动容。

然而，她是感性的动物，对于情感，有一种微妙的触动，对于伤痛，她有难以愈合的劣势，所以，她一方面很坚强，另一方面，却又软弱。

顾南筝听到这句夸奖，嘴角翘起来，从桌上取来一个红酒杯，给曹北歌倒了一杯。

曹北歌看着鲜红的液体，不知道为什么这种她从未接触过的液体让她的心跳空前绝后地加速。

仿佛透过玻璃杯，能看穿一个人的善与恶。

她突然不敢去接。

时间，似乎停顿。

就在第五秒过去之后，曹北歌终于接了过来，高脚的红酒杯，代表着高贵与典雅，而在曹北歌的世界里，这些词汇，与她的身份、性格，失之千里。

"来吧，为我们能遇到，干杯。"顾南筝举起杯子，轻轻在曹北歌的杯子上一碰，叮铃的清脆声像是在宣告高等贵族的奢靡，曹北歌虽然不知道顾南筝喝的红酒是1984年的拉菲，但是从酒杯中溢出的葡萄香气里，她能感受到满满的人民币的味儿。

她慢慢将杯口移到嘴边，然后伸出舌头，轻轻地舔了一点，酸涩的味道，让她的眼睛和鼻子在瞬间就红了起来，看上去像是急眼的兔子，滑稽而窘迫。

"你没事吧？"顾南筝忙问道。

曹北歌咳嗽几声，急促道："没事儿，这酒可真难喝。"

顾南筝呵呵一笑："你可是第一个说它难喝的人，不过却是真话，因为红酒这东西，本身酸涩，很难入口。但是它的香，却可以绵延到口腔以及身体，就好像我们的人生，通常都是先苦后甜的。"

曹北歌将杯子放下，道："喝个酒你也能讲出大道理来，不愧是老总哦。"

"我怎么感觉你在讽刺调侃我。"

"没有啦，你误会了。"

"是吗？"

"当然。"

曹北歌慢慢离开顾南筝的视线，把头看向远方，夜色已经潜伏，另一个黎明，将会在一个小时后慢慢来临，无数的更替，让周围的人麻木并且适应。

顾南筝看着玻璃窗上投影的曹北歌的模样，突然道："你相信，这个世界上还有另一个你吗？"

"什么意思？"曹北歌问道。

"就是也许某天，你在大街上的时候，会突然看见和你一模一样的人从你身边大摇大摆地走过。而且连神情，都无法辨别。"

"怎么可能？"

"怎么不可能？"

"你见到过吗？"曹北歌疑问道。

"我没见过，但是我听朋友说过，他说在另一个地方见到了我，可那时候我却在别的城市，他还拍了照片，图片上的人除了衣服和我穿的不一样，其他的都找不到瑕疵，我才相信了。"

"可能是你朋友在糊弄你呢。"

"他为什么要这样做呢？"

"也许你朋友是神经病呗。"

"你才有神经病吧。"

"你有神经病，你全家都有神经病。"曹北歌哈哈一笑，玻璃窗上的影子，夸张飞扬。

顾南筝缓缓道："这个世界上一定有你要找的人和要等的人，他们会给你温暖的晨曦，会给你春的隽永，夏的深刻，秋的收获，冬的纯白，但是在这之前，你必须要好好活着，而且，坚定着有那样的一天，因为，这个世界，也许不止一个你，如果你不在了，那么另一个你，会成为他们找寻的对象，那你想想，该多么不值得啊。"

"这个意思是不是告诉我,要想得到幸福,就得活着,不然,本该是自己的幸福,也会被其他人顶替?"

"一点就通,果然是有慧根的人。"

第十六章
最是烟花夜未央

　　云南，黑暗的夜色笼罩着这边远的城郭，无数人的梦境里除了它亮丽的风景，更多的便是这里让人赞叹的妙龄女子。

　　是的，云南出美女，这句话在很多地方被人传说，不止因为这里山好水好，更多的是人文情怀，以及那些被人传说的故事。

　　云南丽江，一个美丽的地方，这里的美，充满遐想，充满惆怅，它萦绕着很多文人墨客的相思，也缠绕着多情少男少女的春梦。

　　而在这丽江古城，却有一处特别的地方，这里，驻扎了一支部队，一支传奇的部队。

　　没有谁能知道这里为什么会驻扎部队，也没有谁去说这里驻扎军队有什么不对，军队是保护国家安全的机构，是有法律保护和限制的，所以，他们的存在，理所当然。

　　而在这个部队区域里，此时的夜晚，显得冷清萧索。

　　除了巡逻和哨兵，这个时候，大部分的人都陷入了梦乡，而在一座小房子里，却亮着灯，按照部队的规定，这时候应该熄灯睡觉，可是这个房子的主人却似乎对规定不屑一顾，或者不是不屑一顾，而是他有这个能力，不让规定束缚于他。

　　房间的灯光是黄色的，远远看去像是一只飘曳的萤火虫，一个人影映在窗上，看上去惆怅孤寂。

　　楼下巡逻的军人看到这一幕，纷纷摇头，有人细声说道："宁主任又失眠了吧，这个月好像是第四次了。"

"你别多嘴，宁主任的手段你还不知道，小心被人听见，明天有你好受的，我可是知道，咱们的宁主任可是王牌特种部队出来的，别看她是个女的，功夫深得很。"

楼上没关灯睡觉的，的确是个女人，便是巡逻兵口中的宁主任，小房间黄色的灯火照射下来，从她的发尖，慢慢拖到地上。

她的头发不长，齐肩，头顶处用发圈绾起来，看上去英气逼人。

她的眼睛很大，眉毛很长，鼻子尖尖的却又小巧玲珑，一双嘴唇抿着，薄而细，下巴微微凸起，整体看上去有种小家碧玉的错觉，但是她瞳孔里那种充满着严肃的气息，让人望而生畏，这便是巡逻兵口中的噩梦，他们军区部队刚分来的教导主任，宁阳。

宁阳手里正拿着一张照片，她看着照片上的男人，不知不觉露出笑意，那种笑，充满着倾世的美艳，仿佛在细看自己的挚爱之人，事实也确实如此，照片上的男人，便是她的挚爱，只是那个男人，现在在做什么，会不会和她一样，也在想着彼此？

照片上的男人一身迷彩，脸上用彩笔绘上了五颜六色的横条，看上去，像是孤野的兽，头上戴着一顶软帽，帽檐不高，能看见眼睛，手里提着一把枪，整个人，带着狂野的力量。

而那双眼睛，如果让曹北歌看见，她会大吃一惊，因为照片上的男人，赫然便是顾南筝。

这个时候的顾南筝，却和曹北歌席地而坐，他们之间隔得不远，却又没挨在一起，只是隔着一张桌子，手里端着红酒杯，各自喘气。

曹北歌将杯子放在地上，她不知道地上铺的羊毛地毯值多少钱一个平方米，她也不会去问，她只是随性地那么一放，毫无心机。

她说道："顾南筝，你多大了？"

顾南筝微微一愣，笑道："27，你呢？"

"我24，比你小。"

"都是'80'后嘛，虽然你是末班车，但跟我也是一个级别的。"

"谁跟你一个级别，你少臭美。"

"我已经很美了，不用臭也行。"

"我说你这人厚脸皮到这个份上，真是天下无敌了。"

第十六章　最是烟花夜未央

"你难道不知道，现在的社会，脸皮厚不吃亏呀。"

"你简直就是'人不要脸天下无敌'嘛，我还真小看了你。"曹北歌咯咯一笑，像是天真烂漫的孩子。

时间一分一秒，上帝的安排巧妙而精准，没有谁能抓得住时间的脚印，人们像是在时间的呼吸里行走，一呼一吸，就是一天一夜。

"曹北歌，你是哪里人？"顾南筝突然问道。

"怎么，干吗突然问我这个？"曹北歌惊讶道。

"好奇，像你这样的女子，出生地应该很不凡哦。"

"这话听着顺耳，我是云南人。"曹北歌回答道。

"云南？"

"没错，就是云南，我是云南丽江的。"

"那是个好地方。"

"还用你说？"曹北歌站起来，拍拍屁股，然后笑道，"丽江可是文化古城，你去过吗？"

"没有，我没时间去旅游。"顾南筝依旧坐着，但是从他的声音里，听出一种疲惫。

"你是大忙人啊，真搞不懂，干吗非要把自己逼成这样呢？"曹北歌不解道。

"不逼自己，不对自己狠点，就永远都看不见第一缕阳光，就只能被别人所抛弃，更会被世界所抛弃。"

曹北歌叹口气，笑道："我就没那样，不同样活得好好的？是你这种人太过于严苛，所以才会那么累吧。"

"我也不知道，或许你说得对吧，但是，生活在我的身上，已经留下太多折磨，我不想再有其他的伤痕了，所以，我要往前走，就算累点儿，也不在乎。"

"你真是个倔强的人。"

"谢谢，认识我的人都这样说。"

曹北歌突然就不再说话了，不是她不想说，而是她突然不知道该说什么，夜晚已经深到了低谷，但是夜本身未央，她的心绪，似乎也平静不下来，世事烦扰，她在听了顾南筝的说辞后，对整个生活的态度，有了极大的看法，这看法，颠覆了她的传统，她根本没有能力去阻止，所以，她只能保持沉默，然后，找个时间，好好消化。

顾南筝见她不说话，也沉默下来，他对云南丽江了解甚少，更不知道，那个叫宁阳的女人，现如今就在丽江，而且在同样深沉的夜晚，看着自己曾经的照片，久久不能入睡。

命运的转盘总在制造一系列的巧合，也在制造一系列的误会，谁也不知道，巧合属于谁，误会属于谁，但是，总有些是会在某天碰上的。

顾南筝看着快要沉沦的夜色，淡然一笑，道："一世繁华落此处啊。"

曹北歌被他的声音吸引，笑道："什么？"

"我说一世繁华落此处。"

曹北歌突然灵犀一照，接道："最是烟花夜未央。"

第十七章
喜于无形

　　天亮之后，任何东西都无所遁形，在光明的照耀下，任何隐晦，都是徒劳。
　　曹北歌在后来的夜里都睡得很好，不知道为什么，只是从那晚和顾南筝聊完以后，她的梦境里一片干净，不见了纸飞机，不见了帆船，不见了黑色的海和礁石，一连串的伤痛似乎都悄然隐退了。
　　曹北歌当然不知道这一切源自于什么，但是对于她来讲，是件好事吧！至少不会那么痛苦，也不会在半夜的时候备受折磨。
　　一个礼拜以后，曹北歌接到一个电话，是疗养院打来的，医生告诉她，有专家过来给小豆子会诊。
　　曹北歌兴冲冲赶到疗养院，进门的时候，一眼就看见了顾南筝。
　　顾南筝也看见了她，微微一笑，道："你来了。"
　　"嗯，小豆子怎么样了？"曹北歌把头伸到玻璃窗上，想要看看房间里的情况。
　　"专家过来了，都是最权威的，现在还不知道情况，耐心等着吧。"
　　曹北歌把手合起来，口中念念有词："老天爷，一定要保佑小豆子平安无事。"
　　"放心吧，有你这份心，老天爷会感动的，况且小豆子是个好姑娘，她会挺过去的，这些专家都是白血病的权威，会竭尽全力医治的。"顾南筝看着曹北歌的样子，心里有些心疼，嘴里却说着安慰她的话。
　　"我想进去看看她，可以吗？"
　　"现在不行吧，等检查结束了，我们一起去看，好不好？"

"那好吧，谢谢你。"

"谢我干吗？"

曹北歌嘴角翘起来，笑道："你和小豆子刚认识不久，就能对她那么好，我替她谢谢你啊。"

"小豆子和我投缘啊，所以不必谢我，倒是你哦，跑来跑去，我都感觉你变瘦了，这一个礼拜又去送货了？"

"工作使然，当然要去了，至于小豆子，那可是我的好小姐妹，我当然要在她身边啊。"

"嗯，我看你那么辛苦，难道没想过换份工作吗？"

曹北歌愣了一下，咧开嘴笑道："像我这种没文凭、没长相的人，哪个大公司会要我？能在目前的地方上班，已经很幸运了，北京那么大，竞争那样激烈，我哪里争得上啊。"

"你对自己没信心？"

"其实也不是了，虽然我没有文凭，但是很多事情我还是会的哦，不过现在面试都要证书，我当然一下就被筛掉了。"

"那如果说我聘用你呢？"

"你聘用我的话我就……你刚才说什么？"曹北歌惊讶道。

"我说，我要是聘用你，你来不来我的公司？"顾南筝嘿嘿笑道。

"不会吧，今天可不是愚人节，这玩笑也不好笑。"曹北歌讪笑起来，有种不知所措的感觉。

"你看我的表情像是开玩笑的吗，而且今天是2月1号，我当然知道不是愚人节，难不成我的智商真有那样低吗？"

"那你是说真的？"曹北歌还是不敢相信。

"那当我没说。"顾南筝别过头去，声音带着小孩子气。

"你等等，话都没说完，你这人怎么这样，你说清楚，到底是不是要我去上班啊，我去做什么啊，工资多少？"曹北歌看顾南筝不搭理她，赶紧去扯他的衣服，把他整个人都扯到自己的身边来。

"月薪5000，工作职责及岗位，到时候我会安排，给你三天的时间准备，包括从之前的地方辞职，我不喜欢别人迟到，三天后早上8点，到未来大厦十楼找我，就是之前你去过的那个办公室。"顾南筝干净利落地把话讲完，这个时候的他充满了严肃的表情，这种职场上锻炼出来的气息让曹北歌一时难以适应，但是曹北歌还是点了点头，将他的话一字不漏地记了下来。

时间过得很快，半个小时后，专家们检查结果出来了，初步判定，小豆子身体结构还算稳定，虽然上次大出血，但是得到了及时的治疗，接下来的时间，各位专家会进行会诊，然后制订治疗方案，小豆子的生命暂时没有危险。

曹北歌、顾南筝都出了一口气，几个专家见到顾南筝都很恭敬，口中叫着顾少爷，曹北歌一愣一愣，不知道什么情况。

顾南筝似乎知道曹北歌是个好奇心很重的人，便道："他们是我老爸的专属医疗团队，所以见到我都这样的。"

"你这么牛啊，连这些权威医生都对你毕恭毕敬的，不得了啊顾总。"

"少扯皮，现在豆子情况稳定了，你也放心了吧，快回去准备一下，三天后不准迟到，不然的话，有你好受的。"

"我知道了，第一天上班，我当然不会掉链子了。"

"那样最好。"

"对了，冒昧地问一句，你是不是有个后妈啊？"曹北歌哈哈一笑，问道。

"你说什么？"

"我说你是不是有个后妈，不然你的脸怎么会那么臭，哈哈哈。"曹北歌一边说一边跑进病房里，身后的顾南筝满头黑线，丈二和尚摸不着头脑。

过了半天，他才骂道："曹北歌，你这恶心女人。"然后他开了门，看见病床上的小豆子正和曹北歌很开心地聊天。

他的心，突然间很安宁，像是经过滔天巨浪之后，见到了久违的沙滩，有美丽的晚霞，有可口的椰果，有休息的床椅，有惬意的帐篷，一切都那样和谐，在他的眼睛里，蜿蜒成一幅画。

曹北歌看着他，微微眨眼做了个鬼脸，然后继续和小豆子玩耍，小豆子看见顾南筝，笑道："大哥哥，你来了？"

"我来看你呀，怎么样豆子，今天好点吗？"他边说边走到床边，蹲下来，拉起小豆子的手。

"我还好啦，就是好几天不见你们，我都无聊死了，我知道你们上班肯定忙，所以我就只能闷着了，你们今天能来，我好开心啊。"

"以后有时间我就和姐姐来看你，好不好？"顾南筝看了看曹北歌，淡定地说道。

"好哎，这样我就有伴了，不孤单了，大哥哥，你和北歌姐姐是不是……"小豆子偷笑起来，样子滑稽可爱。

曹北歌拍拍她的头，嗔怒道："豆子，乱嚼舌根，小心点哈。"

"哎哟，北歌姐姐，我又没说什么，是你自己不打自招了吧。"

"什么叫不打自招，豆子，你这丫头片子现在是越来越得瑟了哦，拿你姐姐我打趣，是不是想受到惩罚啊。"

"我不要惩罚，我不要惩罚，嘿嘿。"豆子装出害怕的样子，看上去搞笑极了。

"什么惩罚？"顾南筝问道。

"就是挠痒痒，你怕不怕？"曹北歌突然伸出手去，隔着小床去挠顾南筝，没想到顾南筝真的很害怕，一下就往后倒去，然后一屁股坐在了地上。

"豆子快看，你大哥哥也怕惩罚，哈哈哈。"

豆子看到这一幕，呵呵一笑，道："北歌姐姐，你就别欺负大哥哥了，你看他多可怜啊。"

"豆子，我们是好姐妹不？"

"当然是啊。"

"那我们是不是要结成统一战线？"

"嗯，要的。"

"那好，那我们一起对你大哥哥实行惩罚好不好？"

"这样啊，不太好吧。"

"豆子，你是不是不听姐姐的话了，还是你对这个大哥哥有想法？"

"是啊，我早就说过了啊，要是北歌姐姐你不要的话，等我长大了，我可是要嫁给他的哦。"

曹北歌脸一红，嗔道："小豆子，你再乱说话，我就不理你啦。"

"北歌姐姐，你别不理我啊，我不乱说了。"

"这才乖嘛，好了，今天就到此为止，你想吃什么，我去给你买。"

"我要柠檬汁，还有汉堡。"

"小孩子少吃点这些东西，不过看在你今天听话的分上，就满足你啦。"

顾南筝站起来，笑道："你陪着她吧，我去买。"

曹北歌点点头，道："好吧，那你自己小心点。"

顾南筝抖抖衣服，开门走了出去，小豆子趁机说道："北歌姐姐，你喜欢大哥哥吗？"

"小屁孩儿，你懂什么？"

"我怎么不懂了,电视都这样演的,你要是喜欢,就要说出来哦,不然会后悔的。"

曹北歌突然就不说话了,真的只要喜欢说出来就可以吗?她的心,突然一片狼藉,有种琢磨不透的心绪。

第十八章
彼此的念想

在命运的齿轮里，有些回忆，最终会成为两个人剑拔弩张的导火索，这些回忆，会在你最想不到的时候，突然出现，然后只用一个照面，就能轻松将一切颠覆。

顾南筝是一个要强的人，所以他从不轻易让自己有所回忆，他宁愿混迹夜场，祈求买醉，然后拖着疲惫的身体，一下就睡到天亮。他也可以彻底地放肆，把一切曾经的东西压在箱底，不让任何人去翻阅，如果有一天有人找到那些东西，顾南筝会很不客气地对他动粗。

不是他不想去回忆，而是有些回忆，是伤人的刀剑，会让他的心和皮肤，在刹那间支离破碎。

当他买着柠檬汁和汉堡走进房间的时候，曹北歌哄着小豆子已经睡着了，看着床上那张小小的脸蛋，他的心，前所未有地宁静。

曹北歌看见他，比了个嘘声的动作，然后站起来，走到他身边，示意他出去。

顾南筝将东西放在一旁的桌上，然后蹑手蹑脚跟着曹北歌走出门去，他轻轻带上门，不发出任何干扰。

曹北歌走到一旁的角落，看着跟上前来的顾南筝，笑道："她等不及，就先睡了。"

"我排了很久的队，所以有点晚，她不会生气吧？"

"小豆子不是那样的孩子，等她醒来看见桌上的东西，会开心的。"

"那就好，我下午公司还有会，所以就要先走了，记得我跟你说的话，到时候可不许给我出洋相哦。"

"你忙去吧，我答应的事儿我会做好，我曹北歌做事儿就这点让人放心。"

"嗯，那行吧，我走了，记得跟豆子说声，免得她记恨我。"顾南筝说完转身离去，走路的姿势在曹北歌的眼睛里，像是一匹狂奔的马，充满着矫健与不羁。

"你自己小心点儿。"看着顾南筝的身影快要消失，曹北歌还是忍不住说了出来。

只是顾南筝已经听不见，转过角落，下了楼梯。

曹北歌靠在墙上，心里有种难以表达的感觉，她很不愿意相信，自己是否在不知不觉中对那个有着迷人眼睛的男人上了瘾，会在情不自禁之间，对他俯首称臣。

只是，一切都仿佛是虚妄的，带着迷幻的色彩，没有谁告诉她答案，她自己当然更加迷糊。

而此刻坐在凯迪拉克车上的顾南筝，心里也有着一种迷糊的错觉，他的心绪不宁，满脑子都是两个人的画面，这两个人相互交缠，最后都化作了苍白的纸屑，然后飞落一地。

那两个人，一个是英气勃发的照片女孩——宁阳，而另一个，则是给他感受触动深刻的曹北歌。

他靠在方向盘上，感觉头有些发胀，北京的冬日渐行渐远，春的气息将在不久之后席卷大地带来一场清爽宜人的风暴。

然而这个时候，顾南筝却仿佛在备受煎熬。

他拔下钥匙，透过车窗看向疗养院楼上，那里似乎有一个人影，在默默地注视着自己。

但那都是假象，真正的人，此刻应该在房间里，又耍又闹。

他摇摇头，自嘲地笑道："顾南筝，这么些年的磨炼，你终究还是逃不过一个情字，罢了，既然无法逃开，就不要再逃了吧。"

然后他发动车子，车轮带着一大片尘土。

第十九章
春来江水绿如蓝

　　三天的时间，在曹北歌的观念里，是短暂的，整日忙碌于工作的她，对于时间有种近乎敏感的错觉，所以她一点也不敢耽搁，从疗养院出来以后，她直接奔向了家。

　　将自行车扔在小院里，她自顾自走进门里，用眼睛扫了扫家里的摆设，不知道为什么，如此狭小的一片地方，在她的眼前显得空旷而萧索。

　　她走到椅子前坐下来，把头靠在桌子上，像是在感受木头桌子发出的温热，然后她动动唇，喃喃道："这样到底对不对呢，刘老头对我那么好，我该怎么跟他讲出口啊？"

　　没有人回答她，只有她自己心跳的声音在房间里蔓延，她闭上眼睛，思绪一片模糊，乱糟糟的感觉是她最不喜欢的，到最后的时候，她竟然情不自禁想到了顾南筝的样子，从他的表情里，曹北歌突兀地发现了一丝盼望，那丝盼望，让她彻底沦陷。

　　她坐直身体，用手捶着桌子，出了口大气，道："人往高处走，所以，刘老头，对不住你了。"

　　她说完，大踏步走出门去，将倒在地上的自行车扶起来，然后翻身骑上去，一溜烟消失在胡同里。

　　春日的气息已经肆无忌惮地在大街小巷蔓延，尽管还有些寒意，但是阳光的温度，已经能让皮肤感受到灼痛，虽然那疼痛，极度细小。

当她看见刘老头坐在公司大门口抽着旱烟的时候，她的心，突然地觉得很哀伤，不只是因为刘老头给了她第一份工作，还因为这个老板，有一种让她安心的感觉。

犹如自己的父亲，给予她最忠实的安慰和警告。

她把车停下来，慢慢悠悠走到刘老头身边，阳光似乎在刻意回避，在他们的头顶撞到墙壁，慢慢折射弹开去了。

刘老头闭上眼，烟雾在他的身边环绕飞翔，远远看去像是仙翁，周身和蔼的气场让曹北歌心里更加不好受。

她慢慢走过去，刘老头似乎发现了她，将烟杆放在边上，吐出一口烟雾，轻笑道："小曹，你来了。"

"嗯，老板，你怎么知道我来了。"曹北歌有些心虚地问道。

"人老了，虽然眼力耳力会下降，但是心却跟明镜似的，有些事情微微感受，就能知道的。"

"老板，是不是每个人到了你这样的年纪都有这种感悟啊？"

"世事无常，人一辈子能活多久？等真正看开的时候，却发现什么都迟了，生活本身充满了不可思议，就像你我，在没有相遇之前，谁会知道相遇后的事情呢？"刘老头把烟杆杵在地上，抖了抖烟灰，接着道，"今天应该是休息日，你来一定是有事吧？"

曹北歌把头低下去，没有说话，她不知道怎么说出口，在老人面前，她所有的防备都是虚设的。

"你看，春天到了，一切都会有个新的开始，人生，何尝不在期待着春天呢？"刘老头呵呵笑道，重新掏出烟袋，装上烟草，然后打算点火。

曹北歌看在眼里，她立马蹲下身来，然后取过刘老头手里的火柴盒。她轻轻取出一根，在擦皮上划过一片火光，然后一簇火焰升腾起来，伴随着一缕浓烟。

刘老头咧开嘴笑道："你还会点烟啊？"

曹北歌一边将火焰移到烟杆处，一边笑道："在家的时候，经常给老爹点烟，所以自然就会了。"

"你爸爸也抽这个？"

"他可是个烟鬼呢，自己种的烟草，每年夏天都能收不少，然后就他一个人巴嗒巴嗒全抽光了。"

"旱烟这东西，自己种的感觉可大不一样，前些年我也会种，后来就靠买了，不过很多烟草都不是正宗的，一抽就抽出来了。"

"老板，你是本地人吗？"

"是啊，土生土长的京城人，见证了这里的起起落落，也终于领悟了生命的真谛。"

曹北歌笑起来，道："生命的真谛是什么呀？"

"所谓生命的真谛，其实就是简单地生活，在生活里，看见平凡，看见本真。"

曹北歌呼口气，道："老板，其实我……"

"你不用多说我也知道，你今天能来找我这个老头子，跟我聊会儿天，其实我很开心，人有各自的生活，你还年轻，以后的日子还长，路也是一步步走下来的，你是个好姑娘，踏实能干，现在的社会这样的人已经很少了，所以我也不能阻挡你以后的路途，想好了离开就离开吧，以后就靠自己了。"刘老头说完，将烟杆握在手中，站起身来，转身走进屋子里去，曹北歌蹲在原地，心里五味杂陈。

大概十分钟之后，刘老头走了出来，手里拿着一个盒子，看着曹北歌，将盒子递过去，笑道："从今天开始，我就算你辞职了，这里面是你未结的工资和我送你的一份礼物，希望你以后能找到好的生活，也能体会到生命的真谛。"

曹北歌接过盒子，感觉眼睛里有些湿润在蔓延，她吸吸鼻子，勉强笑道："老板，谢谢你，在这里的这些日子，多亏你的照顾，我真的不知道该怎么报答你。"

"傻姑娘，现在的世界尔虞我诈，时时充满着挑战与欺骗，你要是太善良，是会吃大亏的，你帮我打工，我给你工资，我们之间就是上下级的关系，你不用报答我，但是我希望你在以后的工作中，时刻地提醒自己。"

"老板，我知道了。"曹北歌将盒子拿在手里，感觉沉甸甸的，那不仅仅是一份工资，更多的是这半年多来，在这里点点滴滴的回忆。

"时间不早了，你回去吧，我约了老李他们下棋，就不陪你了。"刘老头把烟杆背在后面，淡淡一笑，转身走开，他的步伐看在曹北歌的眼睛里，充满着沉稳以及生活的老练。

这已经不属于他们的时代，但是他们依旧在这样的时代里苦苦挣扎，在他们的世界观里，生活和生命就是一体的，每天能够看着日升日落，其实就是最大的幸福。

曹北歌的眼泪不自觉地流下来，她想对刘老头挥手，但是举起手来，却摇不动，她突然明白了现实的意义，有些事情，不是任何人能左右的。

她仿佛听见刘老头飘忽的声音传过来："春来江水绿如蓝，啊呀啊啊呀。"声线带着京剧的唱腔，在遥远的天空里，渲染飘曳。

她叹口气，缓缓转身，看着曾经工作的地方，从此以后，就与它作别了，新的生活在召唤，对于她，一切都才开始。

她走到自行车旁边，将盒子丢进前面的篮子里，然后跨上车子，口中大呼一声："春来江水绿如蓝，我曹北歌的天空，会比那江水更蓝。"

然后她飞快地骑出去，像是一只穿梭在雨林的鸟，带着对未来的憧憬，一飞冲天。

第二十章
邂逅

  当晚风，当夕阳，当冷色，当漆黑纷至沓来，庞大的北京城，像是不朽的机器，在所有人的蒙眬眼神里，轰然作响。

  那是它不分昼夜前进的声音，带着兴奋，带着霸气，带着前所未有的呼喊，在飞速进程的时代里，疯狂前行。

  曹北歌骑着自行车，看着街边渐渐升起的灯火，那些此起彼伏沸腾起来的火光在她的眼睛里绵延到很远很远，像是一条全是眼睛的长虫，透露着对这个地方骄傲的诠释。

  夜晚对于她来讲，是一种极无聊的时候，她在这边没有什么朋友，所以很少逛街购物，而且出生农村的她向来节俭，对穿着也很随意，她平时一般就在廉价的商城里挑几件，就能穿一个季度，但是她能把这些衣服洗得很干净，穿在身上自然而然有种不亚于那些名牌的美感。

  她慢慢悠悠地推着车子，沿着一条看不见底的长街慢慢走过去，来到北京半年多来，她拼命地挣钱，想要早点让父母亲过上好生活，为了工作，她起早贪黑，任劳任怨，这段时间下来，她已经积攒了三万多块钱，加上今天刘老头发给她的工资，差不多有四万了，她想得很清楚，要把这些钱给老妈寄回去盖一所新房子，也算是她这做女儿的对家里的帮助了。

  兜兜转转，终于看见了银行的自助存款机，她走进去，将钱拿出来，然后快速地把钱存了进去，最后的时候她还是留下了五张，然后满意地笑笑，走出了自助取款机的大门。

　　风从四周吹来，拂动她的黑发，像是提起一块黑色的涟漪，她微微一笑，正要走下台阶骑车，突然间一道身影从身边滑过，手中的黑色小包像是被疾风带走，从手里脱落。

　　曹北歌心里咯噔一声，然后火速地反应过来，口中大喊道："抢劫啊！"

　　声音一落，她便迈出步子，像是一头被惹急的母狮子，疯狂地蹿出去。

　　抢包的人在前面没命地跑，而后边曹北歌紧追不舍，口中还一边大喊："抓小偷，抓小偷。"

　　也难怪曹北歌那么卖命，那个黑色的小包里有她最后的几张命根子，要是就这样被小偷拿走，真就亏大发了，她心里那个恨啊，简直就像是洪水泛滥一样，把牙咬得紧紧的，然后加快速度，对着前面奔跑的小偷狂奔而去。

　　抢她包的小偷一定很郁闷，这女的也太能跑了，追了整整两条街，硬是不肯停下来。

　　就在他们进行拉力赛的时候，一个黑色的影子突然蹿出来，在最短的时间超过了曹北歌，朝前面的小偷追逐而去。

　　曹北歌被他的身影一闪，险些摔倒，好在她的身体素质过硬，硬是调整过来，然后摸摸鼻子，气喘吁吁道："这个时候才来见义勇为，迟了点吧。"口中虽然说，但是脚下却没停下来，依旧朝着两人消失的街口追了过去。

　　时间像是一个巨大的轮子，拉着他们的距离，拉着夜晚的灯火，拉着所有的喧嚣，也拉走了一切的浮躁。

　　当曹北歌喘着大气停在一个胡同口的时候，夜已经很深很深了，她弓着身子，看着前方被黑色身影堵在死角的小偷，心里突然很畅快。

　　胡同里有些暗，她慢慢走上去，看着前方的黑色背影，那是一个很高大的背影，曹北歌竟然不自觉地想起了顾南筝，那个男人，也有一个宽阔的后背。

　　就在她遐想的时候，黑色身影伸出手指着被逼在角落的小偷，淡淡道："东西拿过来。"

　　小偷躲在角落里，身体微微颤抖，手里攥着黑色的小包，却对男人的话视若无睹，曹北歌走近一些，轻轻拍拍黑色背影的肩，缓缓道："让我来。"

　　黑色的背影慢慢转过身，在昏暗的胡同里，曹北歌终于看清他的脸，那是一张充满着冷酷却又张扬的脸，他的眼睛犹如深潭，盛装着不见底的海水，薄薄的嘴唇搭配坚挺的鼻子，看上去俊朗极了，最让曹北歌惊讶的是他的眉毛，那像是被人装点的黑色，浓密而野性，充满着让人情不自禁的欲望。

他看着曹北歌，动动嘴唇，道："你是谁？"

曹北歌微微失神，被他一问，赶紧道："我是那个包的主人。"

"主人？怎么证明？"

"你没看见我也在追吗，就是他抢了我的包，这个臭贼，终于被我逮到了吧。"曹北歌一边说一边握着拳头，像是在审视一只弱势的羔羊。

"你搞清楚，他是被我堵住的，Ok？"黑色的人影没有理会曹北歌，声音淡漠。

"是是是，是你把他堵住的，我代表那个包谢谢你，你真是好人哦，等把这个小偷抓到警察局，我一定跟警察叔叔说，让他颁个奖给你，好不好？"曹北歌笑道，充满着可爱。

"你很烦，没事的话就让开，等我收拾完这个家伙，再来听你这个妈妈桑啰唆。"黑色身影不买曹北歌的账，用手将她推开，然后握紧拳头，咔嚓直响。

曹北歌被他一推，身体向边上靠去，耳边却回响着他的话，然后她跳到黑色男人面前，指着他的鼻子吼道："你说谁是妈妈桑？"

她的举动让男人吓了一跳，然后男人伸手将曹北歌的手拨开，淡淡道："刚才谁跟我讲话，谁就是妈妈桑，还有，我最讨厌别人用手指着我，现在，你给我闪开。"

"你说什么，你这个臭王八，你敢说姑奶奶是妈妈桑，我告诉你，别以为你见义勇为把小偷堵住就很牛，今天你不给我道歉，我跟你没完。"曹北歌倔强脾气上来，像是一匹挣脱缰绳的野马。

"你有完没完，现在我没时间跟你扯淡，快让开。"男人的声音越来越愤怒，而曹北歌被他一激，也跟着火大，就在他们争执不休的时候，躲在角落的小偷突然蹿出来，想要趁这个机会逃出去。

男人的眼睛一闪，看破小偷的意图，身体一转，伸出一只手，将小偷逼退几步，小偷看他的样子，把心一横，竟然从一兜里掏出一把跳刀，在手中翻转几下，直接就向男人刺过去，男人眼睛一挑，想要闪躲，却发现身前被女人纠缠住，那小偷的刀闪着刺眼的光芒，眼看就要刺到，男人大喝一声，竟然一把将身前的女人拦腰抱起来，然后抬起一脚，正好踢中小偷握刀的手腕，小偷吃痛，刀子丢了出去，男人看准机会，接着出腿，正中小偷胸膛，小偷被踢一脚，身体撞到墙上，反弹回来，晕倒在地，倒地的地方，离跳刀的位置只有五厘米。

而曹北歌却好像是做了一个梦一样，她感觉自己飞了起来，仿佛置身云端，当她睁开眼的时候,却发现自己紧靠着一个宽阔的胸膛,她能清晰地感受到男人雄性味道和他身体里强有力的心跳。

就在她眩晕的时刻,身下的男人正好出脚将小偷制伏,她还没反应过来,身体由于惯性,竟然向男人的脸上靠去,然后,一场最亲密的接触,发生了。

那是一场没有预谋的接触,充满着传奇色彩,让彼此的心,有种难以抹平的触动。

那好像是只关乎两个人的接触,不是亲吻,却感觉比亲吻刺激,带着耐人寻味的暧昧,在彼此的心间悄然铺开。

曹北歌的脸,与男人的脸,就这样紧紧地挨在一起,像是浑然天成一般。

时间一分一秒,像是在须臾之间,一切犹如电光火石。

这注定,是一次暧昧的邂逅,暧昧到,谁也没有准备,谁也措手不及。

第二十一章
霓虹纷扰不夜城

有种不具名的浪漫，会在不经意的时候，轻而易举地侵入，然后给沾沾自喜的人，带来巨大的疼痛冲击，曹北歌这个时候，正在受到这种折磨。

当她的脸靠近男人陌生的皮肤时，她能感受到他尖锐的汗毛在空气里一根根竖起来，带着倔强的抵御信息，让她的心，前所未有地紧张。

然后他们的脸紧紧贴在一起，相互交错的皮肤，带着彼此的温度，深深地渗透到最底处，曹北歌当然不适应，然后从男人怀中挣扎出来，举起手一巴掌就向男人甩去，她的手势带着灭天的威势，但却在半路的时候被人轻轻地抓住。

接着男人把她拖起来，身子一转，曹北歌感觉到男人的牙齿紧紧咬起来，接着男人的身体有轻微的颤抖，而他身后，刚才晕倒的小偷偷袭不成，被他重新踢倒在地，发出疼痛的呼喊声。

曹北歌被声音惊到，转过头看去，只见小偷手里还握着一把跳刀，而男人的手臂，渗出鲜红的血液，正在汩汩地顺着手腕留下来。

曹北歌突然眼睛发痛，这种痛像是看见至亲至爱的人受到了伤害一般，她的心抽搐而慌张，然后她拉住男人的手，急迫地问道："你没事吧？"

她的声音里，连她自己都感受到明显的关心，可是男人只是摇摇头，然后甩开她的手，走到小偷面前，一只手就将小偷提起来，然后缓缓道："把包给我。"

小偷已经被他吓住了，畏畏缩缩将黑色的包拿在手里，然后递给男人，男人接过包，将它往后一抛，正好落在曹北歌的手里，然后他将小偷拧起来，头也不回，向大街上走去。

曹北歌像个木偶一样站在原地，看着手里的黑色小包，想到男人宽阔的后背以及他还流着血的手臂，突然间她脑海里一片空白，然后也不知道怎的，她转过身，朝着男人与小偷消失的方向，快步追去。

风慢慢地吹起来，带着她耳边的碎发，一缕一缕，飘在耳根上，有些痒。

她在大街的人流里失去了他们的踪影，男人与小偷像是从未出现一样，一切似乎是她曹北歌做的梦，或许是她的幻想，她似乎感觉自己现在还在自助存款机的门口，刚才发生的一切，都是黄粱一梦而已。

可是，她偏偏感受到了那个男人皮肤的温热，他身上那雄性的味道，带着野性，带着不可触摸的逆鳞，让曹北歌相信，这一切，都是真实存在的。

她灵光一闪，男人应该带着小偷去警察局了，这般一想，她迈开步子，在银行门口骑回自行车，然后往警察局飞奔而去。

可是一切并非她想象的那样，她找了很久都没有结果，最终她不得不放弃，然后将车骑回了家，那个夜晚，她失眠了，满脑子，都是那个男人温热的味道。

霓虹灯在深夜的最后闪烁，带着颓废奢靡的气息，在硕大的城市上空，蔓延着腐朽的味道。

或许，人们能闻到它张开手臂散发的气味，那像是热量扩散般的速度，会在一瞬间，照耀整个京城。

曹北歌靠在窗前，这个夜晚已经注定是个不眠夜，离顾南筝规定的时间还有两天，她小心翼翼地把腿盘起来，然后下巴紧紧靠在膝盖上，像是一只受到惊吓的小猫，此时此刻，她备感孤独。

外面的夜空充斥着纷乱的声音，偶尔有黑色的鸟影从上面飞过，带着低沉的轰鸣，给她神经最敏感的触动。

她静静地呼吸，呼出的气体像是久久盘旋的旋涡，不肯离去，她只留了一盏小小的台灯，灯光把她的影子拖得很长，模糊而怅惘。

她在想傍晚时分见到的那个人，那个有着冷酷外表的男人，但是她的心里却在反驳——那个人，一定善良。

这个确定式的想法让她浑身一个激灵，然后她坐起来，情不自禁把这个男人与顾南筝重合起来。

但是她失败了,那是两个极度不同的身影,两个男人,仿佛是不同的国度行来的王者,都带着不可一世的味道,但是却在她的脑海深处,留下深深的烙印。

如此的夜晚,注定会纷扰她,更会纷扰这个城市。

第二十二章
一帘幽梦等你来

　　顾南筝已经连续抽了三根烟，浓烈的烟雾缭绕在空旷的房间里，像是一些不断缠绕的妖精，带着蓝色的、青色的梦境，飞旋得让人眼花缭乱。

　　三天，对于这个时间，顾南筝抱着很大的期待，他似乎可以想象得到曹北歌三天后来到他面前那种欣喜的表情，仿佛想象一出完美的表演，让他兴奋。

　　外面的夜空带着周而复始的疲乏与困顿，但是一如既往地侵袭着生存在这里的人，顾南筝靠在落地窗上，从高处俯瞰下去，马路上的车水马龙，带着快速的奔跑的意念，很快就消失在他的视线里。

　　他忽然感觉到空灵，空灵的心和脑海，仿佛一切都与自己无关，眼前的都是海市蜃楼，幻象缥缈，唯一真实的，是他自己。

　　仿若是一帘幽梦，他置身其中，徜徉匍匐。

　　他好像感觉到一种特别的情怀在他的思绪里来回穿梭，而且很真很真地告诉他，有人在念着他。

　　是谁呢？

　　寂寥的晚风呼呼地吹去吹来，带着远方的思念，一笑而过。

　　丽江某部队，宁阳坐在床边，房间的灯火昏暗，她的脸随那火光忽明忽暗，阴影里有些小小的惆怅，在深静的夜晚，显得很凄婉。

　　她满脑子里想的，只有一个人，那个让她魂牵梦绕，却又有些小怨恨的男人。

他现在好吗？会不会太累？会不会喜欢上别人？会不会已经忘记了她，忘记了曾经说过的承诺？

她甩甩头，像是一只狂躁的猫，然后她摸出枕头下边的一张相片，当看见照片上的男人时，她情不自禁地笑了。

"南筝哥哥，当初你答应我的，只要我能和你一样，成为中国人民解放军的一员，你就会娶我的，现在我已经实现了，那你的承诺，什么时候实现呢？"宁阳用手轻轻抚摸照片上男人的脸颊，感觉那个人就在她面前，她能感受到他的肌肤传来的实感，一切都安静下去，她的呼吸声，在房间里慢慢飘远。

时间都倒退，当他们都在怀念青春的时候，有些话语，最终让人铭记一辈子。

五年前，顾南筝对宁阳语重心长地说："宁阳，你太小，不懂得责任之重，军人的天职和使命是保护国家和人民，所以，我不能跟你在一起。"

那时候的宁阳是一个18岁未满的小女生，对爱情充满着幻想，对青春充满着渴慕，当那个比她大四岁的男人对她说出这番话的时候，她的心，深深地被触动，然后她流下泪来，双手紧紧抱着顾南筝，把头狠狠贴在他的怀里，然后抽搐着吼道："我不管，我就要和你在一起。"

然后顾南筝推开她，带着狠冽的眼神，说道："听着，宁阳，你要和我在一起，可以，但是有个条件。"

"什么条件？"她欣喜若狂。

"你知道我是军人，我也希望我的女人是军人，如果有天你能成为一名优秀的军人，那我就答应和你在一起，我知道你家里有背景，所以这一切都只能靠你自己，若是走后门，或是让你爸托关系，那么一切都作废，你做得到吗？"顾南筝看着眼前的小女孩，他的心里知道这是一件多么艰难的事情，对于一个18岁未满的小女生来讲，简直难如登天。

可是宁阳一口就答应了，而且充满着自信，她笑着对顾南筝说："南筝哥哥，你就等着瞧吧，宁阳一定会靠自己的实力，成为一名优秀的军人，不会让哥哥失望的。"

"好，那我就等你，但是我不会一直等下去，我给你五年的时间，五年之后你要是失败了，那么，你知道结果的。"

"我一定要成功，我也会嫁给你的，你就等着娶我吧。"宁阳说完转身离去，那一刻，她的背影在顾南筝眼睛里充满着说不出的倔强，像是一只孤单的狼，开始坎坷地征讨。

五年之中，宁阳果然靠自己的锻炼和努力进入了军队，而且成为一名出色的教官，并被提升为主任，她的名声在军区快速传播，很多人提起她都有些害怕，但更多的是钦佩。

顾南筝当然把一切都看在眼里，他虽然退伍很久，但是对于部队里的一切都有深深的感悟，他可以想象得到宁阳经历了多少苦，这个倔强的女孩儿，为了他，放弃了更舒适的生活，一心都只是想能够嫁给自己。

半年前，宁阳首次将自己的照片寄给了顾南筝，当他看着照片上英气勃发的女子时，他的内心震撼了，那是一种前所未有的感觉，在瞬间将他击倒。

他的眼睛湿润了，情不自禁落下泪来。

一切，仿佛幽梦，兜兜转转，皆是他们的缘。

第二十三章
答案虚妄

"宁阳，你还好吗？"

当夜色越来越接近底层的时候，顾南筝迷糊地睁开眼，然后淡淡地说出一句话来。

外面的灯火依旧高悬，高塔上的探照灯发出刺眼的光晕，像是危险的信号，在很高的天空里，来回摇摆。那些在灯光下面无法逃避的尘埃，像是一只只可怜的虫子，只能挣脱着最后的力气，在风的怀里，做末尾的徘徊。

一切都在变化，但是唯一不变的，是那些钢筋水泥铁骨铮铮的面容，它们张牙舞爪，在一块块孤立的地面上撑起腰杆，像是一幅幅巨大的圆规，有毁灭性的冲击，却让人不得不接受它们的存在。

顾南筝的眼睛发酸，他的瞳孔深处把一切的画面都深深记录下来，像是一台高度精确的摄影机，计算着它们每长高一寸的距离。

而高塔再高，能挡住思念吗，能挡住内心的牵绊吗？

答案虚妄，不可揣摩。

曹北歌同样没有睡着，她失眠的样子一定很丑，她想。

在心里，她一样有要思念的人，只是那思念，不属于顾南筝，也不属于她自己，或者被她思念的，只是一个幻象，一个不存在的梦境。

她坐在床边，透过小小的窗子看到外面光秃秃的树，其实她要是细心点，就能发现那些光秃的部分已经冒出新绿,过不了多久,就会开花,就会长出巨大的枝丫,但是黑夜的眼睛蒙蔽住了一切,让她以为,这样的时间,依旧是最冷的冬季。

春,早已匍匐而来,带着纯白的魅力和风采,或许有人洞悉,有人模糊。但终究存在于这个世界的角落,坚定铿锵。

她想起了远方的母亲,那个身体有些微胖的女人,沧桑的脸上有一种莫名的情绪,想是这些年来一直就存在的。或许,真是因为自己那么早就漂泊他乡,在大时代里,懵懂地前行。

这个时候,她在做些什么,是睡下了吗,还是在台灯下面看着自己曾经写回去的信,直到眼睛模糊呢?她是一个很容易流泪的女人,曹北歌自嘲地笑起来。

"老妈,如果这时候你在,会为我感到高兴吗?我应该做点什么给你吃呢?或许我应该抱住你,要你给我讲个故事,然后在你脸上狠狠亲一口。"她微微地眯眼,像是在做梦,一切都那么惬意,在寂静的夜色里,美丽非凡。

她好想掏出电话,可是看到屏幕上显示的时间,已经是深夜1点半,她那颗悸动的心,一下就安静下来,正当她放下手的瞬间,手机猛地震动起来,然后那首被人传唱的神曲就在小房间里暴响起来。

她拿起电话,看着来电显示,不觉间泪水盈眼,上面写着——美丽女人。

"喂。"她把电话放在耳边,轻轻地应道。

"歌啊,你睡了吗?"那边的声音有些疲惫,但是却有种深深的溺爱蔓延开去。

"没呢,你咋还没睡?"

"我本来睡了,但是刚才做梦梦见你,醒了就给你打个电话,想问问你最近好吗?"

"妈,我很好,你别担心,我会照顾好自己的。"

"都那么晚了,你都没睡呀?"电话那头有些小埋怨。

曹北歌深吸一口气,缓缓道:"因为有点小事情,所以失眠了,睡不着。"

"失眠?很严重的事情吗?"

"也不是啦,说起来应该是件好事儿呢,我换工作了,月薪有5000呢,而且那老板人很不错的。"曹北歌嘿嘿笑道。

"北京是个大城市,你妈我是个乡下人,就在电视里见过那些繁华的景象,妈知道你一个人在外边不容易,要是不开心,就回来,别伤着自己。"

"妈,你女儿是啥样你还不清楚?再说了,好歹我也是重点高中毕业出来的,虽然没上大学，但是专业也不差哪里去，这次能进这个公司，也算是挑战，所以没事的。"

"我说不过你，但事事都要为自己多想点，你也老大不小了，该……"

"老妈，你打住，赶紧打住，接下来你要说的话我已经烂熟于胸了，呵呵，我会考虑的。"

"你啊，就是这样古灵精怪，很晚了，快睡吧！"

"嗯，我知道，你也是哦。"

"那我挂了。"

"老妈再见。"

当电话挂掉之后，曹北歌突然好轻松，那种轻松似乎冲破了一切。

好像一切的烦恼和愁绪，都在瞬间消融。

曾经的梦魇，缓缓离去，那些被她一直深留在心底的东西她竟然说不出来是什么了，是纸飞机，是海水，是黑色的礁石，还是那艘帆船呢？

答案同样是虚妄，不可揣摩。

第二十四章
再一次见到你

佛说，一切都是缘分，前世五百次的回眸，才换来今生的一次擦肩而过，所以，能珍惜的，就一定要努力珍惜。

这句话，曹北歌在很多本书上都看见过，可见佛祖的力量有多强大，然而，她更相信一切随遇而安，不管前路如何，她一直保持着一颗向上的心，就算受过伤害、苦难，也会把泪水埋在心底，而笑容，永远在脸上。

三天后的早上，阳光刚爬起来，曹北歌已经收拾好了一切，墙上的时钟指着7点，那是最美好的时间，正在指着幸福的方向。

曹北歌对着小镜子看了看自己的样子，因为从不化妆，所以她的肤色有一种自然的味道，尽管有些黑，但看上去充满着青春的气味，她穿了一件很合身的小外套，脖子上是她最喜欢的三角围巾，裤子是深色的牛仔，搭配上一双白色的球鞋，看上去整个人神采奕奕。

她对着镜子微微一笑，然后拿起凳子上的黑色包包，走出门来。

阳光惬意地爬上楼顶，从小四合院的顶上蔓延下来，春的脚步就在眼前了，曹北歌透过阳光，终于看见了树丫上的新绿，那些崭新的生命会在大地上普及，然后盛开出耀眼的花朵来。

她骑上车子，一溜烟消失在胡同口，早起的感觉让她心神振奋，加上新鲜的空气以及美好的心情，这一天，注定是精彩纷呈的。

顾南筝同样精神饱满，这个时候他驾着自己的凯迪拉克，正在立交桥上，太阳透过巨大的挡风玻璃射到他的身上，很暖很温和，他把安全带拉紧，然后脚下油门加大，车子便犹如脱缰野马，快速超越前面的车辆，朝着未来大厦行来。

从昨晚到现在，他的脑海里总是浮现出曹北歌的影子，仿佛那个女人有一股魔力，将他的思绪牢牢抓住，他有些不受控制，当今早的亮光找到房子边缘的时候，他快速睁开眼，用了五分钟就将自己收拾好，看着墙上的时间，正好是7点25分，而这时候的曹北歌，正在骑车的路上。

顾南筝看着道路两边的倒退景色，春天的味道已经分明，绿化带里有苍翠的颜色铺垫，看上去生机勃勃，比起之前白雪皑皑，这景象更让人安心。

他打开音乐，是一首很舒缓的《加州旅馆》，吉他的声音充满着调情的味道，在长段的节奏里，似乎是一种唯美的享受。

十分钟后，他将车子停在了未来大厦楼下，礼宾司小杨礼貌地给他开门，每次他都会调侃他几句，今儿心情好，自然不免和他开开玩笑。

"小杨，今天状态可以嘛！"他下车之后掏出烟来，很自然地递给小杨一根，小杨也很自然地接过来，在这个顾总面前，小杨很轻松，因为这个老板有一种很让人产生亲近的能力。

小杨笑笑，道："我每天都一样的哦，倒是顾总今天看着不一样。"

"这你也看得出来，那你倒是说说怎么个不一样了？"顾南筝点上烟，小杨却不敢点，因为这是上班时间，公司有规定。

小杨嘿嘿一笑，便道："顾总，你每天来上班，虽然精神都饱满，但是开心这东西可不一样，今天我一见你，就觉得你从心里开心，应该是有特别好的事情发生了。"

"你小子，倒是会看相了，不过今天是蛮开心的，好了，不跟你多说了，我先上去了。"顾南筝笑笑，转身走进大门，小杨看着他的身影，缓缓道："有钱人与我们这种没钱人的生活真是不一样啊。不过我也要努力了，争取做个有钱人，嘿嘿。"

他活动筋骨，然后走到站岗的地方，正当他刚到位置的时候，突然间一辆自行车飞快地骑过来，一下就穿越了减速带，很飘逸地停在了大门口。

车上的人穿着随性，看上去青春气息十足，带着一股子自然原始的味道，让小杨想起了在老家时的情形。

但是工作职责所在，他快速地跑过去，当看见骑车人的面容时，他惊讶地喊道:"又是你?"

曹北歌看着这个礼宾司,出于上次事件,她对这个人记忆深刻,并非是记仇,而是这个人太有特点了,她看着他惊讶的表情,嘿笑道:"别大惊小怪,上次的事情我知道是我不对,今天我按标准来,你说放哪儿我就放哪儿。"

小杨以为这个女孩儿又会用上次的招数,他都准备好说辞接招了,没承想她竟然说出这番话来,小杨愣了好一会儿,曹北歌叫了他几次他才反应过来,然后有些尴尬地说道:"停到后边去吧,那儿有专门的车位。"

"好的,那我去了,帅哥,咱们以后要天天见面了,你可要多多指教哦。"曹北歌将车子甩了个圈儿,哈哈一笑,很快就找到车位停放好,当她在走到大门口的时候,小杨还是一动不动站在原地。

曹北歌推推他,笑道:"石化了,听着我在这里上班,把你吓成这样,我有那么吓人吗?"

小杨这才回神,缓缓道:"你不是吓人,你是太吓人了。"

曹北歌哭笑不得,她本想和这礼宾司好好周旋一番,但是一看时间已经是7点53分,她一拍脑门,叫道:"光和你扯,都快迟到了。"然后转过身快速地走进大楼,还好没人坐电梯,电梯在一楼,她正要按钮,突然间一个手指比她抢先按下去,然后电梯门开了,一个黑色衣服的男人当先走了进去,曹北歌也不管那么多,跟着走进去,她自然没注意那男人长什么样,她一门心思想的,都是一会儿见到顾南筝之后的场景。

当电梯缓缓上升的时候,曹北歌眼睛瞄向透明玻璃,透过巨大的窗幕,看到外面的云彩,一切都那么美好,而在镜面的另一边,黑衣男人一动不动,犹如雕塑。

电梯里上升的电子显示屏不断显示新的楼层,就在第十七层的时候,电梯突然停止,发出哐的一声响,像是一头巨兽受到攻击,发出凄厉的叫声。

曹北歌被吓坏了,突然而来的震荡让她全身发软,身体不由自主倒向一边,正好撞到前面的黑衣男人。

而男人同样有些惊魂未定,当身后的女人撞向自己时,他出于本能,将她搂在了怀里。

曹北歌怎么也想不到会出现这一状况,而当他看清黑衣男人的脸时,她惊讶地喊叫起来。

"是你?"

第二十五章
野蛮人的态度

北方有佳人，一笑倾人城。

黑衣男人的脑海里不自觉地冒出这样一句话，可是怀里的女子看清他的面容之后快速挣扎着站起来，并且用一种惊讶的眼神看着他。

曹北歌现在心里只有一个念头：这世界怎么那么小？

黑衣男人干咳一声，曹北歌回过神来，嘿嘿一笑："真的是你呀？"

"听你这口气，好像很意外？"黑衣男人问道。

曹北歌有些尴尬，缓缓道："不是啦，那天晚上谢谢你，你的手臂还好吧？"

"小伤而已，不碍事，不过有个疤痕是去不掉了，看上去很碍眼呢。"

"对不起，真对不起，那天晚上都怪我，要不是我跟你闹，那小偷也不会乘虚而入了。"曹北歌心里很愧疚，像只窘迫的兔子。

"没事了，反正也没人会揪着我的手看，不过看你愧疚的样子，给你个机会赔罪吧！"

曹北歌呵呵一笑："好啊，应该的，等我有空请你吃饭，好吧？"

"嗯，可以考虑，不过，我现在就需要安慰，嘿嘿。"黑衣男人邪邪一笑，脚步向前迈进了一步，曹北歌看着他的样子，对他的好感一下子降到了低谷。

"你要干什么？"曹北歌惊慌地问道。

"你说呢？现在电梯里就你我两个人，而且电梯故障了，一时半会儿修不好，我们是不是要利用一下这个时间呢？"

"你什么意思,你想干吗?"曹北歌一边往后退,一边用手捏住衣领口子,直到退到了电梯的最里面,靠在了透明的玻璃上。

黑衣男人步步紧逼,一下把她困在了双手之间,他的手臂粗壮有力,就那样直直地横亘在曹北歌的肩膀两侧,手掌紧紧压在玻璃上,曹北歌能清楚地感受到男人胸膛传来的压力。

"我只想问你叫什么名字?"黑衣男人淡淡说道。

曹北歌吐出一口气,道:"我叫曹北歌,你呢?"

"陆昊,很高兴认识你。"黑衣男人站直身体,把手伸到曹北歌面前,眼睛微眯。

曹北歌缓缓伸出手,与他轻轻一握,道:"很高兴认识你,对于上次事情真的很抱歉。"

"都过去了,不过下次要小心点。现在的小偷很猖獗,一不留神就会被他们乘虚而入的。"

"谢谢提醒。"

"不客气,哦,对了,你怎么会来这里?"黑衣男人问道。

"我来上……啊,完了,完了,我迟到了,现在几点了?"曹北歌突然像是热锅上的蚂蚁一般,陆昊看看手上的表,说道:"8点1分。"

"这回完了,完了,对,打电话,打电话。"曹北歌赶紧从包里掏出电话,可是电梯里竟然没有信号,她一下就蹲在地上,抱头,一副苦恼的样子。

"你还好吧?"陆昊蹲下来,拍拍她的肩膀问道。

"我怎么这么倒霉啊,今天第一天来上班就迟到,老板一定会很不高兴的。"曹北歌呜呜道。

"这又不怪你,是电梯出现问题了嘛,等电梯修好了,你出去再跟老板解释呗!"陆昊安慰道。

"唉,太倒霉了。"曹北歌站起来,甩甩头发,一张脸通红通红的,应该是很郁闷。

"我刚才已经按下了紧急铃声,公司应该很快就会派人来检修,一会儿咱就能出去了。"陆昊微微一笑,看着透明窗外边,修长的身躯很挺拔,曹北歌只看了一眼,就觉得惊诧了。

"你知道吗,当人站在这样的高度俯瞰下面,是一件多么惬意的事儿,所以你不要烦闷,不如趁这个机会好好欣赏一下北京的美景啊。"陆昊边说边看向曹北歌，示意她一起。

曹北歌知道现在着急也没用，还不如跟这个男人聊会儿。

她慢慢走到巨大的玻璃窗前，眼神看到半空中的云彩，那些飘逸的云朵自由自在随风而走，带着一片片遥寄的思念飘向远方，时而有些雨水承载于它们，当到达一个目的地的时候，它们就释放出来，润泽万物，滋养苍生。

她很向往云的生活，幻想自己能在云端之上，然后做一双翅膀，飞到天涯海角，飞到草原沙漠，可惜那都是幻境，她自始至终都只能在现实的世界里，埋头行走。

"你在想什么？"陆昊突然问道，打断了她的思绪。

"没什么了，从这里看去，北京真美。"她呵呵一笑说道。

"北京是一个庞大的都市，比起上海，它更有味道。"

"我没去过上海，但是很多人说上海充斥着很多经济风暴，不适应我这种人的。"

"一个人一生能走多远呢？其实能用有限的生命去无限的地方走走逛逛，是一种幸福，北京与上海本质上有所不同，但是实质却殊途同归，每一个庞大的城市都有它运转的规律，灯火阑珊也罢，物欲横流也好，这些都是外表装饰，真正体现城市价值的，是那里的人。"陆昊看着远处的高层建筑，缓缓说道，"你看那些楼盘，曾经是一片荒野，可是一夜之间就能崛起，不是这个世界有多神奇，而是创造这些东西的人神奇。"

曹北歌似懂非懂，她是一个农村来的小女人，对于生活质朴，对于思考简单，对于城市的繁华只是一种外表的欣赏与赞同，很多信息从电视广播而来，她无从得知一个城市的发展变化靠什么支撑，也许是钱，也许是陆昊口中的人。

她笑笑，说道："人再厉害，终究是要死去的，为什么一定要留下什么丰功伟绩呢？平淡一点不好吗？"

"倒也不是不好，但是很多人不甘平凡，他们愿用有限的时间做无限的事业，因为他们不甘于人后。"

"所以，这就是为什么人有不同吧。"曹北歌叹一口气，突然想到顾南筝，那个男人与她，何尝不是格格不入呢？

他们就那样站在一起，当电梯恢复如初的时候，已经是8点40分，顾南筝坐在办公室里黑着一张脸，他已经等了四十分钟，可是曹北歌却一直没出现。

当曹北歌气喘吁吁进门的时候，顾南筝冷冷道："你不知道敲门吗？"

曹北歌心里一阵烦躁，但还是不得不退到门口，然后轻轻敲门。

顾南筝哼了一声："进来。"

曹北歌站在他的面前，看着他的脸色像是苦瓜一样，顾南筝站起来说道："那天你怎样答应我的，说好8点整，你这人怎么这样没时间观念，你知道一分一秒意味着什么吗？"

"对不起，我不是故意的，是电梯……"

"我不想听你解释。"顾南筝打断她，道，"任何理由都不能弥补过错，好了，今天你先去人力资源部，下不为例。"

"真的对不起。"曹北歌眼睛酸酸的，但是她还是忍住了，然后她转过身走出门去，顾南筝看着她的背影，心里很不是滋味儿。

一天浑浑噩噩就过去了，曹北歌逐渐摆脱了早上的阴影，工作起来认真负责，很快就有了小圈子，快下班的时候，顾南筝来找她，并把她叫到了办公室。

"早上的事儿我已经知道了，确实不怪你，你没事吧，吓坏了没？"顾南筝看着站在面前的曹北歌，缓缓问道。

"没事儿，我现在不是好好的嘛。"

"那就好，晚上下班先别急着走，我带你吃饭，算是给你接风。"顾南筝道。

"不好吧，我还要回家。"

"我说了算，从现在开始，你是我公司的人，一切调度由我安排，吃完饭我送你回家。"

"可是我……"

"没有可是了，你先去忙吧，一会儿我来接你。"顾南筝摆摆手开始整理桌上的文件，曹北歌只得转身走出门去。

顾南筝看着她消失在门口，嘴角微微一翘，仿佛可爱的孩子。

第二十六章
倔强的女人

下班之后,曹北歌走出未来大厦,顾南筝把车停在门口,看见她出来,便叫道:"上车。"

曹北歌微微愣了一下,笑道:"还是不了,我骑车回家。"

"我下午说的话白说了?你现在是我的人,听我调度。"顾南筝态度强硬,让曹北歌措手不及。

曹北歌心里极度郁闷,什么叫作你的人了,她曹北歌什么时候成别人的人了,她走到车前,低下头,嘿嘿一笑:"顾总,我还真有事,不陪你了,你自己去吃吧。"

顾南筝一拍方向盘,正好按住喇叭,声音刺耳,把曹北歌吓了一跳,顾南筝狠狠道:"你废话那么多,叫你上车就上车。"

曹北歌被他吓得不轻,身体都有些哆嗦,但是她的性格本身就很倔,吃软不吃硬,被顾南筝这么一搞,她的火气也上来了,然后歪着头看着顾南筝,一字一句道:"虽然你是老板,但是请你尊重我,我现在要回家,拜拜。"她说完就往停自行车的方向走去,留给顾南筝一个琢磨不透的身影。

顾南筝没想到她说走就走,直到曹北歌骑了车子出来他才回过神,顾南筝赶紧跳下车,然后一把拦住了曹北歌的去路。

"我说了你不准走,你耳朵有问题吗?"他哼声道。

曹北歌见他拦路,赶紧刹车,看着顾南筝的样子,她哭笑不得,然后缓缓道:

"顾总，你别闹了行吗？我真的要回家，你的好意我心领了。"

"曹北歌，我说的话你不要当耳边风，我叫你上车就上车，哪来那么多借口。"

"我说你这人怎么这样？"曹北歌见他越说越硬气，自己的火也大了。"我都说了我要回家，你是不是听不懂人话啊，不要以为你是老板就能支配我的生活，现在是下班时间，你无权阻拦我，更无权使唤我。"

"我不是使唤你，我是请你，邀请。"顾南筝嘿嘿一笑，又道，"我们下班之前就说过了的，给你接风，不会连这个面子都不给吧？"顾南筝感受到了曹北歌的硬气，开始说软话。

"谢谢你了，但是我真要回家，有机会再说好吗？"曹北歌喘一口气，缓缓说道。

"你非要这么犟？真那么拽？"顾南筝问道。

"不是我拽，是你太霸道，顾总，我很不喜欢你这样，你明白吗？"

"我霸道？你是第一个这样说我的人，好吧，就算我霸道，那又怎样，今天我就霸道了，你跟不跟我走，不跟我走我就用强了。"

"我不走，就不走。"

"是你逼我的。"

"我怎么……哎哎哎，放开我。"曹北歌一不留神，顾南筝已经将她一把抱住拖下了自行车，然后像扔沙包一样把她丢在了凯迪拉克车子里面，最后他快速上车发动车子，崭新的凯迪拉克发出一阵咆哮，像是箭一样冲了出去。

一切都在电光火石之间，曹北歌回过神来的时候，车子已经高速行驶，她看着顾南筝的侧脸，突然觉得这个男人是一个变态的男人，然后她低声骂道："死变态。"

"我就变态，怎的？"顾南筝嘿嘿一笑，声音有力。

"说这么小声你也听得见，你是妖怪啊？"

"我不是妖，我是魔。"顾南筝大笑起来，然后又说，"色魔。"

曹北歌被他吓住，抱紧身体，颤抖道："你不会真的是？"

"瞧你那样，刚才不是很得瑟吗，现在才害怕，不觉得晚了点儿？"

"谁，谁怕了，告诉你，姐可是跆拳道黑带，小心把你揍成猪头。"

"哦，黑带？那我到时要好好领教一番。"

"哼，你放心，只要你敢越雷池半步，我一定让你遍体鳞伤并且毫不留情。"

"我好怕怕啊，切，大言不惭。"顾南筝把车子开得很稳，但是透过后视镜他能看到曹北歌的脸色青红相交，显然在害怕。

曹北歌当然害怕，但是她在顾南筝面前不会随意表现出来，她不知道自己对顾南筝是一种怎样的感觉，仿佛这个男人能让她身不由己。

"曹北歌，我越来越发现你其实是一挺能的人，有大姐范儿。"顾南筝嬉笑道。

"姐一直都很能。"曹北歌哼了一声，道，"现在给我道歉还来得及，我可以既往不咎。"

"道哪门子歉？我欠你什么了？"

"你强行把我拽上车，难道不算犯错？你信不信我打电话报警抓你？"

"你在我车上，而且到目前为止相安无事，你要报警，好啊，我让你报，我电话借给你打。"顾南筝一边说着，一边就把电话递过来。

曹北歌一下抢过来，然后打开屏幕，映入她眼帘的，是一张女人照片，一身军装合身而制，看上去英气逼人。

"这是你女朋友吧？"曹北歌心里突然有些发酸，慌乱地问道。

顾南筝微微尴尬，把手机拿过来，低沉道："不是。"

"不是？不是你把人家照片存手机里？"

"说了不是就不是，你烦不烦？"

"说你是变态一点都不假，干吗那么凶？"

"我就是变态，超级大变态，你把我吃了？"

"你……蛮横不讲理，一点风度都没有，披着人皮的狼。"

"我就是狼，色狼，小妞，你就从了我吧。"顾南筝的声音充满着调戏，让曹北歌更加坚信这个人是变态。

"你给我停车。"曹北歌愈发难以忍受，伸出手来拉扯顾南筝，而顾南筝的手稳着方向盘，这下车子失去平衡，哐当一声撞到前面的路牌，车子被迫甩到了一边。

两个人都受到轻微的震荡，顾南筝赶紧刹车，然后打开车门将曹北歌拖了下来。

"你不想活了吗？"顾南筝厉声道。

"跟你这个变态在一起，还不如死了好。"

"你真是不可理喻，疯女人。"

"你这个死变态，我画个圈圈诅咒你。"

"诅咒我？信不信我现在就让你见识变态的招数？"

第二十六章　倔强的女人

"我想我已经见识过了。"曹北歌说完转过身,然后走到路边,她的头有些眩晕,看着路边的景色,一下觉得天昏地暗,然后她眼前一丝亮光闪过,接着便是漫天的黑暗。

在她晕过去的时候,她感受到一个男人沉重的呼吸,而顾南筝在她倒地的瞬间将她接在了怀里。

顾南筝看着晕过去的她,赶紧掏出电话打了120,然后他喃喃道:"真是倔强的女人。"

第二十七章
熟悉的旋律

曹北歌醒来的时候,顾南筝正在扳着手指头倒数:五、四、三、二、一。

看着醒来的曹北歌,顾南筝呵呵一笑,道:"医生说的话还蛮灵。"

曹北歌有些不明所以,忙问道:"什么意思?"

"医生说给你打上点滴,只要半个钟头你就能醒来,我刚才数了一下,还真是分秒不差。"顾南筝抬了抬手上的表,模样充满着耐人寻味的感觉。

"都是你害的,要不是你,我会进医院来吗?说吧,怎么补偿姑奶奶我?"曹北歌坐直身体,手背上还插着输液的管子,似乎不小心扯了一下,痛得她龇牙咧嘴。

"我说你这人,自己身体素质差,怎么还怪我头上来了?"

"我身体素质差,姑奶奶我曾经扛八十斤柴火能一口气跑三四里路,我体力会差?"

"哟哟哟,看不出来还是大力士啊,怪不得,怪不得。"

"什么怪不得,你说话能不要拐弯抹角吗?"曹北歌哼道。

顾南筝干笑一声,说:"怪不得像是蛮荒出来的。"

"你说什么东西,蛮荒?你是不是觉得自己寿命太长,要我给你缩短一点?敢骂姑奶奶,你真是死不足惜、罪无可恕。"

"好了,你只是野人而已,像我这种玉树临风、潇洒倜傥的美男子,是不会跟野人一般见识的,所以你刚才说的话我全当没听见。"

"顾南筝,你狠,你牛,今天栽在你手里我无话可说,等姐姐我养好伤势,一定加倍讨回来。"曹北歌说完这句别过头去,不再搭理顾南筝。

"我随时恭候,别到时候不是我对手,又自断经脉运用美人计什么的哦。"

"我用美人计,切,对付你还不至于。"曹北歌没有回头,只是对着墙壁说道。

"那行吧,看来今天吃饭是没可能了,你就在这里过一夜吧,我先撤咯。"顾南筝呵呵一笑,然后站起身来,整理一下衣服,打算走出门去。

曹北歌这才转身喊道:"你就这样走了,真让我躺在医院里?"

"那不然呢?"顾南筝一副奇怪的表情,接着说道,"莫非你看上我了,想跟我回家?"

"我呸呸呸,就你,姑奶奶会看上你,你少得瑟,不过我是不住医院的,你先送我回家。"

"你有没有搞错,你现在是患者,要接受治疗的,回哪门子家?"

"我不管,我已经好了,我要回家。"曹北歌一边说话一边动手将插在手上的管子拔掉,一溜烟下床穿好鞋子,动作快速敏捷,看得顾南筝一愣一愣的。

顾南筝吞了一口唾沫,有些诧异道:"你真不用住在医院里,你确定?"

"一定确定及肯定,医院让人窒息,我不要待在这里。"

"看不出来胆大如你还害怕住医院啊?"

"怎么,胆大就不能允许有害怕的东西啊?"曹北歌几下搞定便站在顾南筝面前,然后嘿笑道,"但是我不怕你,因为,你太弱了。"

说完她走出门去,留下顾南筝站在原地,傻傻地待了好一会儿。

顾南筝走出医院大门的时候,曹北歌靠在他的车门上,悠然自得。

他走过去,缓缓笑道:"小姐,想揩油啊?"

曹北歌翻了一个白眼,道:"狗嘴里吐不出象牙。"

"不是啊,那你干吗靠在我车上,难道不是想接近我吗?"

"瞎了眼才接近你,要不是你把我硬拉出来我会晕倒吗?这个时候我早就躺在床上睡大觉了,都是你害的,现在还好意思说。"曹北歌把手抱在怀里,一副受尽委屈的样子。

"谁叫你不听话?这就是下场。"

"我说你这人是有病吗?依我看你就是严重变态加严重脑残,真心奉劝你快去医院看看!免得到时候死到临头都不知道。"

顾南筝也不生气,笑道:"我有病,我就是有病,你有药吗,给我治治呗?"他一边说一边走到曹北歌面前,曹北歌看着他的样子不知不觉地得背上的汗毛都竖起来了，那种感觉比芒刺在背还难受。

"你走那么近干什么，你就站在那里说。"曹北歌伸出手指着顾南筝，一字一句道。

"曹北歌小姐，我突然发现有些话要走近点才说得清楚。"顾南筝一步步逼近，将曹北歌堵得水泄不通。

"你给我站住，不准靠近，你这个危险人物，有什么话你说就是了嘛。"曹北歌看着步步紧逼的顾南筝，心里扑通扑通直跳。

"你都说了我是危险人物，那我就一定要表现得好一点，嘿嘿，曹小姐，你瞧今晚夜色多美，咱们不要错过这样的良辰美景哦。"他说完一下就贴了过去，正好将曹北歌贴在车门上，而他的胸膛正好差几厘米就贴到曹北歌的脸。

曹北歌惊叫一声，想要推开他，并且口中喊道："臭流氓，你快走开。"

"你要是再不老实，我就真的变流氓了，曹北歌，你给我听清楚了，以后我说的话你要是敢不听，我会让你知道花儿为什么那样红。"顾南筝说完退开身体，走到另一边，他掏出烟盒，里面只剩一根，他将烟点上，缓缓吐出烟圈，曹北歌看着他的侧脸，突然间想起了一道熟悉的旋律。

泪有点咸有点甜

你的胸膛吻着我的侧脸

回头看踏过的雪

慢慢融化成草原

而我就像你

没有一秒

曾后悔

她的脑海里很不经意地就想起了这首歌，这时候的顾南筝优雅深邃，与刚才的样子判若两人，他刚刚贴过来的时候那种感觉充满了霸道，充满着野性，这就是男人的占有欲吗？

她甩甩头，再一次看向他，顾南筝已经抽完了烟，回头正好瞥见她的样子，然后他微微一笑："上车。"

"去哪里？"

"废话，当然回家啊。"

第二十八章
一念成佛一念成魔

对于顾南筝强硬的态度和生硬的方式，曹北歌心里一直有计较，但是在这个时候她没有表现出来，因为深夜的降临，她越来越感觉到匮乏。

顾南筝看着疲惫不堪的曹北歌，心里多多少少有些愧疚，然后他打开车门，用催促的语气说道："要是你还想再晕一次，那就耗着吧！"

曹北歌虽然很不喜欢顾南筝说话的方式，但是她现在真的耗不起，于是她乖乖上了车，顺手将车窗摇了下来。

顾南筝叮嘱她系好安全带，然后踩上油门，车子像是离弦的箭，飞快地行驶在大马路上。

曹北歌紧紧抓住车顶的扶手，然后气愤地说道："顾南筝，你非要开这么快吗，就算你要急着投胎，也不用搭上我吧？"

"闭上你的嘴，蠢女人。"

"你骂谁是蠢女人？我发现，你真是变态狂，难道你就不能有点风度吗？"

"我现在难得跟你废话，如果你不想出意外，就给我老实地坐好，本少爷今天跟你上演一出现实版的速度与激情。"

"谁要速度与激情，我要回家是不假，但是我更珍惜生命，你最好是稳着点，要是弄伤姑奶奶我，你赔都赔不起。"

"哎哟喂，我倒没看出来你值多少钱，你有多金贵呀？是大家闺秀，还是一国公主啊？"

"关你屁事，本小姐乐意。"

"我说大小姐，你再唧唧歪歪我保不准来个车毁人亡，到时候你这副尊容可就等着被人欣赏吧！"

"有病，变态，我告诉你，顾南筝，别以为你现在是我老板我就怕了你，本小姐威武不屈，贫贱不移，任你风吹雨打，我自岿然不动，想让我就范于你，做梦。"

顾南筝边开车边偷笑，曹北歌说的话让他愈加觉得这个女人不一般，他接茬道："我说曹大小姐，你别自我感觉太良好了行不，在本大帅哥眼里，你真的只能算这个。"他伸出小指头，弯曲起来，在曹北歌眼前晃来晃去。

曹北歌伸手拍掉他的手，嘿笑道："顾大帅哥了不起啊，在您老眼中，俺都是庸脂俗粉，你看得上的都是如花级别的，跟正常人口味还真不太一样。"

顾南筝也不生气，笑道："我是不太正常，不过跟你比还差那么一点，顺便问问，曹大小姐身价多少，要不今晚我委曲求全先给你做单生意？"

曹北歌听到这句话，肺都差点气炸了，她没想到顾南筝这个人可以扯淡到这个地步，但是她不是轻易就能打败的，当下气沉丹田，不卑不亢地说道："要不，看在你搭我一程的分上，我勉为其难给你个机会吧！"

"哟哟，那敢情好，说吧，去哪儿，我不介意的。"顾南筝的脸皮不是一般的厚，说起话来一本正经。

"我说你还真不把自己当外人，得了，跟你这样的人说话真是浪费空气和口水，你说我之前怎么就没发现你的狼性呢，你就是一豺狼，算姑奶奶我交友不慎、遇人不淑。"曹北歌一口气骂了一通，心里畅快不少。

顾南筝只是笑，对于曹北歌的话真不以为然，不过他不是那种随便服输的人，既然曹北歌和他互掐，他正好无聊，于是求之不得。

"我是人狼，你就是狐狸，咱都不是正常人，哈哈哈。"顾南筝嘿笑起来，一点也不在意。

"你才是狐狸，你全家都是狐狸。"

"你不是说我是豺狼吗，难道狼还能变成狐狸？你这逻辑也太不现实了，达尔文的进化论也没这个变法的。"

"你，算了，姑奶奶自认倒霉，认识你这个巧舌如簧偏偏还自诩好人的家伙，我不跟你争，你开好你的车。"

"本少爷现在心情不错，你别价啊，继续侃着。"

第二十八章　一念成佛一念成魔

曹北歌彻底败给顾南筝了,她压根儿没想到这男那么能掰,什么话到他那里都能变得字正腔圆地出来,她把手放在胸口,淡定地自语道:"曹大神,淡定,淡定,不能被他的话击倒,一定要心如止水,全当身边那家伙是不存在的,阿门。"然后她果然慢慢安静下来,对于刚才顾南筝的一切话语都置若罔闻,心里平复不少。

顾南筝看她的表情和动作,心里暗自窃喜,等她不再说话了便接着道:"曹大小姐,咱到了。"

曹北歌被他吓了一跳,等顾南筝停稳车子,她定眼一看顿时叫道:"这是哪儿?"

"我家啊!"顾南筝笑道。

"你家,谁要来你家,我要回我家。"曹北歌闭上眼睛就是天黑,今天已经被姓顾的折腾好多次了,难不成还要在后半夜的时光里备受折磨吗?

"拜托,我的大小姐,你都没说你家在哪儿,我怎么送你回去,再说了,刚才不是你说的给我机会吗,现在好了,地点完全Ok,直接进入主题。"顾南筝阴笑一声,样子充满邪恶,曹北歌不经意看到,吓得直哆嗦。

不过她曹北歌可是大神级别,要是轻易就被吓住那可就白混了,她最看不惯顾南筝自以为是的表情,于是便道:"算你狠,姑奶奶今晚还真不走了,走吧,上楼,今晚就在这里住下了。"

她说完慢慢悠悠下了车,顾南筝愣了好一会儿才跟着下来,见她那副一去不复返、视死如归的表情,顾南筝就很想笑。

他把车子锁好,走到曹北歌面前,嬉笑道:"曹大小姐,你听说过一个典故吗?"

"姑奶奶没空跟你探究文学,离我远点儿。"

"你不听会后悔的哟?"

"那这么说来还是关于我的,那我不听都不行了?"

"Yes,你说得对,现在还听吗?"

"要说就说,磨磨蹭蹭。"

"好吧,那你听好了,这个典故是说:一念成佛,一念成魔,我觉得曹小姐你现在快成魔了吧?"

"什么意思?我成魔,你才是魔呢,神经病。"

"不是吗,那我怎么感觉你这么邪恶呢,大晚上的一个女人跟着一个男人回家还要住在别人家里,这难道不是人们口中的'色魔'吗?哈哈哈哈。"

"顾南筝,你这个王八蛋。"曹北歌这才转过弯来,气得追着顾南筝一顿好打,顾南筝边跑边笑,一直跑到楼层里。

到了电梯口,顾南筝摆手道:"大姐,我的姑奶奶,咱别闹了,受不了了。"

"我让你说我是魔,我让你说。"曹北歌扑过去拿起手上的包包就招呼,顾南筝一边躲一边笑:"别打,别打,要是被人看见多不好。"

"谁会看见?大半夜的。"曹北歌问道。

她话音一落,电梯就开了,从里面走出来一大姐,看着他俩的动作,咧嘴一笑,然后走出门去。

顾南筝等大姐走了才大笑道:"看吧,都说了会有人的,你还不信。"

曹北歌脸顿时红了,她赶紧钻进电梯,顾南筝干咳一声,也跟着走了进来,然后伸手按下十,电梯就飞快地升上去。

曹北歌不再说话,她的脑海里突然冒出顾南筝说的那句话:一念成佛,一念成魔,莫非自己,真的成魔了,还是他口中的"色魔"?

她当然不会相信自己这样,她赶紧顺了一下气,然后安慰自己道:"世界如此美好,我却如此暴躁,这样不好,不好。"果然,一切好了很多,当电梯到达楼层的时候,她一步就冲了出去。

后面的顾南筝有些不明所以,但是看着前方曹北歌的身影,他很自然地笑起来。

第二十九章
你我最近的时候

　　顾南筝掏出钥匙打开门，站在门边一脸暧昧地看着曹北歌，那神情，让曹北歌情不自禁想到一个词语——邪恶。
　　顾南筝似乎知道曹北歌的想法，笑道："说到邪恶，你可是开山鼻祖，我可不敢跟您比。"
　　"你这人积点口德会死啊？没一句好话。"曹北歌哼道。
　　"拜托，我只是说出老实话而已，你这是不是做贼心虚的表现呢？"
　　"谁做贼心虚了，你不要自我感觉太好了。"
　　"不是吗，那你干吗这样激动？"
　　"本小姐不跟你一般见识。"曹北歌不愿跟他争，于是抬起脚打算进门，可是当她要迈进的时候，却又胆怯了，不知道为什么，她的心有些打鼓。
　　顾南筝看她犹豫的样子，嘿笑道："干吗，不敢进？"
　　"谁知道你是不是布置了陷阱，专门坑人呢？"
　　"没看出来哦，这都被你看出来了，我就是设计了陷阱，专治你这样的人。"
　　"你，好，算你狠，遇到你都是我倒霉，我说最近不怎么顺，原来是碰上你这个二货，不过想想也是，像你这种横竖都二的人，谁碰上谁倒霉。"曹北歌还是没有轻易进门，不是她担心顾南筝说的话是事实，而是她突然觉得面对面靠在门边上跟顾南筝说话，有一种说不出来的感觉。
　　"行了，行了，不跟你斗嘴了，现在是怎样子，你进还是不进，要是你不进，那我就进去了,关门睡觉,你自便。"顾南筝摆摆手,推开门,打算走进去。

曹北歌心里七上八下,有点进也不是不进也不是的感觉,但是最后她还是咬了咬牙,低头走进房间。

顾南筝的房子,她不是第一次来,虽然上次晕倒被顾南筝抱回来,但是没有真正地体验走进来的感受,现如今故地重游,她才发现,原来这个没有一点风度甚至可恨的男人竟然会把家里布置得如此井井有条。

客厅很宽敞,色调柔和,顾南筝开了一些橘色的灯,灯光照在沙发和茶几上,相互映衬,相互折射,然后迸发出强烈的空间感来,地板上有细软的羊毛地毯,颜色清淡,充满着清新的味道,墙上挂着大屏幕液晶电视,下方的小桌台是白色的格局,让人眼前一亮,墙上有些零散的画,但不是大家翻版的赝品,而是出自民间画手的小作品,点缀起来别有一番滋味。

在右方是一个巨大的酒柜,里面陈列的酒水让她眼花缭乱,上次与顾南筝喝过一次酒,现在回想起来,那种感觉其实很美妙。

顾南筝脱了外衣,站在曹北歌身后,突然出声道:"嘿,想什么呢?"

曹北歌被他吓了一大跳,像只猫一样跳了开去,等看清他的样子后,这才叉着腰骂道:"顾南筝,你难道不知道人吓人会吓死人吗?"

"我不知道啊,哈哈哈。"顾南筝笑起来,像个孩子。

"我不跟你多言了,我现在发现跟你说话就是一件人神共愤的事,简直就是浪费我的时间和生命。"

"是吗?我没看出来,我怎么觉得你心里其实挺愿意跟我斗嘴的呢。"

"自恋狂,狂妄自大。"

"我乐意,哈哈,你拿我怎么办?"

"打住打住,好不?我真的很累了,请告诉我我睡哪里,我要睡觉了,拜了个拜。"

曹北歌真心没劲了,她现在需要的是床和枕头。

顾南筝也不再为难,指指右手边的房间,说道:"你睡那里吧,那晚你睡过的,不过睡觉之前先洗个澡,洗澡间在你左手边,我去给你找件衣服。"

"那好吧。"曹北歌转过身,打算去洗澡,但是走了两步又转过身,看着顾南筝,顾南筝有些不明所以,忙道:"怎么?"

"啊,没事儿,就是想说,谢谢。"曹北歌说完就走进了浴室。顾南筝淡然一笑,心里却甜滋滋的。

第二十九章 你我最近的时候

顾南筝找了一件他只穿过一次的白色衬衫，然后轻轻敲响了浴室的门。

曹北歌警惕地问道："干吗？"

"给你件衣服，放在门口了，自己拿吧。"顾南筝轻声道。

"哦，知道了，你放着吧。"曹北歌在浴室里贴着门答道。

顾南筝把衣服放好转身走开，曹北歌听声音远走了，她才打开门拿衣服，可是她没注意脚下一块毛巾落了下来，当她开门的时候，正好绊住了自己的脚，然后她像一只虾米一样摔出门来。

这个时候的她，身上一丝不挂，而由于摔倒害怕发出的尖叫声，正好把顾南筝吸引过来，而她因为摔倒，竟然将顾南筝准备的衣服撞到远处。

曹北歌在一瞬间就反应过来，可是她来不及阻止顾南筝闻讯而来的脚步，然后一幕镜头就应运而生了。

顾南筝看着眼前的一幕，第一个想法就是：好白，第二个想法就是：罪过，他赶忙转过身，大声喊道："对不起，对不起，我什么都没看见。"

曹北歌这时候反而冷静了，虽然心里把顾南筝全家都问候了一遍，但是她知道这一切都不是人家的错，她看着背着身子的顾南筝，低声道："麻烦你把你脚下的衬衫扔过来一下，记住，不准回头。"

"哦，好，好的。"顾南筝也很窘迫，他这辈子也没遇到过这种事情，按照他的思维，这些情节只在晚上5点档的电视剧里才有，可是偏偏发生在了他的身上。

他慢慢蹲下身子，捡起地上的衣服，然后打算抛给身后光溜溜的曹北歌。

可是他一不小心，脚跟踩着一只衣服袖子，因为手上用了全力，竟然将他自己掀翻，然后一个侧身，就向身后的曹北歌压了上来。

曹北歌感觉一块黑色的身影倒下来，她根本毫无还手的能力，然后就被死死地压住，连呼吸都快停止了。

时间像是一块磨盘，瞬间戛然而止，似乎残留着钝响，在他们的耳边轰轰蔓延。

顾南筝与曹北歌双眼相对，仿佛一切都远去，整个世界只关乎他们，没有人打扰。

首先反应过来的是曹北歌，她惊叫一声，然后翻起来，也不管其他，抡起巴掌就在顾南筝脸上一扫而过，口中骂道："色狼。"然后抢起地上的衬衫，裹在胸前，逃一般地躲进了房间里。

顾南筝的脸火辣辣地痛，但是他的心里却有种莫名的感觉，刚才的一切电光火石，让他应接不暇，不过现在头脑里越来越清晰，倒地接触到曹北歌的画面在他脑海里一遍遍播放，他突然想起了《重庆森林》里那句经典对白：我与你最近的时候，只有零点五公分。

他坐在地上，嘿嘿傻笑，而曹北歌的房间，大门紧闭，不知道那个女人会在想什么呢？

第三十章
陷入你的牢

大门之外，隔绝着空气，也隔绝着思想。

顾南筝看着紧闭的门，仿佛一块巨大的屏障，里面是什么他无法窥探，可是他不知道为什么，总是对里面充满着好奇。

他缓缓走到门口，伸出手来，想要敲门，可是手在半空却迟迟不敢落下，这时候的曹北歌，正把耳朵贴在门上，听外面的动静，两个人只隔一道门，却好像隔着千山万水。

顾南筝叹一口气，轻声低语道："对不起。"他的话语连他自己都听不见，可是偏偏曹北歌在门的另一面听见了，她的心突然一紧，像是被人用手攥在一起，那种感觉使她呼吸困难，她一个转身，背死死地靠在门上，然后闭上眼睛，淡淡道：没关系。

夜晚不知不觉退去，在这样的时光里，很多东西终究是不能幸免的，巨大的都市潜伏着巨大的恐怖，这些或血腥或残暴的情绪，会让无知寂寞的人，散发出前所未有的力量。

遥远的地方灯火敞亮，在北京的上空，晚班的夜航起飞，往深色的云朵里穿梭过去，它的背后是巨大的高塔，上面闪烁的灯光把它的轮廓照得一览无余，如果时间停顿，可以看得清飞机上那些虚妄的人脸，带着不适应，带着小小的恐惧，千变而万化。

这一夜，顾南筝没有睡着，曹北歌同样没有。

翻来覆去之后，顾南筝坐起来，打开床头的小台灯，然后拿起一本书，看得索然无味。

他的思绪很混乱，他本想出门倒杯红酒，可是想到会经过曹北歌的房间，他就有些迟疑，手里拿的书是他很喜欢的作家安妮宝贝的作品集，他喜欢这个作家笔下的人物以及他们反复纠缠的错落人生，在很长一段时间里他幻想他自己也可以成为那种飘在城市边缘的人，不问世事，有自己的小归属，有自己的小夜曲，可以不担心世界末日，坦然地面对生活。

然而他做不到，军队的磨炼，父亲的逼宫，还有他自己的梦想，这些东西缠绕着他，让他无法逃脱，也无路可逃。

他越想越乱，心里的愁苦一股脑地蔓延出来，他把书本打翻，一张夹在书里的照片脱落下来。

那是一张很古老的照片，可以看得出是一张全家福，中间的小孩与顾南筝的眉目很相像，应该是他小时候，而他的身后，一左一右站着两个人，一男一女，男的英俊潇洒，眼神里的霸气一览无余，而女的温婉如水，一双秀目慈祥有爱，他们结合在一起，才有顾南筝这般英俊潇洒的外形吧。

顾南筝捡起照片，看着照片上的人，那是他 5 岁的时候照的。可是他未曾想到，就在那一年，母亲因病去世，而父亲，在伤心之后，决心投身事业，然后用了十五年的时间，在北京打下了一片天地。

可是他的童年，从此失去了颜色，没有了别的小朋友家的其乐融融，自己变得孤僻、变得紧张、变得敏感，一系列的变化让他越来越不能自拔，就在他无法控制自己情绪的时候，有人帮助了他，那是他的连长，一次偶然的机会，他帮助他来到了部队，在部队的几年里，他慢慢地成熟，懂得担当，懂得责任，懂得如何做一个男人。

退伍之后，他不愿意回父亲的酒店工作，自己开公司，成功地走上自己的创业路，可是他所经历的辛酸，也只有在这夜深人静的时候才会流露出来。

他伸手抚摸照片上女人的脸颊，一遍一遍，直到泪水滴落下来，打在相片上。

曹北歌无法入睡，她只要一想到刚才摔倒之后的场景，身上就泛起一层鸡皮疙瘩，特别是最后的那一刻，当顾南筝重重地压在她的身上时，她感觉一切都糟透了。

第三十章　陷入你的牢

自己是不是就这样被一个男人看光了，而且是赤裸裸的，不留任何余地看光。

她像抓狂一般坐起来，怀里抱着枕头，口中喃喃道："该死的顾南筝，都是你害的。"她边说边打枕头，仿佛那枕头即是顾南筝的化身，似乎这样就能解气。

"要不是你生拉活拽，死缠烂打，我也不会跟你回来，就不会发生那么尴尬的事，说，你要怎么赔我？"她指着枕头，口中喋喋不休，时而挥出巴掌，在枕头上来回扇动。

她越是这样，心里就越不平静，外面的黑夜充斥着寂寞的味道，她翻身找出手机，看着屏幕上显示的时间，已经是凌晨两点半，本来这样的时刻是睡眠的最佳时机，换作在自己的家里，这时候早就春秋大梦了，可是偏偏今夜无眠，不只因为尴尬的一幕，更有的是她心里无法控制的心绪，也许，她真的不知不觉中，陷入了顾南筝的牢，抑或是，她自己，画地为牢。

顾南筝把照片放回原处，墙上的钟表指着半夜两点半，他想起了隔壁的曹北歌，不觉间鼻子发痒，连着打了几个喷嚏，他吸吸鼻子，低沉道："该死的女人，莫非还没睡，大半夜诅咒我？"

顾南筝莫名地就联想到曹北歌，他似乎能知道她心里的一切，虽然很缥缈也不切实际，但是就那样清晰地在他的思维里，不动如山。

"我这是怎么了？为什么会被她莫名其妙地带动情绪呢？那个女人，到底有什么奇特的地方，能让自己不受控制地专注于她。"他默默自语，身边的空气像是漂浮的精灵，在他周围起起落落地飞行。

"难道，我不知不觉中陷入了她的世界里，还是我自己画地为牢，成为了她的俘虏？这不可能，我怎么会，不会的，不会的。"他仰面躺下，把被子收拢起来，然后裹住自己，像是一只蛹。

时间的沙漏嘀嘀嗒嗒，他们彼此的想法被彼此的墙壁撞回来，只有他们自己知道。

丽江的夜此刻宁静深邃，异域风情在这个时候悄然隐退，小桥流水也好，古镇板石也罢，在黑暗的最里头，都尽数匍匐。

宁阳躺在床上，刚才一个梦让她惊醒过来，梦里顾南筝背过身，淡淡地说了一句话：宁阳，我是不会娶你的。

她抱着头，把枕头挤压得变形，眼中湿润，那梦中场景如此真实，像是历历在目,墙上的时间指着半夜两点五十分,这个时候,顾南筝会在干什么?

"南筝哥哥,你答应过我的,只要我成为优秀军人,你就会娶我的,你不会背弃你的诺言,是吗?"宁阳自言自语地问,又自言自语地回答,怀里的枕头寂寞无声,漆黑的夜色在她的声线里更加扑朔迷离。

"唉,宁阳啊宁阳,你就是太杞人忧天了,南筝哥哥是大丈夫、是男子汉,一言九鼎的,只要你自己努力,就能早点见到他,就能如愿以偿地嫁给他了,你要相信他的。"

她淡淡地说着话,一点睡意也没有,脑海里尽是顾南筝的样子,虽然她与顾南筝已经好几年没见面了,但是印象中顾南筝的样子依旧盘旋其中,不曾改变。

其实这些年顾南筝自然是有变化的,从部队出来,转战商场,历经浮沉,练就了一身与部队不一样的铜皮铁骨,这样的变化或许是宁阳能想象得到的,因为宁阳的父亲,就是鼎鼎大名的商业大亨。

"不想了,睡觉吧,南筝哥哥会记得我的,都说梦是相反的,是我自己太在意了。"宁阳翻身倒在床上,口中喃喃念叨,虽然大脑里还在想着顾南筝梦里说的那句话,但是心里却平复了不少。

那段梦境,虽然只有短短的一分钟,却不得不让宁阳心烦意乱,此刻心里自我安慰一番,虽还有芥蒂,但好过于刚醒之时,她搂着枕头,不再多想,看了看墙上的时钟,叹气道:"明天还有集训,希望不要有黑眼圈,不然那帮新兵蛋子又会笑话我了。"

她说完蒙头就睡,性格率直如她,既然想得透彻,就不会耿耿于怀,她心里一直坚信顾南筝是一个说话算话的男人,所以一如既往地等待。

顾南筝自然不知道在遥远的云南,在此刻深夜的时分,宁阳会做一个那样的噩梦,而且会为了那个梦里他的一句话辗转反侧,他现在同样没有睡着,因为他的心,也情不自禁地想起了宁阳。

曾经的一幕在他的思维里翻转,像是久违的画面,定格在他的面前,18岁未满的小女孩,只为了他的一句话,就奋不顾身投身军旅,她的最美青春就如此无私地奉献给了部队,这其实并非不好,部队里同样青春飞扬,但是像宁阳这般娇生惯养的富家小姐,能为他顾南筝的一句话就如此倔强,是他想象不到的,那女孩爱他之深,他又岂能感受不到?

"宁阳,一切都怪我,要不是因为我,此刻你早就留学海外,有自己的幸福了。"他有些难受，每次想到宁阳的时候，他就会控制不住，那个女孩为他付出的，是炙热的青春，是最美的花样年华。

而这一切，都是因为他的一句话，一句很不完整的话。

他的心里很难给自己一个定义，他对宁阳就像对待自己的亲生妹妹一样，可是偏偏宁阳对他的情感却是男女之爱，他曾对宁阳说：只要你成为一名优秀的军人，懂得责任与担当，我就娶你。

现如今宁阳把这句话一步步实现，可他自己，却越来越不能控制，越来越觉得害怕。

他并非怕宁阳，他是怕自己没有能力，没有精力，没有给宁阳好生活的权利，他害怕自己力不从心，更害怕自己在北京这种魔鬼城市的熏陶下变得越来越偏离他们熟知的轨道。

所以，他不敢直面宁阳，从来不跟她联系，唯一的线索就是一张照片，每次看着照片上亭亭玉立的姑娘，他的心，就痛得难受。

他们，相隔千里，彼此的思绪里想的却是不同的东西，宁阳的相思是一种幸福的思念，而顾南筝的想念，却是一种不为人知的负担。

若宁阳归来，他是否能兑现诺言？这之于他，是最大的考验。

第三十一章
姐儿妹儿

天色微明，曹北歌一下就坐了起来，或是陌生的床让她不习惯，抑或是她的心里紧张，那紧张多半来源于昨晚顾南筝与她尴尬的一幕。

早上的天发出洁白的光亮，阳光还未升起，透过窗幕，她看见遥远的湛蓝色的天空，像是一块巨大的屏幕，上演着干净的剧情，有不曾落下的星星还挂在远方，像是一双小巧的眼睛，眨巴着最后的不舍。

鸟儿们起得很早，从天色蔚蓝的早上一飞而过，带着一夜的栖息，踏上南归的路途，越来越亮的天，越来越大的光幕，一切柔和，充满朝气。

她开门走到大厅，心里盘算像顾南筝这样的富人应该不会起得很早，所以她只穿了宽大的衬衣，光着脚丫，踩在羊毛地毯上，很温暖很柔和。

"嗨，起得蛮早嘛！"顾南筝的声音突兀地响起，让曹北歌吓了一大跳。

曹北歌转过身，见顾南筝站在房间边上，他的手里端着一杯咖啡，往外冒着热气，应该是刚冲的。

曹北歌定定神，用手拉长衣服，尽量把大腿遮好，然后哼道："想不到豺狼还能起那么早？"

"呵呵，都说早起的鸟儿有虫吃，所以习惯了。"顾南筝对于曹北歌的讽刺毫无反应，自顾自地说道。

"就你，还起早的鸟儿，迟早有天被人用枪撂下来。"曹北歌依旧气愤，说话毫不留情。

顾南筝走出门来，缓缓经过曹北歌身边，曹北歌闻到咖啡的味儿，还是熟悉的极品蓝山，这个男人有很多东西都是习惯。

"不要太迷恋一个男人，不然你会爱上他的。"顾南筝自言自语地说道，恰好让曹北歌听得一清二楚。

"拜托你，不要自以为是好吗？你每天都这样自我感觉良好吗？"曹北歌回神，淡淡道。

"好的状态决定一天的工作进程，所以，自我感觉良好尤为重要。"

"跟你讲话，就是对牛弹琴。"

"哦，是吗？那还要看弹琴的人是不是本身就是放牛的无知人哦。"

"总比你强。"曹北歌边说边走到餐桌前，顾南筝已经坐到位置上，喝着咖啡的样子悠然自得。

"真搞不懂你，大清早的喝什么咖啡？脑子有病。"曹北歌奚落道。

"像你这样头发长见识短的女人，不知道大脑清醒是多么重要的事，所以，我不跟你一般见识。"顾南筝翻开桌上的"未来商情"报纸，低头说道。

曹北歌气结，她的头发一向是她的最爱，因为长而黑，像是黑色的巨大瀑布，飘逸自然，没想到顾南筝竟然说她头发长见识短。

她一下就站起来，用手指着顾南筝，哼声道："你才是头发长见识短的家伙。"

顾南筝微微抬头，正好看见曹北歌气势汹汹的样子，不过他眼睛随着往下一瞥，便咧嘴笑道："喂，曹北歌，你是不是喜欢上我了？"

曹北歌有些不明所以，大笑道："你有病吧，我会喜欢你？"

"不是吗，那你干吗勾引我呢？"

"你哪只眼睛看见我勾引你了，你不要血口喷人好不好？"

"不是吗，那你自己低头看看，难道不是看上我了，想勾搭我吗？"

曹北歌被他这样一说，低头一看，原来自己穿的是衬衣，由于站起来指着顾南筝争辩，隔着桌子，衬衣被高高地撑起来，而领口正好朝下，露出光洁的胸膛，恰好被顾南筝看见。

她赶紧退回身子，然后用手拉紧衣服，口中大骂道："色狼，尽往不该看的地方看。"

"拜托，你不要诬赖人好嘛，明明是你自己露出来让别人看的，现在还倒打一耙。"

"反正你就是色狼，这辈子都是。"

"得了，不跟你这女人计较，懒得跟你啰唆。"

"我才不跟你一般见识呢，我还好歹是客人，连早餐都没得吃，什么待客之道？"

"要吃自己弄。"

"哼，自己弄就自己弄，姑奶奶还不至于饿死。"

"善意提醒你，要是一会儿有什么意外情况，可别怪我哦。"

"看你的样子就知道没安好心，你以为这样一说我就退缩了？告诉你，姑奶奶今天就吃定这餐饭了，看你怎样。"她一边说一边走到冰箱处，还不忘白了顾南筝一眼，然后口中冷笑着打开冰箱，然而当她看清冰箱里的东西后，随之尖叫一声像只受惊的兔子，一下就蹲到顾南筝怀里，口中含糊不清地吼道："那……那是什么东西啊？"

"你反应要那么大吗，刚就提醒过你了，你现在这样，是传说中的投怀送抱吗？"

"你，你无耻。"曹北歌挣扎着跳下来，但是对于冰箱里的东西依旧恐惧，她躲到顾南筝身后，对着他的背影指手画脚。

"那就是一个雕塑，朋友送的，但是保存时间有限，我就搁在冰箱了，没吓到你吧。"顾南筝缓缓转身，声音充满磁性，大弧度地转变，让曹北歌应接不暇，指手画脚的动作还保持在半空。

"你这是什么意思？"顾南筝疑惑地望着她，问道。

"我，我突然筋骨不舒服，活动一下。"曹北歌尴尬地掩饰，然后快速地转身，仓皇逃进房间。

对于顾南筝转身时说的话，她一字一句听得很清楚，那算是道歉吗？应该是吧，她想。

顾南筝看着逃走的曹北歌，掩嘴一笑，对着关闭的门喊道："别太磨蹭，一会儿我们去疗养院看豆子去？哦。"

曹北歌隔着门听到声音，低声地回了一句"知道了"，然后就仰头躺在床上。

这时候的阳光慢慢渗透，爬上床帏，曹北歌感觉暖暖的，像她的心一般的滋味。

也许，这便是悸动的开始。

当曹北歌收拾好一切站在大厅时，已经是早上 8 点 20 分，顾南筝懒洋洋地坐在沙发上，看着走出来的她，眼睛一亮，笑道："我终于知道女人磨蹭是有一定道理的，昨晚夜太黑，想不到你稍作打扮，看起来还是有模有样的嘛。"

"要你管，色狼。"曹北歌有些怨声载道，但对于顾南筝这种暗中的赞美，她心里还是乐于接受并且喜形于色的。

"差不多就走吧，今天正好周末，你也不用上班了，我们去看看豆子。"

"你不说还真是啊，我都好几天没去看那丫头了，不晓得最近她怎么样，我这个大姐头还真不靠谱。"

"就你，还大姐头，真为你那些小姐妹小弟弟们感到不值得，摊到这样的大姐头，命苦哦。"顾南筝一边大笑，一边拿好衣服开门，曹北歌在后边龇牙咧嘴，然后追打着出门来。

"顾南筝，我想在你面前任何淑女都会暴走的，所以，姑奶奶今天豁出去了，我要跟你决斗。"曹北歌抡起拳头，追着顾南筝一路到电梯口，电梯门开了的时候，昨晚见到过的大姐又突然出现，然后同样笑了笑，转过角落不见了。

曹北歌吐吐舌头，模样俏皮，顾南筝突然坏笑一声，钻进电梯，顺手将曹北歌也拉了进去。

他轻轻按下下去的按钮，然后对着曹北歌耳边吹口气，道："你有没有发现，刚才的大姐好奇怪哦。"

曹北歌耳朵发痒，赶紧伸出手挡，然后说道："怎么奇怪？"

"你难道没发现那大姐走路像是飘的吗？"

"什么意思？"

"我刚才无意中看见，那大姐没有脚的。"顾南筝用阴森的口气说着话，故意制造恐怖气氛。

"啊啊啊！"曹北歌果然惊叫一声，把顾南筝都吓了一跳，然后曹北歌嘿笑道，"忘了告诉你，我和大姐是一伙的。"她一下就扑到顾南筝身上，又抓又挠，让顾南筝不知所措。

"怕了没？"曹北歌终于停下来，但是手却缠住顾南筝，有些愤愤地问道。

"我说曹小姐，你是不是故意的，就算看上了我，要揩我的油也不至于这样心急吧？"

"真是好笑，明明是你想吓我，现在还倒打一耙，真是不要脸。"

"拜托小姐，你先看看外面再说好吗？"

"什么啊？"曹北歌依言回头，只见电梯不知何时已经到了一楼，而电梯口已经站满了要进来的人，可是当他们看清电梯里的一男一女后，全都保持了安静，然而犀利的眼神却将他们牢牢锁定，一个个露出暧昧的笑意。

曹北歌赶紧松开手，然后瞪了顾南筝一眼，仓皇地挤开人群，跑了出去。

顾南筝看着围观的人们，嬉笑道："我爱人跟我闹脾气呢，大家别介意，快进去吧。"他一边说一边穿过人群，追着曹北歌，一直到了大楼外面。

这时候的曹北歌，脸像火烧一样，发烫的感觉让她很不适应，脑海中会想起电梯里的一幕，她的心脏就情不自禁地快速抖动。

顾南筝遥遥地看着她，大声喊道："差不多了，没人了。"

曹北歌转过身，哼了一声，暗骂道："色狼，让我当众出丑，这笔账先记着，迟早要还回来的。"

顾南筝没有理会曹北歌的自言自语，兀自地将车子开出来，然后停在曹北歌身前，他伸出脑袋，笑道："曹小姐，上车吧！"

"不敢劳顾老总大驾，小女子受之有愧。"

"哟，你这变化比川剧变脸还快，曹大小姐，你就饶了我吧，赶快上车。"

"我变脸快，那你也不想想是谁让我当众出丑的，还幸灾乐祸，我发现自从认识你，我的生活就是一片阴天，老天爷，你睁开眼看看吧，能不能大发慈悲，将我眼前这个扫把星收走吧！"曹北歌边说边合手祷告，样子虔诚极了。

"老天爷跟我关系好，我一个短信就能搞定一切，你这样瞎祈祷没用。"

"不吹你会死啊？"

"我乐意。"

"真是厚颜无耻，败给你了。"

顾南筝咧嘴微笑，他喜欢看曹北歌赌气时候的样子，看曹北歌像只斗败的公鸡，他心里就很舒畅，"快上来吧，一会儿豆子该急了。"

"那小丫头片子又不知道我会去看她，没准这时候还睡得香呢。"

"很不巧，我昨晚就跟那边的医生说好了，豆子已经知道今天我们会去看她，估计这时候早就翘首企盼了。"

"什么，不是吧，那一会儿丫头不会跟我急才怪。"她听顾南筝如此一说，也不顾及许多了，刚才的不快全都抛诸脑后，然后快速上车，坐得安安稳稳。

这便是曹北歌，她心里在乎的每一个人，只要有需要，她就会义无反顾，而对于她自己，她很容易自我忽视，顾南筝见她坐稳，油门一踩，车子便疾驰出去。

一路无话，两个人各自想着事情，对于昨晚到今天早上发生的一切，两人都讳莫如深。

只是有些暗流，不知不觉间铺开，流到彼此的心里，逐渐泛滥起来。

陆昊觉得自己是一个特别靠谱的人，因为在他的世界里，任何事情都能得到完美的解释。

当清早的风缓缓吹起，在北京的高楼大厦之间来回流动婉转时，他骑着马达轰鸣的豪华摩托飙行在立交桥上，来往的高速车流从他的身边一闪而过，带起一片一片的尘埃，他戴着黑色的巨大墨镜，把一切都阻挡在镜片之外。

他的职业，说得认真点儿，就是除暴安良，说得普通点儿，就是混混日子，他就是一片警儿，然而他的志向远大，从他出生到现在，心里想的就是能行侠仗义，正因为如此，他迷恋金庸武侠小说里那些为国为民的大侠，更是不顾家里人反对，从部队退伍回来以后，一头扎到当地的小派出所去，从最基层的小警察做起。

他时时提醒自己，若是一个国家的治安没有了问题，那一切就没有了问题，所有的后顾之忧都能得到一一化解。

他抬起手腕，看了看时间，正是早上9点5分，他的心里一突，自言自语道："今天是周末，要去疗养院看老爷子的，完了完了，要是一会儿去迟了，老爷子发起飙来，一定给我一个过肩摔。"他一边说话，一边加大马力，厚重型的越野摩托发出强大的嘶吼，很快穿行在马路上，好在他是警察的一员，并且深知交通规则的重要性，所以还算把握尺度较好，不过不得不佩服他骑行的技术，真有电影《速度与激情》里的感觉。

时间一分一秒，从遥远的沙漏不断过滤着人们的慌张与颓废，只是人们无法看清真伪，就无法辨别时间的轮廓。

我们都活在自己规定的时间里，看不到飞逝的光阴，那些离我们远去很久的时光，蓦然回首相望，只是一堆无聊的错误罢了。

顾南筝很稳当地开着车，他打开音乐，舒缓的乐调慢慢地滋养着耳膜，曹北歌兴许是昨晚没睡好的原因，靠在座椅上，闭上眼睛，竟然沉沉地睡去。

顾南筝看着她睡熟的脸颊，长长的睫毛像是黑色天鹅的飞羽，自然而然地挂在眼皮底下，随着她的呼吸，一上一下微微抖动，充满着节奏，她的嘴微微抿着，嘴唇薄而细，像是一颗樱桃，等着谁来采摘。

顾南筝笑了，嘴角弧度微翘，低声道："傻女人，其实你不闹腾的时候，看起来挺可爱的。"

说完他专心驾车，音乐声里那些或激情或低潮的乐感随着车轮的转动，全部抛到了空气里，四散而逃。

当顾南筝把车停在疗养院门口的时候，陆昊的摩托车也到了，两个人用同样的速度一起冲进了门，透过车窗，顾南筝看着戴着巨大墨镜的陆昊，心里莫名地紧张。

他急忙刹车，陆昊的摩托也发出刺耳的钝响，像是一种挑衅，顾南筝哼了一声，暗道："不给你点颜色瞧瞧，你这飞车党还真以为自己是牛人了？"他一边说着，一边抓住挡杆，脚下刹车与油门并用，活生生甩了一个飘逸，车尾像是巨大的风扇，将陆昊骑的摩托车逼开很远。

曹北歌被他一折腾，差点撞到头，浑浑噩噩醒来，看见顾南筝一脸冷色，忙问道："怎么了？"

"没你的事，坐好。"顾南筝看着后视镜，他知道刚才的一下子只会让摩托车避开，真正的较量才刚开始。

他离合一松一弛，手上挡位变化万千，脚下一松，厚重的凯迪拉克越野发出一声重响，然后车子一个急转，车头硬生生转了三百六十度，直接对上了陆昊骑的摩托车。

陆昊自然不是吹的，他把摩托车头高高提起来，整体像是一头猛虎，两辆车，就这样虎视眈眈地对峙着。

他们发出的声响迎来了疗养所值班室的警卫，顾南筝看着跑出来的人，将车子熄火，看了看曹北歌，笑道："下车吧，游戏结束了。"

"喂，你这人怎么这样，没头没尾的，喂。"曹北歌看着下车的顾南筝，一边解开安全带，一边追下车来。

警卫看到顾南筝，又看了看骑着摩托车的陆昊，其中一个走上前来问道："怎么回事，这是疗养所，不是赛车场。"

"都是误会。"顾南筝微微仰头，掏出一支烟点上，看了看警卫，又看了看对面的陆昊，陆昊见顾南筝熄了火，也将摩托车停好，取下巨大墨镜，然后眼睛直逼顾南筝。

突然间，顾南筝眼神猛地收缩，陆昊也眯着眼，两个人像是努力辨认，过了好一会儿，顾南筝才笑道："小耗子，真是你？"

"南哥，是你吗？"陆昊大步跑到他跟前，声音哽咽。

"你小子，还真是你呀，可想死我了。"顾南筝一下就把陆昊抱在怀里，用力拍着他的肩膀。

陆昊同样与他紧紧相拥，他怎么也想不到，曾经在部队同甘共苦的兄弟，今天会在这里遇到，这便是他们的缘分，一种无法割舍的缘分。

"好小子，好几年不见了，还好吗？"顾南筝松开陆昊，捶着他的胸膛笑道。

"南哥，我能咋的，不就是随便混呗，哪像你，都开那么好的车了，一定是风生水起了。"陆昊嬉笑道，天真烂漫。

曹北歌这时候已经走下车来，警卫们见到是俩熟人，也不再说什么，掉转头离开了。曹北歌看着陆昊，大喊道："陆昊，是你呀？"

陆昊听见声音，回头一看，只见曹北歌站在不远处，他咧开嘴，露出洁白的牙齿，笑道："曹小姐，你怎么在这里？"

曹北歌走到他们身边，看了看顾南筝，笑道："我来这边看一个朋友，你呢？"

"我也是。"

顾南筝有些尴尬，插话道："你们俩认识？"

曹北歌与陆昊同时回答道："是啊！"

两个人的异口同声让顾南筝不太适应，曹北歌似乎也感受到了，赶忙道："上次我被小偷抢包，是陆昊帮我追回来的，所以就认识了。"

"是这样啊！"顾南筝吐出一口气，对着陆昊道，"耗子，你来这里看谁呢？"

"哦，你不说还忘了，这个人你也认识的哦。"

"谁？"

"是李老爷子。"

"李老爷子，你是说我们的老爷子？"

"是啊，他最近身体不舒服，就到这里静养，我正好碰见了，所以隔一段时间就来看看他。"

"嗯，那我得去看望一下，你告诉我他住哪个房间，等我先去看看我的朋友，一会儿就来找你。"顾南筝道。

"那行，他住在三三二，我先过去，你一会儿来找我。"陆昊点点头，又看看曹北歌，然后转身走到疗养院里面，转过弯就不见了。

顾南筝这才转身看着曹北歌，低声道："他是不是很帅？"

"什么？"曹北歌微微诧异。

"我问你耗子是不是很帅？"

"你说陆昊，他是蛮帅的啊，干吗？"

"有我帅吗？"

"你干吗这样问？"

"不然你怎么老盯着他看？"

"我哪有，我只是……"

"好了，快去看豆子吧，免得小丫头一会儿发飙，有你好受的。"顾南筝说完就往里走，冷冷的酷酷的，看在曹北歌眼里，却有些奇怪。

"他是在吃醋吗？"曹北歌在心里问自己。

看望完豆子从疗养院出来，已经是11点多，顾南筝撇下曹北歌，匆忙地赶去见他的老爷子了，曹北歌一边叹气，一边走出大门。

太阳越来越嚣张，刺眼的光晕在她的头顶铺散开来，她弯曲手指，像是夹住了其中的一缕，然后玩味地笑起来："人生啊，能有几次可以这样轻闲地看云卷云舒，日升日落呢？"

她的感叹刚刚结束，包里的电话就大声响起来，还是熟悉的旋律，快捷的韵律让整个世界都跟着扭动。

看着手机上来电显示的名称，曹北歌嘻嘻一笑，然后接起来："喂，苏大姐，你终于舍得打电话给我了，你这大忙人也太不靠谱了吧？"

"曹姐姐，你就别埋汰我了，我错了，大错特错，姐妹儿最近都忙疯了，实在不好意思，你宰相肚里能撑船，就把这罪过顺便撑了吧！"电话那头的女性声音充满着知性美丽，一听就知道说话人有不凡的能力。

"得了吧，还宰相呢，我都快成蜡像了，倒是你，一天到晚不知道忙什么，这么久了连个人影也没有。"曹北歌一边埋怨，一边走到马路边上，中午的空气混浊干燥，连着说话的声音，都充满着火气味儿。

"曹姐姐，你又不是不知道，我这工作出差时间多，自然和你老人家见面时间就短嘛，你多体谅体谅，这不，我一回来就找你了，这就是姐妹情分啊，怎么样，有没有很感动？"

"苏皖，你少来啊，哀家不吃这套。"曹北歌哼了一声，接着说道，"你说你，当个记者，还这跑那跑的，人家那些记者谁不是吃香喝辣的，就数你，咋就那么寒碜人呢？以后出去别说是我的姐妹，我都觉得脸上无光。"

"这就是你的不对了，我这叫作人生体验，要是我也跟他们一样，那岂不是白白浪费了我的美好青春？我之所以选择出外景，就是因为我希望可以多得到锻炼的机会嘛，人在逆境中才能知道坚持，才能越走越远。"

"你还展现美好青春？你那青春早就老去了好不好，多大的人了，一点都不靠谱。"曹北歌看着一辆空的计程车，招手拦下来，坐好之后接着说道，"说吧，打电话给我什么事，无缘无故的，我这心里不踏实。"

"曹姐姐，你内心咋就那么不纯洁呢？我好心好意打电话给你，你不领情就罢了，还说我别有用心，你这也太伤人了吧，别以为你姓曹，跟我的偶像雪芹一个姓，我就不跟你急，告诉你，今天姐妹约了晓梅，在老地方见面，等你来了，我再跟你计较。"

"晓梅也回来了？你们这帮子人，一个个藏得够深的啊，平时不见影，一回来就全来了，行吧，那老地方见。"

"得嘞，先挂了，拜拜。"那边挂了电话，速度快捷，一看就知道是做事雷厉风行的主。

曹北歌握着电话，跟师傅说了一声，然后车子就往城区开去，她脑海里想了想，还是给顾南筝发了一个信息，大体说了一下自己有事先走一步，然后闭上眼睛，有种莫名的空虚感。

曾经她以为，爱情这东西虚无缥缈，在学生时代，当看着那些小情侣郎情妾意的时候，她总是嗤之以鼻，来了北京，在这座高速运转的城市里，她更加不对爱情抱任何希望，她选择把自己裹起来，然后在成为大龄剩女的路途中，走得很坚定。

脑海里胡乱的东西一篇接着一篇，她一直信奉的信念竟然被顾南筝打碎了，这个男人有一种莫名的能力，让她无所适从，更加有些无法自拔，一切似乎都从遇见他开始，原有的平衡打破了，到最后会是怎样的结果，是她曹北歌无法窥测的。

还在胡思乱想，手机突然振动起来，她睁开眼睛，看着手机屏幕，是顾南筝回了她的信息：以后要走，请你当面跟我说。

她苦笑一声，顾南筝这种蛮横无理，甚至霸道的行为让她心里越来越紧张，也越来越无法割舍，好像这样的情绪一旦蔓延，就能撩起大片的火花，然后烧得无边无际。

十分钟后，计程车师傅将车停在老地方——饭店门口，说是饭店，其实是饭馆，这是一家川菜馆，因为口味正，所以人也多，曹北歌与她的两个至交好友就是在这里碰面的。

她下车付了车钱,然后跟师傅道谢,转身走进店里去。

因为是中午,客人没那么多,她一进门,就见最角落的桌边坐了两个人,那两人看见走进来的她,便大咧咧招手,她快步走过去,把包扔在板凳上,哼声道:"两个忘恩负义的家伙,今天要是不把哀家伺候好了,有你们好受的。"

"哈哈哈,我说曹姐姐,咱能不这么严肃吗?电话里面你已经说了很多遍了。"苏皖站起来招呼她坐下,又笑道,"你看看人家晓梅,好不容易回来了,你就别计较了。"

"少拿我当挡箭牌哦。"坐在另一边的女子嘻嘻笑道,"皖儿,看我们曹姐姐的脸色就知道,一定是你惹到她了,跟我没关哦。"

"晓梅,你太不厚道了,落井下石也不带你这样直接的,算你狠,姐姐我迟早摆你一道,要知道,出来混,迟早都要还的。"苏皖拉着曹北歌坐下,不忘给旁边的尹晓梅一个白眼。

"你俩就别贫了,说吧,今儿啥安排?"曹北歌坐下来以后,跟服务员要了一杯水,头抬起来,盯着苏皖和尹晓梅。

"看看看,我就说咱曹大姐内心不纯洁吧,都说了就是出来聚聚,她老人家硬是把我们想成别有用心的人了,真是太伤心了,是吧,晓梅?"苏皖的声音充满着哀怨,用求助的眼神看着尹晓梅,晓梅微微一笑,看到了她脸上的神色,赶紧道:"歌,我们就是想你了,你看最近咱忙,都冷落了你,这不,现在抓住机会补偿补偿。"

"你们还想得起我啊,真是太阳打咱北京城的西边升起来了,不管,今天不狠狠惩治你们,你们就不长记性,没准儿还会犯这种阶级性错误。"曹北歌喝了一口水,嘿笑道。

"完了,完了,曹大姐今天是吃了秤砣铁了心啊,晓梅,咱今天要破费了,挨宰的滋味真不好受,呜呜。"苏皖一脸苦相,但是说话声音却是欢愉的,这便是她们说话之间的乐趣,看起来那么回事,其实都是斗嘴而已。

"好了,收。"尹晓梅握住拳头,呼喊一声,把曹北歌和苏皖的动作定格,然后笑道,"难得出来聚聚,快点东西吃吧,早上没吃饭,饿死了。"

"好耶。"苏皖首先举手赞同,她的样子像是幼儿园小朋友遇到开饭时间的那种雀跃。

曹北歌也笑起来,道:"你不说还没感觉,一说起来我肚子也蛮饿的,点吧,还是老规矩得了。"

"那行，老规矩。"晓梅边应边叫老板，老板是一个中年大叔，四川人，很和蔼，手艺没得说，他走过来，微微笑道："今天还是老规矩吗？"

"杨叔，你真了解我们，老规矩，我们一人一份。"曹北歌笑起来，对着老板说道。

"行，你们稍等，马上就来。"老板转过身去张罗了，苏皖把头转过来盯着曹北歌，阴笑道："曹姐姐，说说吧，咱不在的这段时间，有什么际遇？"

"对呀对呀，歌，我们出差去了，你有没有背着咱去钓凯子？"晓梅也跟着起哄。

"你俩赶紧打住，我是啥样人你们还不清楚？再说了，我就是一底层人士，哪有那么多精力钓凯子，我要努力赚钱，养咱老妈。"

"话虽如此，却无法让人信服啊。"苏皖坏笑道。

"我说你们是不是我姐妹儿，一回来就挖我的料，你以为我像你们，土生土长的京城人士，那放到古代，就是大家闺秀、名门望族，一个是大记者，一个是资深经理人，都比我强，你们那暧昧的世界跟我有点远啊。"曹北歌嬉笑道，一副看破红尘的样子。

"你少来。"苏皖和晓梅异口同声地说道，并且同时用鄙视的眼神看着曹北歌。

"好了，我错了，咱不提了，你们是我的好姐妹儿，永远都是。"曹北歌心虚地说着，一副虔诚的模样可以媲美林黛玉。

"这还差不多。"苏皖收回鄙视的眼神，笑道，"宣布一个好消息，从今天起，我就是名正言顺的记者了，再也不用出外景，我这也算是熬出头了，大家祝福我吧。"

"哟哟哟，刚在电话里是谁说自己出外景是为了历练，是为了展现大把美好青春，现在听起来，怎么都感觉是弦外有音啊，不过你这也算是功德圆满，恭喜你一个。"曹北歌端起水杯，和晓梅对视一眼，晓梅也端起杯子来，笑道："恭喜苏大碗涅槃成功。"

"干杯。"三个人，三只手，三个杯子，清脆地碰在一起，一种姐妹情感蔓延在饭馆周围，外面的阳光越来越亮，围住错落的建筑物，怎么也散不开。

第三十二章
流着泪的你的脸

从老地方吃完饭出来,已经是中午,曹北歌看着自己的两个至交好友,笑道:"接下来是不是又按老规矩——逛街?"

"NO。"苏皖打个响指,嬉笑道,"歌,这回你就猜错了吧,我们下午不逛街,我们要去你家。"

晓梅也笑道:"对对对,我们要去你家。"

"去我家?去我家干吗?你们又不是不知道我住在小四合院,环境条件差,那小庙,哪能容得下你们这两尊大佛?"曹北歌诧异道。

"那你甭管,我们今天就是要去,说白了,就是突击检查。"苏皖老奸巨猾地一边说一边给晓梅使眼色。

晓梅挺上道,马上附和道:"歌,你可别藏着掖着,我们不在这段时间,你若是有好的遇见,不能一个人独享哦,所以我们必须检查,要是你'金屋藏君',我们可不饶你。"

"啥玩意儿?还'金屋藏君'?你俩还是不是我好姐妹儿啊,这么不靠谱的事也说得出来?"曹北歌心里那个恨啊,恨不得挖两个坑把这俩不实在的姐妹埋了。

"你还别激我们,咱三认识那么久了,彼此也算了解,你虽然摇旗呐喊说自己不谈恋爱,但是谁知道你是不是暗自春心荡漾了,反正今天是去定你家了,不然的话,你就是此地无银三百两,不打自招。"苏皖一手挽住曹北歌,晓梅也上前挽住她的另一只手,两个人硬是将曹北歌架了起来。

"弱弱地问一句，你们这算绑架吗？"曹北歌一脸苦涩，低声问道。

"你说对了，就是绑架，谁让你心里有秘密，不与我们分享。"晓梅呵呵一笑，看着曹北歌苦涩的脸，乐呵地说道。

"你俩把自己的快乐建立在我的痛苦之上，真是太不厚道了。"曹北歌呜呜地说着话，身体已经不受控制地被苏皖和晓梅拉着，苏皖走到马路边，伸手打了一辆出租，三个人挤在后排，晓梅对着师傅笑道："去北路胡同。"

师傅应了一声，车子快速地行驶过去，曹北歌闭上眼睛就是天黑，虽然四合院根本就没有任何男人的踪迹，但是她的内心竟然情不自禁地想起了一个人——顾南筝。

她心里暗自默念道："干吗会想到他，曹北歌啊曹北歌，你是不是神经衰弱了，还是走火入魔？"

苏皖歪过头来，看着一脸深思的曹北歌，嬉笑道："歌，你也别担心，要是一会儿那男的被我和晓梅抓住，我们的要求也不过分，你俩就当着咱们来个法兰西似的湿吻就行了，是吧，晓梅？"

晓梅嘿笑道："没错没错，咱要求真不高，不过既然能住到你家里去，没准早就有肌肤之亲了，让你俩来个湿吻，太便宜了，不行，得规定时间，我看，最起码要五分钟。"

"五分钟哪够啊？最起码十分钟。"苏皖笑道。

"那要不十五分钟？"晓梅哄笑起来，两个人根本无视曹北歌越来越黑的脸。

"你俩再不打住，我就自断经脉而死，让你们俩摊上谋杀罪名。"曹北歌愤愤道。

"今天你就是咬舌而亡，我们也绝不留情。"苏皖加大力气，声音铿锵。

"好，算你们狠，今天算姐栽了，要杀要剐悉听尊便。"曹北歌索性不再说话，心里却暗骂不停："这都啥朋友啊，简直就是挖别人隐私的狗仔。"

车子很快就到了目的地，下车的时候，出租车司机用怜悯的眼神看着曹北歌，那意思好像在说："小姐，要我帮你报警吗？"

曹北歌当然没有看到司机师傅的眼神，一下了车，苏皖就围上来，笑道："很快就能水落石出了，歌啊，你思想准备好了吗？"

晓梅站在曹北歌另一边，笑得花枝招展："我一想到一会儿十五分钟的法兰西湿吻，我就激动。"

"你就瞎激动吧，正主都没发话呢，别急，晓梅同志，好戏是绝对不会被错过的。"苏皖手上使力,拉着软沓沓的曹北歌,就往小胡同里走去。

晓梅跟在后边,不断偷笑。

"你们俩今天折磨我到底有几个意思?"曹北歌低声地问道。

"歌,你若是坦白,咱就根据国家政策,从宽处理,现在还来得及哦。"苏皖淡淡地应道。

"我坦白什么?"

"坦白我们不在的这段时间,你是不是有'外遇'。"晓梅补充道。

"我都说了,没有,真没有。"

"不信。"苏皖和晓梅又默契地回答道。

"那行,要是一会儿找不到任何证据,你们怎么补偿我?"曹北歌问道。

"这个嘛,看情况再说。"苏皖答道。

"那不公平,你俩给个说法,要是没有,你们怎么补偿我,这一大半天对我的'折磨'总该有点表示吧!"

"要不,请你 SPA?"苏皖嘻嘻笑道。

"可是你说的,谁要是赖账,谁就是乌龟王八。"曹北歌一脸得意的笑容,看着苏皖和晓梅眼里,怎么都不是味道。

晓梅对苏皖使个眼色,那意思分明是说:"这小妮子不会真没有'外遇'吧?"

苏皖摇摇头,表示自己也不清楚,她俩的小动作被曹北歌看见,她欣然地露出笑意,说道:"到家了,进去搜吧!"

曹北歌开了门,苏皖和晓梅走进院子里,苏皖当先走到房子里,过了五分钟,垂头丧气地跑出来,晓梅苦涩地说道:"不会吧?"

"真看不出来,你真耐得住寂寞啊,歌,教教我吧!"苏皖走到曹北歌身前,喃喃道。

"都说了,姐姐我现在只想到打工赚钱,别的神马都是浮云。"

"得了,今天功亏一篑,不过你别得意,迟早会抓到你的小辫子的。"晓梅叹口气,坐到椅子上,身前的桌上放着一本厚厚的《现代汉语词典》,词典下面压着一张纸一支笔,晓梅拿起来,只见纸上用黑笔写着两个字——南筝。

她像发现了新大陆一样,大喝道:"大碗,快来看,这是啥?"

苏皖听见动响,跑到晓梅身边,两个女人把头挨在一起,足足研究了两分钟,才抬起头,看着进门的曹北歌。

"歌啊,这是啥东西,给个解释吧!"苏皖嬉笑道,那模样像是大侦探找到犯罪证据一样。

"什么?"曹北歌有些慌乱,但是却不动声色地问。

"南筝?这该是个男人的名字吧?"苏皖问道。

"你想得真多,南筝是一种乐器来的。"曹北歌突然急中生智,快速地回道。

"乐器?"苏皖有些怀疑,晓梅也是一脸不相信。

曹北歌站稳了阵脚,走到晓梅身边,把笔纸抢过来,笑道:"就是一种古筝形式的乐器了,跟你们口中的所谓男人,简直风马牛不相及。"

"真的吗?"苏皖还是一脸的不信任,说话的声音充满着疑问。

"当然了,我说你们想男人是不是想疯了啊,要是春心荡漾了,就去找一个嘛,干吗非折腾我呀,真是的。"曹北歌气愤地说道。

"那好嘛,算你过关了,没有沦陷在男人的诱惑之下。"苏皖吐出一口气,笑道。

"打住啊,少蒙我,说好的事你可别想赖。"曹北歌嘿嘿笑起来。

"就知道你在这儿等着我呢,行吧,不过今天是没时间了,等过两天,我们一起去SPA。"苏皖一本正经地说道。

"没戏咯,还以为有激情戏上演呢,白走一遭,白高兴一场。"晓梅还惦记着那十五分钟的法兰西湿吻,说话的时候不断地咂巴着嘴。

"你就别发春了,回吧!"苏皖笑起来,然后对着曹北歌说道:"不早了,你休息吧,我们先走了。"

"那好,一路小心,有事打电话。"曹北歌微微一笑,看着苏皖和晓梅走出门去,然后挥挥手,很快就不见人影。

曹北歌走进屋子里来,一屁股坐在椅子上,手里还攥着那张白纸,她慢慢把纸打开,上面娟秀的字迹写着的"南筝"二字,让她的心,纠结不能平息。

自己,真的能忍受得了寂寞吗?

或许,寂寞早就已经来过,却不觉间,带来另一个人。

一天就这样过去了。

曹北歌坐在椅子上,天色慢慢沉下去,手里攥着的纸条上那黑色的"南筝"二字早已经皱巴巴,像是她此时疲倦的心。

她站起身来,走到门外,双手倚在门栏上,眼光随着蓝色的天空飘去,看到遥远的天幕上聚拢的晚霞,她微微一笑,脑海中情不自禁想起了顾南筝。

这个时候的顾南筝，正与曾经的战友陆昊谈笑风生。

一个不大的房间里，顾南筝端着一杯白酒，与陆昊一饮而尽，然后撇着嘴巴，笑道："耗子，想不到这么些年过去了，酒量见长嘛！"

"你就别取笑我了南哥，谁不知道在部队的时候你就号称'酒神'，喝起来没个头，咱们连队里，谁没被你灌趴下过？"陆昊放下杯子，脸色很快潮红，但是全是笑意。

"古人云：好汉不提当年勇，都是过去的事了。"顾南筝摆摆手，嬉笑道。

陆昊坐下来，夹了一点菜，放在碗里之后，抬起头来，有些怅惘地说道："曾经一起出生入死的兄弟们，现在能碰面的，就咱俩，其余的人也不知道散落在天涯的哪个角落，有时候回想起来，真不是滋味！"

"那份情谊永远在这里。"顾南筝右手指着心窝子，一字一句道。

"对，就在这里。"陆昊笑起来，同样用手指着心脏的地方，然后拿起酒瓶，给顾南筝到满，自己也满上一杯，他拿起杯子，低沉道："为我们曾经的兄弟情谊，干一杯。"

"虽然其余的兄弟不在，但是我们两个代表咱们全连队，干了。"顾南筝仰起脖子，辛辣的液体顺着喉咙滑到胃里，有种泉水叮咚的声音。

从喝酒的地方走出来，已经是晚上8点，顾南筝有些小小的眩晕，看了看时间，咧嘴一笑，脑海里竟然想起了曹北歌，身后陆昊有些东倒西歪地站着，顾南筝转身扶起他，说道："耗子，你醉了。"

"没，我没，没醉。"陆昊说话含糊不清，手在顾南筝肩膀上来回摇动，很不安分，顾南筝嬉笑道："每次跟你喝酒，下场都一样，可惜我们那帮兄弟都不在身边，不然又要整你了。"

陆昊迷迷糊糊的，但是却还是听见了顾南筝说的话，他呜呜道："南，南哥，兄弟们就算来了，也早被你干趴下了，不会整、整我的。"

"你看你，都喝成这样了，还不让人省心，少说点话，我带你找个地方先住下。"顾南筝扶着他，走到车子边上，因为喝了酒，他不能开车，给车上了锁之后，他打了计程车，找到了一个酒店，然后把陆昊安顿下来。

看着躺在床上还在不停讲醉话的陆昊，顾南筝会心地笑了，在他眼里，这个在部队里的好兄弟永远那么可爱，带着原始的气息，在他的思绪里，留下最美的记忆。

"好好睡吧。"顾南筝帮他盖上被子，然后坐在一旁，过了一会儿才掏出烟来，缓缓点上一根，烟圈弥漫，像是一些虚妄的过去，原来那句"过往烟云"可以得到这样的诠释。

时间一分一秒，顾南筝走到窗边，用手拉开巨大的窗帘，他开的房间在十楼，透过玻璃，远方的夜色正美，顾南筝思绪万千，有种莫名的心静，这种感觉不可捉摸，他的心底深处慢慢形成一个圆圈，最后过滤成一张人脸，赫然便是曹北歌。

"我怎么会想到她了？"顾南筝有些自嘲，但是嘴角的微笑却不动声色。

他这般一笑，竟然掏出电话不自觉地找到了曹北歌的号码，然后鬼使神差地拨了过去。

对于曹北歌来讲，这样的夜已经很晚了，她都洗刷完毕，准备睡觉了，然而外面的夜色红绿相交，天空都披上一层荼蘼的味道，她透过小窗户的玻璃，叹口气道："我们这种人啊，就是日出而作，日落而息的生活，跟有钱人的生活完全不挂钩的。"

她这般一想，一个人影突然笼罩在心底深处，不用想也知道是谁。她嘟嘟嘴，骂道："死顾南筝，我认识你算我倒霉，今天差点露馅，以后我要跟你划清界限，免得……"刚说到这里，电话突然就响了，她看着来电，是一个没记名的号码，然后她很礼貌地接起来："你好。"

"看不出来，在电话里你很礼貌的嘛！"顾南筝听到曹北歌的声音，缓缓道。

"你是顾、南、筝？"曹北歌疑惑地问道。

"我的声音有那么难辨认吗？而且听你的口气好像很惊讶，你是在害怕什么？"

"你、你怎么有我电话的？"

"你都是我公司的人了，我做老板的要是连你的电话都搞不定，那就太不称职了。"

曹北歌心里气急败坏，刚还在骂他呢，没承想这个顾南筝还就打电话过来了，她低声嘀咕道："阴魂不散。"

"你说什么？"顾南筝问道。

"没什么，都那么晚了，打电话什么事？快说，我要睡觉了。"曹北歌怒冲冲道。

"才8点多，你就睡觉了，不至于那么贪睡吧？"

"要你管，姑奶奶睡的是美容觉，而且我奉行早睡早起，哪像某些人，夜不归宿，一看就不是好东西。"曹北歌逮着机会，当然要讽刺一番。

"我可以理解成你在报复我吗?"顾南筝声音突然降低,有种缓和的味道。

"我不想说了,没事我挂了。"曹北歌听到那边声音的软弱,有些心虚。

"好吧,说正事,一会儿你出来,到公司楼下等我,今晚我们加班。"顾南筝说完之后不给曹北歌反驳的机会,继续道,"我只给你半个小时,半个小时后看不见你,我就上你家亲自来找你,你最好快点。"然后他迅速地就把电话挂了,站在巨大的玻璃窗前,笑得很怪异。

曹北歌先是蒙了,过了好一会儿才回过神,然后破口就骂道:"顾南筝,你个死变态,你这个超级大混蛋。"骂完之后却又只得苦着脸,快速地穿好衣服,头发也来不及扎了,随便绾了几下,出门骑上自行车,一溜烟地就往未来大厦赶去,夜晚的风呼呼地吹动她的发,飘逸极了。

顾南筝挂了电话,笑得莫名其妙,他转身看着睡熟的陆昊,慢慢走出房间,到了楼下,他招手打了车,然后低声道:"去'未来'大厦。"

车子缓缓地开动,顾南筝看着车窗外,想想着曹北歌疯狂骑自行车的样子,他不经意间笑起来,心里缓缓道:"我就是要你听我的。"

曹北歌大汗淋漓到了未来大厦楼下,时间是晚上9点10分,距离顾南筝规定的时间,还有两分钟。

她把车停靠在一边,快速地整理了一下衣服,然后来回张望几下,重重喘出一口气:"看来顾南筝那个混蛋还没到。"

"在背后骂人很爽吧?"随着曹北歌的声音落下,顾南筝缓缓从一边走过来,口中愤愤道。

曹北歌被吓得不轻,低下头去,口中却暗道:"这到底什么人啊,老是被他抓个现行。"

"不过时间观念还是可以的,虽然迟到了一分钟,不过看在你是靠简陋交通工具的分上,原谅你啦!"顾南筝接着笑道。

"什么迟到?我提前两分钟到的好不好,别信口雌黄颠倒黑白。再说了,明知道我骑自行车,还叫我大半夜跑来,还规定什么时间,真是有病。"曹北歌辩解道。

"第一,时间以我的为准,我手上的表已经超出了一分钟,所以你迟到了;第二,骑自行车不能成为你迟到的借口,至于规定时间,是怕某些人不懂时间的宝贵,鲁迅先生曾说:浪费别人的时间,等于谋财害命,所以,我是在警醒你。"顾南筝笑着说道。

"你别以为世界都围着你转，顾南筝我郑重地告诉你，虽然你是我老板，但是请你也尊重我，现在是晚上9点多，我已经下班了，你无权再支配我，我来，是我对你的尊重，但是请你不要无缘无故调配我。"曹北歌真生气了，对于顾南筝那种皮笑肉不笑的感觉，她很不舒服。

"生气了？"顾南筝好像感受到曹北歌的变化，问道。

"不敢，顾总有什么吩咐吗？没有的话，我要回家了。"

"叫你来，是想让你陪陪我，有问题吗？"顾南筝的语气突然寂寞无助，让曹北歌心慌失措。

"你别开玩笑了，我真的要回去了。"曹北歌想赶紧逃开他，一分一秒都不想留，因为她害怕，心底的懦弱已经滋长起来了。

"来都来了，何必急着走，我买了东西，跟我吃点吧。"顾南筝转过身，缓缓走到另一边，曹北歌看着转身的他，他的背影在夜色里好哀伤，让她的心莫名地纠结在一起，然后脚像不听使唤，慢慢地跟着顾南筝，走到一个椅子边上缓缓坐下来。

顾南筝嘴角微微一翘，递给曹北歌一瓶罐装啤酒，自己也打开一瓶，淡淡喝了一口，说道："这样的夜晚，能坐下来聊会儿天，不是很好吗？"

"这种生活当然很好，但是要看跟谁。"曹北歌喝了一口，感觉涩涩的，但却不反感，对于顾南筝的话，她如此回答。

"你非要跟我掐，这样很过瘾吗？"顾南筝笑道。

曹北歌扭过身子，看着顾南筝，一字一句道："鬼才想和你掐，是你自己妄想症发作。"

"妄想症？我从来不患这个病，倒是你，可能性更大吧！"

"你，我发现跟你说话太累了，我走了。"曹北歌作势站起来，刚要迈步，却发现自己的手被一双大手紧紧拉住，温柔的感觉从手心蔓延到大脑，然后流遍全身的角落。顾南筝站起来，手紧紧地握住曹北歌的手掌，轻轻把她拉到身前，低声道："你跟我，为什么总要吵呢？"

曹北歌心里全乱了，不知道为什么，她好慌好慌，好像整个世界会在一瞬间塌陷，把她掩埋在最底处，可是她却又好感激上天，能在这一瞬间里感受到身边这个男人给予的丁点温度，这到底为什么，谁也没有答案。

"我还有事，我真要走了。"曹北歌只想落荒而逃，好让顾南筝看不到她慌乱的眼神。

"你还没回答我,我们为什么总要吵呢?"顾南筝把她抓得紧紧的,不让她有逃走的机会。

曹北歌把头低着,不敢看顾南筝,她不止一次沦陷在他的眼神里面,那像是深海般的眼睛,可以将她秒杀。

她重重地喘气,然后低沉道:"好吧,以后我不跟你吵了,你放开我吧。"

"真的不吵了?"

"真的不吵了。"

"那好,那你坐下来,陪我好好聊会儿。"顾南筝一下就把曹北歌按在椅子上,有些淡淡的笑意。

"你、你非要那么大力气吗?"曹北歌有些小愤怒,但是答应了他不再吵,自然也就没发作。

"曹北歌,我们认识多久了?"顾南筝突然问道。

"干吗突然问这个?"曹北歌回道。

"就是随便问问,聊天而已啊。"

"我想想啊,好像有一个多月了吧。"

"一个月,蛮久的哈。"

"久吗?我觉得很短啊。"曹北歌喝了一口酒,仰着头,看着远方的星辰,说话的时候一丝不苟,旁边的顾南筝看见,有种莫名的悸动。

"我以后可以直接叫你北歌吗?"顾南筝小声地问道。

"啊,什么?"曹北歌好像没听明白,一脸疑惑。

"我没有别的意思,我就是想我们都是朋友了,叫你北歌应该可以的吧。"

"我们还不熟吧,至于你说的朋友嘛,我可以考虑一下的啦。"

"哦,还要考虑啊。"

"当然,这个要慎重考虑。"曹北歌一边说话,一边喝酒,一罐啤酒很快就喝完了,然后她站起来,说道,"聊完了,我要回家了。"

"这么快就走啊,再坐会儿吧。"

"很晚了,明天要上班,拜拜。"她快速地走到自行车面前,飞快地跨上去,一下就在顾南筝的眼前消失了。

顾南筝愣在原地,口中喃喃道:"做朋友还尚要考虑,那做女朋友岂不是……"他摇摇头,自嘲地笑起来,晚上的风呼呼地吹,竟然让他的眼睑湿润,汩汩流下泪来。

曹北歌飞快地骑着车,风灌满她的眼睛,眼中的水雾开始凝结,然后从眼角处滑落,不知道是心里有这种落泪的情绪,还是被风给吹的。

抑或是,两者都有吧。

彼此流着泪的脸,在不同的演绎着心里的情绪,你有你的伤心,我有我的苦楚,一个人,只能掩藏伤口,两个人,要么彼此抚慰,要么彼此伤害,这便是——所谓的爱情。

街边的音像店里放着乐曲,曹北歌经过的时候,正好听见任贤齐的声音,带着悲伤的气息,一下就席卷了她——

流着泪的你的脸
在我脑中不断地盘旋
许多话没向你说
但我也没有勇气回头
流着泪的你的脸
倒影这个城市的灯火
其中孤独的一盏是我
片片梦碎的声音
也是我

顾南筝接到父亲秘书打来的电话之后,一个人坐在房间里沉默了一个多小时。

他一直以来都是一个很要强的男人,不管是在部队,抑或在商界,还是在曹北歌面前。但是他同样有不为人知的过去,有辛酸的苦楚,有悲伤的记忆。

而这一切,都来自于他的父亲。

秘书在电话里对他说:"老董事长病了,现在在医院里,要你去医院一趟,有重要事情吩咐。"

他对于自己的父亲,那个叫顾天海的男人,从小就有一种深深的敬重抑或是害怕,在他的眼中,自己的父亲是一个冷漠的人,冷漠到连他这个儿子都深深地恐惧。

然而,他知道,父亲是爱他和母亲的,5岁那年,母亲走了,父亲抱着母亲冰凉的身体,眼泪像是断线的珠子,一滴一滴落在母亲的脸上,那一刻,顾南筝突然觉得，他心目中最威武的男人，竟然很脆弱，脆弱到只要自己轻轻一推，就会破碎倒下。

然而，时间总能将一切冲淡，母亲走后没多久，父亲便振作起来，一鼓作气，在商海里浮浮沉沉，终于成为大亨，垄断了很多领域，而他旗下的酒店产业链，也达到了最高峰。

但是顾南筝从来不参与父亲的事业，因为他自己有自己的梦想和道路，曾经很多次顾天海要他到公司上班，都被他拒绝，看来是有其父必有其子，顾南筝用他自己的能力，同样成为了了不起的企业家，只是跟自己的父亲相比，还差得远。

墙上的钟表嘀嗒有声，三根交错的指针像是将人生分成很多格，每一格代表一种境界，而当他们都重叠的时候，一切，终于殊途同归。

顾南筝抱着脚坐在房子的角落里，佝偻的样子像是可怜的小孩，外边的世界再喧嚣，都无法侵袭进来，也无法滋养他的耳膜，这个时候，他的内心在挣扎，虽然他与父亲并未有任何冲突，但是心里总是莫名地觉得不开心，可能是因为父亲病重，又或者，他害怕，害怕父亲像多年前的母亲一样，悄然地离开他的世界。

他的世界，本身一片荒凉，充满着寂寞孤独的味道，夜深人静的时候，他常常感到悲痛，在梦里见到母亲年轻的容颜，一切连接起来，都像是黑白的图画，一张一张，让他呼吸困难。

他还是决定去医院，毕竟那是自己的父亲。

当他踏进房门的时候，消毒水淡淡的味道刺激他的鼻腔，他突然不敢睁眼，仿佛母亲当初离开的一幕幕都在眼前，直到顾天海叫了他几声，他才回过神，然后慢慢走到父亲床边，低声道："感觉还好吗？"

顾天海笑道，声音浑厚："小筝，你终于来了。"

"张秘书说您病了，我担心，所以来看看。"顾南筝道。

"老张就知道虚张声势、夸大其词，不过人老了，是有点不中用了，你能来，我就很开心了，对了，你那公司，还好吗？"

"还不错，运转正常，效益也行。"

顾天海咳嗽一声，坐直身体，顾南筝赶紧用枕头垫在他的背部，他靠着枕头，缓缓呼出一口气，道："你老爸我已经没有太多的精力去管公司的事了，所以我想你回来，小筝啊，你这孩子跟我脾气一样，倔得没话说，但是你心地却又跟你妈一样，善良、细腻，能吃苦，我只是希望你能帮我，咱爷俩打出更好的天地出来。"

顾南筝低头道："爸，你知道我不喜欢别人安排的生活，我有自己的路要走，我可以帮你，但是我希望你能注意身体，别太操劳，该是你安享晚年的时候，有时间就多休息，多旅游呗。"

"你是嫌老爸了吧，虽然我现在在医院，但是我身子骨可不是吹的，小筝，你从部队出来的，但是老爸我要是跟你对上，你不一定能够有便宜占。"顾天海眼睛闪烁，哈哈大笑道。

"是是是，老爸你老当益壮。"顾南筝微微笑道，"我可以帮你管理酒店，但是你答应我，我全权负责，不然的话，我宁愿不接这个担子。"

"既然交给你，当然是你全权负责，不过董事会那些董事多少有些能说上话，你也不能对他们太过分，不然，那些老顽固可是会跟你杠上的。"顾天海一本正经地说道。

"这个我知道，他们毕竟是你一手拉上来的，也算是元老，我自然会尊重的，不过我的经营理念可能会改变之前的常规，所以，我才跟你要个尚方宝剑，免得到时候怪罪下来，我可担不起。"顾南筝也是一本正经，在这种事情上，他们父子俩，有着相同的脾气和默契。

"好吧，一切就按你说的，既然酒店交给了你，那我就可以安心地休息了，过一段时间是你妈的忌日，到时候我们一起去看她，她看着你现在的样子，在天上也会很开心的。"

"那好，那您休息，我先回公司，明天我就会去酒店，一切就交给我吧。"顾南筝站起来，缓缓道。

"小筝，如果方便的话，你就搬回家里来住吧，一个人在外面，我不放心。"顾天海看着快要离开的顾南筝，低沉道。

"我知道了，我会回去的，先走了。"顾南筝说完不再回头，轻轻走出门去，然后透过门上的隔窗，看着躺在病床上的父亲，眼角微微湿润，他的内心突然很慌很乱，这个曾经倔强的男人，再一次知道了生命的意义。

从医院出来，顾南筝开车到了未来大厦，刚到办公室，曹北歌就拿了文件过来，然后低声道："顾总，这是今天要签发的文件，你签个字吧！"

顾南筝坐在沙发上，头也不抬，淡淡道："放着吧，我一会儿过目之后再说，你先去收拾一下你的东西，从今天起，你不在这儿上班了。"

曹北歌心里咯噔一声，暗道："不会吧，就这样被炒鱿鱼了，这也太不靠谱了吧，顾南筝，算你狠，走就走，姑奶奶就不信没有别的地方可以工作了。"

顾南筝突然抬起头，看着一脸沮丧的曹北歌，笑道："乱想什么呢？以为我炒了你？"

"什么意思？"曹北歌问道。

"意思是，从现在起，你跟我走，做我的贴身秘书，从今往后，我在哪里，你就在哪里。"顾南筝大大咧咧地说着，笑容充满着侵略者的霸道和蛮横。

"做你的秘书，我做不来，你找别人吧。"曹北歌说完就往门外走，还没走远几步，顾南筝就喊道："你就那么怕我？"

"我怕你什么了？"

"不然你怎么会走呢？你就是害怕我，抑或是，你对我有……"

"鬼才对你有想法，自作多情。"

"我可没说，是你自己说的，好了，去收拾东西，下午放你假，明天早上我会到你家门口接你，到时候可别让我多等。"

曹北歌简直拿他没有法子，在顾南筝面前，她永远是软柿子，想被捏就被捏，偏偏她还无力回天，无法还击，她不再说话，快速走出房间，然后在同事疑惑的眼神里，慢慢收拾着东西，然后像猫一样，仓皇地逃离。

第三十三章
围绕糖果

　　第二天天刚亮，曹北歌神采奕奕地站在门口，她心里有种说不出来的感觉，好像在为了一会儿与顾南筝的见面而紧张。

　　心中的悸动，像是一道巨大的彩，把她的脸都映衬得红红的。

　　阳光没有那么明媚，有些白色的云朵惬意地飘洒，有飞鸟，有和风，有婉转的汽笛，有沉稳的脚步，所有的声音结合起来，就是一出美好的表演。

　　曹北歌看看时间，快 8 点了，这个时候顾南筝是不是已经出门了？

　　顾南筝其实已经到了，就在不远处看着她，他的手里拎着两杯热牛奶，一脸坏笑。

　　时间一分一秒，男人躲在背后看着女人，这种仿佛偷窥的行径竟然让顾南筝觉得很兴奋，曹北歌等了十几分钟，终于忍不住，然后掏出电话，拨通了顾南筝的号码。

　　顾南筝装模作样地接起来："喂，哪位？"

　　"顾总，昨儿是谁说要有时间观念的，又是谁把鲁迅先生都搬出来了，还说浪费别人的时间等于谋财害命的？现在是几个意思啊？"曹北歌的声音有些急，一个人大清早地在门口站了半个多小时，能不急躁吗？

　　"快到了，你再坚持会儿，我堵车了。"顾南筝的声音保持着冷静，但是躲在边上的他却好想笑。

　　"堵车？你平日里咋不堵车，这不能成为你迟到的借口，我那天就说了一句我骑的车简陋，你同样用这句话说我的，现在原封奉还。"

顾南筝心里暗笑，口中却道："特殊事件特殊处理，你就耐心等着吧。"说完就挂了电话，然后偷笑道："小样儿，跟我斗，就是急死你。"

曹北歌心里那个郁闷啊，一大早酝酿的东西全都化作了泡影，心里满满的全是咒骂顾南筝的话，她握住手机，在原地跺脚，边跺便吼道："踩死你，踩死你，顾南筝，我要踩死你。"

这时候顾南筝慢慢地走过来，看着她还在不断地谩骂，突然伸出手来，拍着她的肩膀，低声道："你想怎么踩死我啊？"

曹北歌尖叫一声，身子一个哆嗦，然后情不自禁往前一靠，转过身来，看清顾南筝那张帅气却又欠扁的脸，故作镇定道："你不是堵车吗，怎么突然跑人家后面来吓人，你懂不懂礼貌？你已经不止一次这样了。"

"俗话说，不做亏心事，不怕鬼敲门，要是你心里坦荡，你怕啥？"顾南筝嘿嘿笑起来，然后晃了晃手中的牛奶，道："喝一杯吧，养颜美容，而且提精神，补营养。"

"谁稀罕？"曹北歌哼了一声，不搭理他。

"不稀罕是吧，那好，我扔了它。"作势就要往垃圾桶里丢。

曹北歌赶紧拉住他的手，口中大喊道："你这人怎么这样，不要浪费好吧。"

"我乐意啊，要你管。"

"我就管，你给我吧。"曹北歌一下就抢过顾南筝手里的牛奶，然后打开喝了一口，满足地说道："味道真好啊，可惜没多放点糖。"

"你喜欢吃糖？"顾南筝听她一说，问道。

"是啊，糖是甜的，当然喜欢了。"

"那你等着。"顾南筝说完便转身跑开，曹北歌都没反应过来。

看着他远去模糊的背影，曹北歌笑道："其实从远处看他，他还是不错的，啊呀呀，曹北歌，你脑子里在想些什么啊，你是不是疯了。"她有些懊恼，索性大口喝着牛奶，忘掉心中的那一丝不安。

当曹北歌将一杯热牛奶喝得差不多的时候，顾南筝回来了，他的手里提着一个小盒子，很精致，他递给曹北歌，笑道："这是我最喜欢吃的糖果，买给你的。"

曹北歌接过来，惊讶笑道："这个糖果，是我最爱的，没想到你也喜欢。"

"是吗，看来咱们还挺默契。"

"鬼跟你有默契，全世界那么多人，喜欢吃同一种糖果的多了去，你少在这里装蒜。"曹北歌转过身，撕开包装，然后吃了一颗，满脸幸福的味道。

"喂喂，你不要不厚道行吧，好歹是我买的，你给我留一颗啊。"顾南筝看着她吃糖的样子，忍不住地说道。

"你都说了是给我买的，送出去的东西你还想要回去，丢不丢脸啊？"

"我才不管，快给我一颗。"

"不给，就不给。"

"你再不给我就抢了。"

"有本事你就来抢啊，抢得到算你本事。"曹北歌说完迈开步子就跑开了，顾南筝看她逃走，情不自禁地追了过去。

时光好像重复着一个场景，一种来自于过去和现在交替的画面，曾经的他们，围着一棵大树，现在的他们，围绕一包糖果，这是宿命吗？将他们牢牢地拴住，然后打一个结，一个解不开的——死结。

重演的剧情，有没有可能将喜悦分割，将那些断裂的刻度重新接起，然后把他们的影子浓缩，雕刻在他们以后的日记中，形成他们的纪念？

"顾南筝，你是只鸭子，野鸭子，很高级的野鸭子。"曹北歌如此说。

"曹北歌，你说谁是鸭子，你才是鸭子。"

"你是鸭子，你全家都是鸭子。"

……

"曹北歌，你到底给不给我糖吃？"顾南筝如此问。

"不给，就是不给，你把我怎样？"

"你要是不给，我就追你到天涯海角，你想清楚。"

"我想得很清楚，就是不给你，追到火星都不给。"

"算你狠……"

从地老天荒

到海枯石烂

有些画面注定是隽永的

而有些记忆片段

只是零碎的

带着伤痛而决绝的眼泪

顾南筝从不肯相信自己内心的挣扎，随遇而安，随性而走，所以就算他曾答应宁阳的要求，但是当有一天宁阳站在他的面前，要他实现承诺的时候，他依旧会把最真实的一面展现出来。

当他开着车把曹北歌带到父亲旗下的君皇酒店时，已经是中午了，其间他带着曹北歌吃了早饭，买了几身衣服，搞得曹北歌一脸窘迫。

顾南筝在商场看着试衣间出来的曹北歌时，他的心有些微微颤抖，人靠衣装这个词用在曹北歌身上恰如其分，曹北歌红了脸，赶紧包起来，然后换上自己的原装，才松了一口气。

车子停下来，顾南筝当先下车，对着曹北歌说道："一会儿进去，你不要说话，其余的交给我就是了。"

曹北歌只是哦了一声，抱着刚买的东西，跟在顾南筝后头。

君皇酒店是一家五星级酒店，典雅奢华，曹北歌一进门就被吓住了，清一色的大理石地板，美轮美奂的灯光，巨大的酒柜，敞开式的西餐厅，还有一个大大的石台，摆着一架白色的钢琴，有个男人坐在钢琴上，弹着轻盈的歌曲。

顾南筝进门的时候，两边的迎宾恭敬地低头，有四个穿制服的主管已经等在那里，看见他来，马上迎上来，走在前面的一个人笑道："顾总，您到了。"

"嗯，看样子爸爸的酒店管理得还是不错的，你们没有因为我的到来而改变什么，这点我很欣慰。"顾南筝淡淡一笑，接着问道，"我的办公室在哪里？"

"在楼上，已经准备好了，我这就带您上去。"

顾南筝回头看了看曹北歌，示意她跟上，曹北歌只得低着头跟着他，坐上电梯，一路到了办公室。

顾南筝看了看几个主管，笑道："你们先去忙，把最近的业绩表给我送来，另外通知各部门，下午开会。"

"知道了，我马上去办。"几个主管应了一声，转身离开，顾南筝看了看曹北歌，笑道："去换衣服，一会儿跟我一起开会。"

"在哪里换啊？"曹北歌很紧张，对于这种地方，她是陌生的，并且带着极大的恐惧。

"女厕所，更衣室，或者，我的办公室，你选。"顾南筝嘻嘻一笑，把外套脱下来，走到一旁的桌子边，倒了一杯酒。

"这些人倒还摸清了我的脾气，知道我喜欢拉菲。"他慢慢喝了一口，回身看着曹北歌，她还站在原地，不知所措。

"你真打算在这里换？"顾南筝追问道。

"人家对这里不熟悉，哪知道厕所和更衣室在哪儿？在这里换更方便，你一个大男人在这里，多不好意思。"曹北歌弱弱地说道。

"我说你是白痴吗？不知道就去问啊，我想很多人都会乐意给你指引的，特别是男人。"

"你什么意思？"

"这话绝对是褒义的，意思是你那么美丽，肯定有人乐意效劳。"

"算你识相，姑奶奶暂且不跟你计较，等我换了衣服，再来找你。"曹北歌一想顾南筝说得没错，可以去问别人，于是她转身走出房间，到了走廊，正好碰见一个女孩，询问之后找到了厕所，很快就换好了衣服。

当她回到办公室的时候，顾南筝正在看文件，应该是主管送过来的业绩表。

她敲敲门，然后走进去，身上的衣服是顾南筝挑的，很有职业的味道，顾南筝听见动响，抬起头来，看了一眼又低下去，继续看文件。

曹北歌嘟嘟嘴，百无聊赖，只得坐到旁边的沙发上，拿起桌上的一本杂志，慢慢看起来。

时间跳跃，像是一个陀螺，带偏了日落星辰，一个小时以后，顾南筝看完了资料，而这时的曹北歌却躺在沙发上睡着了。

顾南筝站起来，活动了一下筋骨，慢慢走到沙发旁边，看着睡着的曹北歌，他会心一笑，将自己的外套给她盖上，喃喃道："这傻丫头，肯定没睡好，多半想到今天我去接她，太兴奋过头了。"

他突然好想伸手去摸摸曹北歌的脸，那张带着酒窝的脸，像是一颗红色的苹果，吸引着他的神经，让他有些难以自拔。

但是手到半空，却迟迟不敢再近一步，曹北歌的呼吸均匀，呼出的气体慢慢弥漫在顾南筝周围，想要把他围起来，顾南筝自嘲地笑了笑，站起身，将倒好的酒一饮而尽，然后走出房间，把房门带好。

他刚走，曹北歌就睁开了眼，她一下就坐起来，胸口起伏不定，一边大口喘气，一边用手捂住胸膛，那模样，如蒙大赦。

"天啊，吓死我了，那家伙差点就摸我了。"她一边说一边听着外面的动静，生怕顾南筝突然闯进来。

原来她醒了正要起身，正好顾南筝走到她身边，她索性就装睡，感受到顾南筝给她盖衣服，还伸出手想抚摸她的脸颊，她害怕极了。

可是当顾南筝缩回手并且起身出去的时候，她却有些失落，那种感觉是她从未有过的，并且深入骨髓，难以控制。

"我怎么了，为什么会那么在乎？"她轻轻地问，空旷的办公室里，没有任何声音回答。

她站起来，倒了一杯水，喝到一半的时候，顾南筝回来了，看她起来，便道："我都不知道该怎么说你，第一天上班，就打瞌睡。"

"对不起，我实在太困了。"曹北歌放下杯子，赶紧解释。

"好了，下不为例，你准备一下，我们要开会了。"

"我准备什么，需要我做什么？"曹北歌问道。

"你来，我教你。"顾南筝招招手，把曹北歌叫过去，然后低声道，"从今天起，你就是我的助理，作为一个助理，首先第一点就是要听我的话，明白吗？"

曹北歌退后一步，动作幅度很大，连她自己都吓了一跳，顾南筝嘿笑道："你怕什么？"

"没什么，还有呢？"

"还有就是，整理我的房间，帮我规整文件，帮我端茶递水，差不多就这些。"

"端茶递水？你干吗不找个保姆，我不干。"曹北歌一听就火了，怒道。

"助理就是保姆，你不知道吗？"

"那我不干了。"

"由不得你。"顾南筝哈哈一笑，道，"你都上了贼船，还想逃得了？"

"你这个变态，我不干了，我辞职。"

"哈哈哈，好了好了，跟你开玩笑的，你还当真了？"顾南筝大笑出声，接着道，"助理的工作其实很重要，你要把下面呈上来的文件整理归纳，并且写出大致的解决方案，还要主持会议，当然，这个会议指高级会议，另外，你要制订计划，酒店的业绩很多时候靠你来做，很麻烦的。"

"那么多，我可没有三头六臂。"曹北歌心里稍稍平息，但一听到工作那么重，有点打鼓。

"放心了，不是还有我在嘛。"

"你，你一个老总，事情不比我少吧。"

"正确，不过我能处理得了，你可得加紧学哦。"

"好吧，我尽量了。"

顾南筝缓缓笑道:"其实一旦上手,就容易了,慢慢来,我会带着你的。"

"我看我还是每天烧点高香,祈求菩萨保佑我,你别把我往沟里带就好了。"

"我在你眼中就如此不堪啊?"

"你说呢?"曹北歌白他一眼,开始收拾东西,然后问道,"我有地方办公吗?"

"以后你就跟我在一起办公,就在这个房间。"顾南筝低沉道。

"什么,我们俩在一起?"

"对,我已经吩咐下去了,他们会在边上搭张办公桌,以后我们一起工作,曹小姐,不胜荣幸哦。"

"顾南筝,你个厚脸皮,不要脸。"

"随你说,我乐意。"

"算你狠。"

"这三个字上次我也说过。"顾南筝嘿嘿一笑,心里无比畅快。

下午开会的时候,顾南筝郑重地向君皇酒店的高层主管表明了态度,一来,是他顾南筝从今天起正式接手君皇酒店的一切事物,二来,是他向下属宣布,他的新助理——曹北歌。

曹北歌有些紧张,像这种大型的高层会议,她从来没有参加过,当顾南筝一本正经地宣布时,她像一只尴尬的猴子,脸红扑扑的。

下面的人当然不敢有异议,对于顾南筝这个新来的上司,他们或多或少有些恐惧,但是董事会的老人们位高权重,看着这个初出茅庐的小伙子,心里却是偷笑的。

然而他们不知道,顾南筝城府不比他们浅,要斗智斗勇,他都可以全权应付,他一点也不担心,他站起来,嬉笑道:"散会吧,希望未来的日子大家合作愉快。"

高管们微微一笑,转身离开房间,曹北歌收拾好自己的文件,顾南筝缓缓道:"怎么样,这样的生活习惯吗?"

"当然不习惯,你都不知道,刚才我好紧张。"曹北歌停下手里的动作,嘟着嘴笑道,"我干吗非要跟着你来,当初就不该上了你的贼船,要是我老老实实待在送货公司,也比来这里受你欺负强。"

"谁欺负你了,再说了,你曹大小姐威武雄壮,谁敢欺负你?"顾南筝玩味地笑道。

曹北歌哼了一声,道:"不过你这些董事会的人,似乎对你不是太感冒哦。"

"他们是我爸爸的老部下，现在我老爸不在，翅膀就硬了呗，不过都以为我好拿捏，面上一套，心里一套，我倒要看看，谁能斗过谁。"顾南筝脸色阴沉，有种暴戾的感觉，让曹北歌很不喜欢。

"你这个样子，很恐惧，你知道吗？"

"是吗，那怎样你才不觉得恐惧？"

"还是笑笑吧，你笑起来亲和力还是不错的。"

"那这么说来，你喜欢我笑咯？"

"谁喜欢你笑啊，自作多情。"曹北歌脸一红，将文件装好，转移话题，"我什么时候可以下班？"

"以后，我什么时候下班，你就什么时候下班。"顾南筝无意中看见了曹北歌脸红的样子，心里暗笑，嘴里却道，"助理，当然不能比老总先下班吧！"

"可是你也不能24小时把我拴在身边吧！"曹北歌有些抵御性地问道。

"我乐意，你要是能让我开心，我就让你早点下班。不然，我上哪儿你就跟着上哪儿，家都别想回。"

"为什么你总是自以为是地左右别人，你是老板没有错，但是你不能禁锢别人的自由。"

顾南筝呵呵笑道："但你不是别人。"他的话弦外之音很重很重，曹北歌岂能听不出来，她低下头去，喃喃道："我怎么就不是别人了？"

"你当然不是。"顾南筝看着低下头的她，继续道，"因为，我说过，你是我的人了，你忘记了吗？"

"我不是你的，我有我自己的自由。"曹北歌抬起头，争辩地说着，可是她刚抬头，眼前就被一个身影挡住了，她都还没回过神，就感觉自己被纳入一个宽大的怀抱里，无法动弹。

那一刻，心跳微弱，却又咕咕有声，像是一场接着一场的打击乐，震耳欲聋，却到不了耳边。

那一刻，血脉贲张，却感觉无法流动，脉搏的律动一张一合，像是一次次倒流的河水，来回冲刷，不死不疲。

曹北歌丝毫不敢轻举妄动，他听到顾南筝厚重的呼吸声，像是一头迷失的兽。

顾南筝眼睛紧紧闭着，他不知道为什么会抱住曹北歌，好像他抱住她，等于抱住了全世界，可是他的心里，充满着苦涩，充满着难以言喻的痛和辛酸。

过了许久，他松开她，重重地叹了一口气，低沉道："对不起。"

曹北歌微微发愣，用了好久才回过神，然后默默地收拾好文件，一步步快速走出会议室。

顾南筝一下就瘫坐在椅子上，他的心好乱好乱，他无法有一个答案，但是对于曹北歌，他却那么坚定，是一种感觉，更是一种默契。

曹北歌靠在厕所的门里，大口地喘气，她越是想到刚才顾南筝的举动，心跳就越快，耳朵根子也红了，她拍着胸口，喃喃道："他到底要干什么啊？"

她无法得到答案，但是刚才的拥抱，实实在在，她嘟着嘴，狠狠道："该死的顾南筝，人家还没被谁抱过呢，被你抢去了。"

一切飘忽不定，连心绪，都好似气球，随风而曳。

外面的阳光，在午后，在树荫的遮挡里，终于微弱，从围墙上漫过去，只有半米的高度，而那似半米的距离，却是最温暖的，曹北歌从厕所出来，站在楼梯口的小窗户往外看，正好看到半米阳光。

热气很懒散，连灰尘都趴在地上，不肯动弹，树叶摇动，新生的枝丫带着好奇，带着向往，在春的笼罩里，滋养飘散。有车水马龙的声音透过建筑物来回荡漾，带来的是另一个城市的味道和感觉。

曹北歌靠着窗沿，心中一直对那个拥抱耿耿于怀，她知道，一切或许只是虚幻，明早醒来，就如一个巨大的水泡，自然地破碎，然后不会惊起波澜，随着水流，缓缓飘走。

可是她的心、她的人，却一直在回忆，那个画面，像是不断重复的电影镜头，一遍一遍在她的脑海里回放，连顾南筝厚重的呼吸声她都能感受得一清二楚。

还有他最后的那句：对不起。

她晕晕的，那半米阳光终于落下去，阴影的背后，是一段新的旅程。

或许，正如他们不可未知的情感，正在萌芽。

第一天的助理生活结束，曹北歌竟然觉得好累好累。

之前在送货公司，她不管怎样辛劳，都不会有现在的感觉，仿佛自己所有的力气都流失了，当她走出君皇酒店的时候，夜晚的灯火从她的眼睑飘去，像是模糊的花蝴蝶，使人眩晕。

顾南筝没有和她一起出来，用他的话说这叫加班，但是曹北歌生拉活拽不愿意，最后才逃之夭夭，估计顾南筝明儿会发火，但是现在的她，根本不愿意想。

马路上，充斥着植物和尘埃的味道，车辆快速地经过，像是一道道残影，曹北歌打算去挤公交车，看了看时间，9点多一点，晚班的公车应该还有。

正当她迈着步子要向公交站牌前进的时候，后面一个声音叫住了她："曹小姐？"

声音带着不确定，但是曹北歌回身之后，那个人却笑起来："真是你啊！"

曹北歌抬眼看去，只见陆昊站在她身后不远处，一脸笑容。

"你怎么会在这里？"曹北歌心里一松，脸上笑起来，淡淡地问道。

"我路过呗，没想到遇见你，你在等公车？"陆昊嬉笑道。

"是啊，刚下班，所以就挤公车咯！"

"你住哪里？"陆昊抬起头，他的眼睛很美、很深邃。

"住在北路胡同。"曹北歌没有深看他的眼神，有些不自在。

"那么远，再说公车也不会到那里去的啊。"

"没事啊，我坐几站，然后走回去。"

"那多麻烦，要是不介意的话，我载你一程。"

曹北歌微微失神，随即道："不好啦，我还是挤公车吧！"

"没关系啦，反正我也顺路。"

"你顺路，你也住那边啊？"

"倒不是，我朋友在那边，顺便过去玩呗！"

"这样啊，那好吧。"曹北歌走到陆昊边上，他骑的越野摩托有种震撼美，加上他这个人的气质，更有种说不出的感觉。

"上来吧。"陆昊发动车子，对着曹北歌笑道。

"嗯，那就谢谢啦。"曹北歌翻身就坐了上去，但是手却不知道往哪儿放。

"不用客气了，我们是好朋友嘛，你抓紧我，我会骑慢一点。"陆昊说完，摩托车就飙了出去，曹北歌一下慌了，手情不自禁就抱住了陆昊的腰，生怕一不小心就掉下来，眼睛也死死闭着不敢睁开。

陆昊感受到曹北歌的手紧紧抱住自己，她的手力很大，像是抓住救命稻草一般，他微微一笑，把速度调到适当，轻声道："别害怕，我骑车的技术非常合格的。"

曹北歌只是一瞬间的紧张，等她适应了速度，才发现自己的手紧紧搂在陆昊的腰上，她赶忙缩回去，脸一下就红了，好在陆昊专注开车，并未注意，但他感受到曹北歌缩回去的手，竟然有点小小的失落。

曹北歌尴尬笑道："不好意思，有点紧张。"

陆昊笑道:"放心吧,我可是拿过赛车冠军的,保证你平安到达。"

"是是是,你最牛了,我相信你。"曹北歌嘿笑道。

"我告诉你哦,你没见过我骑快车的速度,那种感觉,就像长了翅膀,飞起来一样。"陆昊呵呵笑起来,声音有种磁性的味道。

"夸你一下,你还上天了啊,我倒想试试你所谓的快车速度,难不成还能像电影里一样?"

"那就试试呗。"陆昊说完,瞬间挂挡,然后油门一紧,越野摩托发出一声轰鸣,一下就弹射出去。

曹北歌尖叫一声,忙又搂住陆昊的腰,口中喊道:"慢点,慢点,你开慢点。"

"不是你说要见识我的技术吗?坐好了,体验一下电影里的那种感觉吧。"

"不要啊,会出人命的,拜托你考虑一下我这个搭便车的人身安全。"曹北歌眼泪都快吹出来了,但是陆昊却没有减慢速度,嘿笑道:"这就不行了,那要是我使出看家本领,还不吓晕你啊?"

"你厉害,厉害还不行吗,你开慢点,要是一会儿被交警逮住了,我们今晚就要蹲局子了。"曹北歌紧紧搂住陆昊的腰,说话的声音和风声融在一块儿,模模糊糊。

"好了,不逗你了,我慢点开。"陆昊慢慢放缓速度,曹北歌松了一口气,突然想起那天顾南筝在车里跟他说的《速度与激情》,她的心,突然很不平静。

"怎么不说话了,还在害怕吗?"陆昊见曹北歌不吭声,回头问道。

"没有了,你专心开车吧。"曹北歌把头看向远处,快速掠过的风景在她的眼睛深处形成旋涡,一下就被带偏好远好远,仿佛那只是一个照面的相遇,然后不露任何记忆,再也不会记得。

"曹小姐,你是在君皇上班吗?"陆昊突然问道。

"是啊,怎么了?"曹北歌回过神来,又道,"别叫我曹小姐了,叫我北歌吧,那样听着别扭。"

"那好,北歌小姐。"

"不要加小姐,Ok?"

"Ok,Ok,"陆昊淡然一笑,接着说道,"君皇酒店是五星级大酒店哦,很有名气的,你在那里做什么工作啊?"

"我啊,混日子呗。"曹北歌一想到当顾南筝的助理,心里就老大不痛快,那个男人霸道的举动,让她很不习惯,可是偏偏她自己却无能为力,而且还慢慢地沉沦在他的野蛮之下。

"呵呵，像你这么漂亮的女孩子，做文职很不错的哦。"

"文职，我可没那个学历。"

"现在学历又不能证明什么，你看那些有着高学历头衔的人，其实有些都是混过来的。"

曹北歌听他这样一说，嬉笑道："你这话好像把你自己也骂了哦。"

"没有了，我还算是比较积极的那一类，至少有上进心嘛，比那些混过来的强那么一丁点。"他一边说一边伸出手指，不断比画。

曹北歌看他单手骑车，赶忙叫道："你小心点啊，你要为身后的我保障安全。"

"放心吧，没事的。"陆昊笑起来，又道，"我那意思就是说，其实无关学历，我看好你哦。"

"算了吧，我现在是水深火热啊，别提了。"曹北歌一想到顾南筝，心里就烦躁，她不知道为什么，一切就毫无预兆的，在她心底深处。

"那就不提，祝你工作愉快哦。"陆昊安静下来，专注骑车，曹北歌的手慢慢缩回来，十分钟后，车子停在了小胡同门口，曹北歌跳下来，对着陆昊笑道："今天谢谢你了。"

"不客气，你确定不要我送你进去吗？"

"不用了，这里几步就到了，倒是你，一会儿骑慢点，注意安全。"

"Ok了，那我走咯。"陆昊发动车子，曹北歌挥挥手，然后转身，还没走几步，陆昊突然喊道："北歌，我想我们很快就会再见面的。"曹北歌回头，一脸迷茫，而陆昊已经发动车子，骑出老远了。

曹北歌微微一笑，也不在意，慢慢走进夜色里。

漆黑一下就把她包裹，那一刻，任何黑色都纷至沓来，围绕在她周围，她只有眼睛发出幽暗的光芒，像是夜行的猫，一步一步，走得好小心。

空旷的胡同，紧凑的空气，曹北歌把手抱起来，有点微微发冷，突然间包里的手机响起来，声音传得好远，她差点被吓到，然后在黑暗里掏出电话，看着电话上显示的人名，她二话不说，直接摁掉了。

打电话来的，赫然就是顾南筝。

第三十四章
终有红颜，白首千结

顾南筝很郁闷！

站在君皇酒店的办公室里，看着被曹北歌掐断的电话，心里突然很失落。

"竟然不接我电话，这小妮子。"他一边埋怨，一边再一次拨过去，然而等待他的，是同样的结果。

他终于爆发出来，然后给曹北歌发了一条短信，随后穿上外套，快速下楼，钻进自己的凯迪拉克车子，像个野马一样，疯狂地冲了出去。

曹北歌一点也不想动，她靠在椅子上，脑海里一团乱麻，翻来覆去地，全是和顾南筝发生的种种，第一次被他牵手，第一次被他看光，第一次被他拥抱，第一次……

太多的第一次，让她自己脸红心跳，特别是那个拥抱，她回想起来，竟然全身的毛孔都舒张开去，仿佛有无数的蚂蚁在她的身体表面来回蠕动。

然后，顾南筝的电话再一次打过来，她毫不犹豫地挂掉，像个失去骨头的生物，懒散地倒在椅子上。

"我到底怎么了，为什么一想到顾南筝那个混蛋，我就会莫名其妙地烦躁呢？"她喃喃自语，却毫无头绪，突然间桌上的手机又闪烁起来，她拿起来一看，是条短信息。

"到门口等我，急事。"看着手机上发来的字迹，曹北歌微微失神，发件人不是别人，正是顾南筝。

"他还有完没完了啊。苍天啊,大地啊,救命啊!"曹北歌闭上眼睛就好像天黑了,她昏沉地站起来,愤愤道,"不管他,让那个混蛋在外面干等吧,本小姐洗洗睡觉。"

对于这个想法,很快即被推翻,因为她的内心,根本不受控制,五分钟之后,她穿好外套,慢慢地走到胡同口,像个雕塑一样,站在一棵香樟树下。

"曹北歌啊曹北歌,你终究败在那个混蛋手里了,该拿什么拯救你啊?"她一边跺脚,一边不停地问自己,连顾南筝的车子到了跟前都没有发现。

顾南筝在车里看着不断踱步的曹北歌,嘴角微微一笑,然后摇下车窗,对着她喊道:"上车。"

曹北歌被他吓了一跳,看到是顾南筝,暗骂道:"这么久才来,害我白白等那么久。"

顾南筝哪知她在嘀咕什么,见她迟缓,便催促道:"快点啊,磨磨蹭蹭的。"

"你赶着投胎啊!"曹北歌走到车门前,拉开车门钻进去,吼道。

"是啊,带着你一起投胎。"顾南筝不愠不火,嬉笑道。

"你这人有毛病吗?不是有事很急吗?快说,我要回家睡觉。"

"就是想你了,想见见你。"顾南筝说话的声音突然好温柔,曹北歌心紧急一跳,有种窒息的感觉。

"这个玩笑一点都不好笑,大晚上的,你别折腾人行吗?"曹北歌微微吐出一口气,声音竟然有点哀怨。

"谁跟你开玩笑了,我说的是事实,我就是想见见你,不行吗?"顾南筝的语气很认真,不容置疑。

"好好好,我相信你,你是认真的,那现在看完了,你可以走了吧。"

"才刚见上,你就撵我走?"

"你还有什么事吗?"

"请你吃东西,可以吗?"顾南筝看着车子里一脸不耐烦的曹北歌,呵呵一笑道。

"不饿,也没兴趣。"

"权当是答谢我给你一份好工作呗。"

"谁要谢你,怪你还来不及呢,一天下来,我都快累死了。"顾南筝不提还好,一听工作,曹北歌就头大,心情更加烦闷。

"行行行,你辛苦了,我请你吃好吃的,给你压惊。"顾南筝也不怪她,发动

第三十四章 终有红颜,白首千结

车子，慢慢地驶出去，曹北歌靠在车椅上，缓缓道："你一天不折腾我，你就不舒服是吧？"

"我哪里折腾你啊，请你吃好东西，你反而怪我。"

"换作平时，我会很开心，但是现在是大晚上10点钟，是我睡觉的时候，你这样做，简直是冒天下之大不韪。"

"我怎么冒天下之大不韪了？有那么严重吗？"

"你知道睡眠对于女人来讲意味着什么吗？你这个大老粗，跟你说了也是白搭。"

"不就是睡觉嘛，往床上一躺，眼睛一闭，不就完了，哪还有讲究？"

"你难道没听说过美容觉吗？"曹北歌直接输在这个男人手里了，但是嘴里却一直跟他唠叨着。

"你不用睡也美。"顾南筝突然冒出这样一句，曹北歌一听，心里乐滋滋的，但是嘴上却说道："你以为这样说，我就不跟你计较了？"

"我的大小姐，你就别多说了，现在都出来了，还不如放宽心，一会儿想吃什么，随便点。"

曹北歌转念一想：是哦，人都出来了，说再多也无用，还不如随遇而安呢。

她撇撇嘴，道："那就好好宰你一顿吧。"

"还没有人能宰得动我，尽管狮子大开口。"

"你说的哦，那行，我要吃……西红柿炒蛋。"曹北歌一脸向往地说道。

顾南筝以为她会爆出什么惊天的菜肴出来，没想到只是简单的西红柿炒蛋，他心里没来由一暖，笑道："还有吗？"

"嗯，还要一大盘烧烤。"

"还有呢？"

"够了，再来一瓶冰啤酒。"

"就这些？"顾南筝疑惑道。

"就这些。"

顾南筝微微一笑，暗道："这个女人真单纯啊。"

然后他踩着油门，往夜市摊开去，车子带起一阵罡风，把路边的尘埃刮起来，然后混浊地降落。

曹北歌狼吞虎咽的吃法，让顾南筝刮目相看，一直以来，这个女人和他针锋相对，却又透露出一种让人无法拒绝的情感，顾南筝微微一笑，看着桌上的西红柿炒蛋和一盘烧烤，说道："慢点吃，没人和你抢。"

曹北歌将一串烤羊肉串含在嘴里，然后喝了一口冰啤酒，口齿不清地笑道："谁说没有，你不是人啊？"

"我才不跟你抢。"

"那好，这些东西你都不准吃，你要是吃了，就是王八。"

顾南筝撇撇嘴："不吃就不吃，我还能饿死不成。"他端起啤酒瓶，淡淡地喝了口，看着曹北歌将一块西红柿放在眼前晃了晃，然后大口地吞了下去。

"瞧你那吃相，饿死鬼投胎的吧？"顾南筝打趣道。

"你才是饿死鬼，这叫享受懂吗，算了，跟你这种公子哥说了也白说。"曹北歌干脆不理会顾南筝，自顾自地吃得撒欢。

顾南筝看着她吃得开心的样子，竟然安静下来，然后呆呆地痴痴地看着她，像在欣赏最美的艺术品。

"看什么看，说了不准吃的，你吃就是王八。"曹北歌见顾南筝盯着自己，有些微微心虚。

"不抢你的，看着你吃可以吧！"

"那也不行，你这样一双牛眼睛盯着别人，人家怎么吃得下去？"

"那你说怎么办？"

"凉拌。"曹北歌嘿嘿一笑，道，"跟你开玩笑的啦，一起吃点吧，好歹是你请客哦。"

顾南筝歪过头去，淡淡道："我可是怕变王八的。"

"哟哟，小气鬼，还真当真了，吃吧，刚才那话作废了。"曹北歌把一盘西红柿炒蛋推了过去，放在顾南筝面前。

顾南筝见她的模样，不再傲气，拿起筷子，轻轻地夹了一片鸡蛋，放到嘴里。

"耶，上当了吧，从今天起，你就是乌龟王八。"曹北歌兴奋地站起来，好像全世界都被她征服了一样。

"你，算你狠。"顾南筝没想到曹北歌竟然会来这么一招，阴沉着脸，嘀咕道，"出尔反尔，不讲道义，阴险狡诈，小人行径。"

曹北歌听得清楚，嬉笑道："多谢顾大少爷夸奖，小女子愧不敢当。"

"你真是和小说里的赵敏有一拼，古人说得好，唯女子和小人难养也，一点不假。"顾南筝愤愤道。

"既然古语有云，那就是对的咯，女子难养，那你干吗还相信女子的话，所以你笨呗，哈哈。"曹北歌心里那个激动啊，终于整蛊了顾南筝一回。

"你这个骗子，勾引人上当。"顾南筝看着曹北歌的开心样，骂道。

"我哪里勾引你了，你哪只眼睛见我勾引你了，老娘没事勾引你，我有病啊！是你自己嘴馋，哈哈。"

"得，今天我认栽，行了吧。"顾南筝见状，竟然不再生气，一会儿工夫就把一盘西红柿炒蛋消灭了，然后拿着一大盘烧烤，吃得不亦乐乎，手边还拿着冰啤酒，那架势，左右开弓，横扫千军。

"唉，你给我留点儿。"曹北歌赶紧坐下来，可是桌上都是被顾南筝吃剩下的残羹冷炙，哪还有她的份。

"你这人，就不知道留点给我吗？"曹北歌有些肉疼，怒气冲冲地说道。

"是你自己不吃的，光在那儿兴奋吧，关我啥事。"

"好，算你牛，大不了我再点就是。"曹北歌嘿嘿一笑，对着老板喊道："老板，再来十串羊肉串，还有最贵的都上来一盘，这位先生埋单。"

那老板应了一声，转身准备，曹北歌回过神来，却见顾南筝已经站起来，作势要走了。

"唉，你干吗？"曹北歌问道。

"当然是走人了，我吃饱了。"顾南筝坏笑道。

"你……你要走也行，把单买了。"

"好啊，我买我的份，呵呵呵。"顾南筝说完掏出钱包，然后对着老板叫道："结账了老板。"

老板走过来，笑道："加上后面的，一共是一百二十五。"

顾南筝却道："先前的是多少？"

"前面是五十块。"老板回答。

"行，我给你前面的，至于这位小姐点的嘛，你找她要。"顾南筝说完真的掏出一张五十元的人民币，递给老板，而一旁的曹北歌脸都绿了。

她出来的时候，根本就没带钱包，顾南筝这一手，够黑的。

她看着顾南筝的样子，气就不打一处来，然后对着老板叫道："老板，后面的东西可以不要不？"

老板却道："小姐，都下锅了，你的羊肉串也在烤了，等会儿就好，你要是不要了，那就废掉了，多可惜啊。"老板说话倒是蛮客气，一旁的老板娘就没那么好说话了，一见老板跟个美女聊着，走过来就吼道："怎么回事啊，难道是吃霸王餐的？"

老板娘是个胖胖的女人，老板一见她都哆嗦了一下，然后低声道："没有，没有，这位小姐说想退掉后面点的。"

"那怎么行，东西都弄好了，还怎么退，必须得要。"老板娘凶巴巴的，老板也不敢吭声了。

曹北歌被顾南筝气得不行，现在这老板娘又来搅和，她心里一阵烦闷，大叫道："吃不了那么多，不就退掉啊，再说了，那么多东西，你有那么快做好的吗？你这叫强买强卖。"

"哟呵，小丫头嘴还挺利，我就强买强卖，怎么了，告诉你，今天这单要是不买，休想走人。"老板娘发起飙来，真是不同凡响，一旁的顾南筝见到这阵势，暗自竖起大拇指。

可是曹北歌也是个硬主，她顶撞道："你这还有天理了吗？顾客是上帝，哪有你这样做生意的，难道你的店明天不开了吗？"

"老娘的事老娘自己知道，反正今晚要是不埋单，我就让你回不了家。"老板娘哼了一声，身后就蹿出两个伙计，手里拿着大勺子，模样凶狠。

"你还要打人吗？这是法治社会，你们还想行凶不成？"曹北歌看着老板娘身后的人，心底有些害怕。

老板娘嘿笑道："打你又怎样，要是不埋单，老娘就让你缺胳膊少腿。"

"我怎么听着，像是黑社会啊？"站在一旁的顾南筝终于说话了，他缓缓掏出一支烟，点燃之后，吐出一个烟圈。

老板娘转身看着他，心想：好帅的小伙子，比我家那口子强太多倍了。

顾南筝走到曹北歌身前，一把把她搂在怀里，嬉笑道："关键时刻，还是要我出马吧，求我，求我就帮你哦。"

"顾南筝，你少落井下石，想让姑奶奶求你，门都没有。"曹北歌被他搂在怀里，心里一阵紧张，但是一听顾南筝的话语，她就很不舒服。

顾南筝松开她，缓缓道："麻烦的女人啊，算了，一切都交给我吧！"

顾南筝的声音，带着一种前所未有的气势，或许是在特种部队里待的时间不短，身上有种嗜血的味道。

老板娘一看站在一边的帅小伙插话，口气也弱了些："小帅哥，你评评理，既

第三十四章 终有红颜，白首千结

然点了菜，还有退的道理吗？"

顾南筝点上一支烟，缓缓道："这个嘛，可以慢慢来考虑，不过刚才老板娘说的话有点过分了哦。"他说话的时候很温柔，听得老板娘骨头都酥了，那老板娘被他说得有些不好意思，一张黄脸竟然有点泛红。

后边的老板看不过去，走上前来，哼道："你什么意思？"一听就知道是吃醋了。

老板娘见老板跑出来，当下狮吼功一亮，骂道："老娘还活着呢，要你插嘴？"老板被她一吼，哆嗦着往后退了几步，顾南筝嬉笑道："老板娘，要不，打个折吧。"

"哟，帅哥。好说好说，要不再给你炒个小菜，免费的哦。"老板娘眯起眼睛，色色地盯着顾南筝，站在后边的曹北歌一脸鄙夷，嘀咕道："果然是花花肠子连大妈都不放过。"

顾南筝哪里听到这些，他吸了一口烟，说道："那就不必了，刚才的事就算了吧，把该退的退掉，我们先撤了。"

他一边说，一边回身拉着曹北歌就要走，老板娘先是被他搞得晕头转向，直到伙计提醒才回过神，然后破口骂道："兔崽子，你给我站住，想溜，没门。"

顾南筝眼睛一闭，脚步随之停下，老板娘身后的伙计很快就围上来，一左一右，拦住他们两人。

老板娘嘿笑道："小帅哥，别以为长得帅就能忽悠我，想当年老娘也是京城一枝花，多少年轻公子拜倒在我的石榴裙下，就凭你，也想糊弄我？"

她这话一出口，不说顾南筝和曹北歌，连他的两伙计都差点吐出来，顾南筝撇撇嘴，大笑道："看不出来，老板娘曾经如此风光啊，失敬得很哦。"

"哼，老娘的厉害，你还不知道哩，今天这顿饭钱你若是不交代清楚，老娘就把你做抵押，收了你。"

曹北歌听到这里，暗自好笑，心道："好啊，好好招待这个自以为是的家伙。"可是想法刚冒出来，就被她卡死了："曹北歌，你真邪恶啊。"

顾南筝当然不知道曹北歌邪恶的想法，见老板娘如此蛮横，当下怒道："看来你们还真是打算强买强卖啊。"

"是又怎样？不过小帅哥，只要你愿意跟我到屋里好好聊聊的话，我就免了这个单子。"

"我说你这女人，还真不要脸，你老公还在后面站着呢，这样公然勾引男人，不害臊吗？"曹北歌实在听不下去了，走到顾南筝身前，指着老板娘说道。

"关你啥事，老娘乐意，谁也管不着。"老板娘叉着腰，后边的老板却是一句话也不敢说，看来这威慑力果然很强悍。

"谁说不关她的事啊？"顾南筝先是懒洋洋地叹口气，然后突然一把把曹北歌搂在怀里，淡淡道："她可是我老婆，能不关她的事吗？"

曹北歌不承想这家伙说着说着又占了她的便宜，不仅是身体上的，还有嘴上的，她想到顾南筝说自己是他老婆，脸就情不自禁红了起来，她竟然忘记了反抗，就这样被顾南筝搂着，侧脸紧紧靠着他的胸膛。

老板娘一看两人紧紧依偎，果然是情侣模样，当下火道："不给钱，就别想走，老大、老二，把他们扣下。"

她一说话，身边的两个伙计就掂着勺子逼近，顾南筝眼睛一瞥，淡淡道："看来不用点武力，你们还真以为世人都好欺负啊。"

两伙计感受到他的气势一下就变了，有些犹豫，老板娘一看，吼道："怎的，这个月不想要工资了啊？"

两伙计一听工资的事，顿时眼睛怒睁，这老板娘可是说到做到，要是现在不上，那一个月的工资可就泡汤了，当下两伙计勺子一甩，就向顾南筝扑去。

顾南筝嘿笑道："想进医院是不，成全你们。"说完他身体一摆，将曹北歌护在怀里，然后飞起一脚，正好将左边伙计的勺子踢飞出去，然后翻身一巴掌，就将右边伙计打翻在地，左边那伙计少了家伙，赤手空拳就追上来，顾南筝索性将曹北歌抱起来，像是一把扫帚，横扫出去，这一下横扫千军，当真是万夫莫敌，曹北歌的脚跟就撞在伙计的下巴上，一下就把那伙计掀飞出去。

曹北歌感觉自己飞了起来，然后一瞬间，她又回到了顾南筝的怀里，她感受到这个男人强大的力量和雄浑的霸气，让她的心，很安宁。

老板娘见伙计倒下，当下就一屁股坐在地上，一来是被顾南筝的武力吓到了，二来，她想到了最厉害的一招，耍赖。

但是顾南筝可是生意场上打拼多年的人，加上部队的熏陶，又岂会败在她的手里，他装模作样掏出电话，然后放在耳边，淡淡道："公安局吗？这里是东街夜市，有人强买强卖，你们过来看看吧。"

他话一出声，老板娘一骨碌地站起来，然后也不管倒在地上的活计，拉着老板，推着他们的专用车，很快就消失在黑夜里，那架势，别提多快速了。

顾南筝看他们离开，嘿嘿笑道："跟我斗，还差得远呢。"

第三十四章　终有红颜，白首千结

而这时候的曹北歌，却甩开顾南筝，自顾自地走向远处。

顾南筝追上去，拉住她，缓缓道："怎么了？"

"怎么了，你还好意思说，要不是你，会成这样吗？"

"是是是，都是我不好，我错了，你别生气了好不？"

"不好，你今天占了我那么多次便宜，想我不生气，没门。"

"那不是权宜之计嘛，你难道没看出来那老板娘色迷迷的样子啊？"

"活该，让她把你抓过去，狠狠蹂躏才好呢。"

"曹小姐，想不到你那么邪恶的。"顾南筝嘿笑道，"要不，我让你蹂躏吧，随你怎样，我绝不叫也不反抗。"

"你这个恶心的男人。"曹北歌实在是拿这个男人没办法，彻彻底底败在他手里。

她缓缓往前走，突然之间，她的脚一阵发麻，然后就摔倒在地上。

顾南筝看见，慌忙走过去，急切道："怎么了？"

"我的脚，好痛。"

"哪里？"

"脚跟。"

顾南筝闻言，把她的鞋子慢慢脱掉，只见她的脚跟有些微肿，红了一大片。

"一定是刚才抱起你甩出去的时候造成的，我们去医院。"顾南筝说完，也不管曹北歌愿不愿意，拦腰抱起她，就往车子奔去。

曹北歌就这样被他抱在怀里，她已经渐渐免疫了，从第一个拥抱开始，她越来越无法抗拒，顾南筝的胸膛像是一块安全的彼岸，让她得到前所未有的欣慰。

难道，自己爱上他了吗？

曹北歌的思绪一下就蔓延开来，看着一脸关怀的顾南筝，她更加地难以自持，莫非，这便是懵懂的关于爱情的前兆吗？

顾南筝自然是不知道曹北歌的想法，因为他没有读心术，他只是担心她的脚跟，刚才那一脚，威力巨大，看着红肿的部分，他的心仿佛被揪扯着，一阵剧痛，他快速地把曹北歌放到车子里，然后加大油门，往医院开去。

很快，曹北歌就被推到了病房，医生初步诊断，只是轻微骨裂，要多休息。

顾南筝总算放下心来，而曹北歌却苦着一张脸，呜呜道："怎么办，人家不要上班了啊？"

"都成这样了,还上什么班?好好休息吧,我批准了。"顾南筝坐在床前,手里削着一个苹果,他刀法很好,那苹果连着皮,被削得很光滑。

"都怪你,要是不叫我出来,哪有这么多事?"曹北歌嗔怒道,"以后我再也不会听你的了,再这样下去,迟早连命都搭上。"

"哪有这么严重,这次纯属意外,我保证,再也不会有这种事发生了。"顾南筝把苹果递给曹北歌,嬉笑道。

曹北歌接过去,轻轻咬了一口,入口甘甜,而且松脆,她哼了一声,说道:"你的信誉度值为零,我不会相信你的。"

"别价啊,看在我还舍身相救的分上,你也别那么绝情嘛。"顾南筝呵呵一笑,接着说道,"再说了,咱经历这个事情,阶级感情更深一层,不是好事吗?"

"好你个大头鬼。"曹北歌把那没吃完的苹果扔过去,正好掉在顾南筝怀里,她一脸苦笑道,"我真是倒了八辈子大霉了,才会遇见你,你真是煞星,我甚至怀疑你是不是扫把星下凡?"

"我是扫把星,那可借你吉言咯!"顾南筝哈哈一笑,"怎么说也算是个神仙嘛,说吧,小妞,有啥愿望,我帮你实现。"

"我的愿望就是,你给我消失吧,在我的世界里彻底消失。"曹北歌看着顾南筝坏笑的样子,心里就犯愁,她嘴里说着让他消失的话,可是心里呢,却好舍不得,这到底是怎么了,堂堂曹北歌,竟然会有如此心绪难宁的时候。

顾南筝正准备搭话,突然间床边的帘子被拉开,一个女孩露出头来,惊讶地叫道:"歌,真是你?"

曹北歌回身一看,只见苏皖倒在小病床上,一脸错愕地看着自己。

他们所在的病床,都是用帘子隔开的,苏皖先是不怀好意看了一下顾南筝,然后才把怀疑的目光投到曹北歌身上,然后她淡定地问道:"歌啊,咋回事?"

"我脚崴了,我朋友送我来医院看看。"曹北歌本想说老板上司的,可是不小心触及顾南筝的眼神,又临时改变了说法。

"脚崴了,严重吗?"苏皖急忙问道,关心之情溢于言表。

"没事了,需要休息。"曹北歌微微一笑,接着道,"你呢,你怎么会在医院里?看你那脸,怎么如此苍白啊?"

"我呀,我今天下午拍景的时候突然晕倒了,医生说我低血糖,要我多注意休息。"苏皖苦着脸答道。

"我就说吧,你就是拼命,现在好了吧,以后要听话了不?"

第三十四章 终有红颜,白首千结

"歌啊,我现在急需贤妻良母照顾,可惜的是你的腿脚不方便,唉,可怜的娃啊。"

"你就别抱怨了,对了,晓梅呢?"

"她呀,她肯定在公司呗,听说她马上要被调走,去君皇酒店了,羡慕嫉妒恨啊。"

"君皇酒店?"曹北歌惊讶道,"她去君皇干吗?"

"当然是升职了呗,她之前本就是君皇酒店分店的经理,现在被调到总部去,平步青云咯。"苏皖一边说,一边向往,那模样,就像犯花痴一般。

在一旁的顾南筝看不下去,咳嗽一声,苏皖回过神来,指着他问曹北歌:"这位是你朋友?"

曹北歌尴尬地点点头,道:"是啊,这是我的朋友。"她说完看着顾南筝,指着苏皖笑道:"这是我的闺密,苏皖。"

"你好,我是顾南筝。"顾南筝伸出手去,苏皖浅浅一笑:"我是苏皖。"她一说完,突然惊叫道:"南筝,南筝?"

她的反应很大,让顾南筝吓了一跳,曹北歌当先反应过来,一把拉住苏皖,对着顾南筝笑道:"那个,我有点渴,你去帮我买点饮料喝吧,顺便帮我朋友也捎带点,好吧?"顾南筝站起来,点点头,转身走出门去,曹北歌看着他的身影,补了一句:"不用太早回来。"

等顾南筝走了出去,她才舒了一口气,然后松开了苏皖的手,苏皖被她捏得生疼,忍不住龇牙:"大小姐唉,你是修炼了天山折梅手吗?差点把我手弄骨折。"

"对不起嘛,苏大碗。"曹北歌一脸尴尬,低声道。

"打住,少装可怜,这个事我不计较,你老实交代,那个顾南筝是怎么回事?"

"什、什么顾南筝?"

"你还装,就刚刚你那朋友。"

"你听错了,他是叫顾南星,不是什么南筝。"

"歌啊,你当我拼音没学好呢,还是我耳朵有毛病啊,我会听错?"

"嗯,有道理,估计是你低血糖,影响了耳朵,你快去看看医生吧。"

"少来,快点交代,这个顾南筝到底怎么回事,上次在你家,那字条上写的南筝,是不是就是他?当时你还骗我和晓梅,说什么乐器,我就觉得蹊跷,现在被我抓个正着吧,快点的,坦白从宽,争取宽大处理。"苏皖严肃地说着,那一脸正气像是判官一般。

"苏大碗，你就饶了我吧，真没啥的。"

"鬼信你，事实摆在眼前，古人云，捉奸捉双，你俩刚才打情骂俏我可是全听见了，你别想不承认。"

"谁打情骂俏了，我们只是聊天。"

"哈哈，终于承认了吧，跟姑奶奶斗，你还差得远呢。"苏皖一脸坏笑，得逞的样子让曹北歌恨不得把她压在底下，打屁股。

"我的姑奶奶，我求你了，饶我一命吧，真不是你想的那样。"曹北歌没有办法，只得求饶。

"我才不管，等我把这消息告诉晓梅，看她怎么收拾你，她这些日子可一直惦记着那十五分钟的湿吻哦。"

"苏大碗，我的好姐姐，你就别再搞我了，我这些日子都苦死了，你饶了我吧。"曹北歌说着眼圈一红，险些掉下泪来。

苏皖一看，顿时有些心慌，这小妮子竟然来这招，她赶紧收紧神经，嬉笑道："少来这套，姑奶奶可不着你的道。"

"人家说的是真的啊，其实刚才那个人，是我的老板，我都快烦死了。"

"哟，看你的样子不像假的，说说吧，他要是敢欺负你，老娘我活吞了他。"

曹北歌心里一松，淡淡道："我命苦啊。"然后她就开始长篇大论，添油加醋地说了一通，不免给顾南筝加了一个个不太实际的罪名。

"哼，这男人，太欠扁了，我要找他单挑。"苏皖听完，差点没跳起来，要不是身上还带着点滴，她就真蹦出去了。

"都过去了，你别再去晓梅那里嚼舌根了吧。"

"放心，这种事怎么能少得了她，咱们姐妹一条心，灭了他。"说完就掏出电话，要拨打晓梅的电话。

"我的天啊！"曹北歌真想一头撞死，闭上眼睛一片漆黑。

曹北歌对于自己这俩姐妹，只能用一个词语来形容——无语。

当苏皖拿着电话作势要打的时候，顾南筝走了进来，这无疑救了曹北歌一命，她呼出一口气，用求助的眼神看了看顾南筝，然后撇嘴道："你回来了。"

苏皖见正主回来，缓缓垂下手里的电话，老实说，顾南筝这小子长得很帅，差点连她苏大碗都被迷住了，她拉拉曹北歌的衣袖，低声道："先暂且饶过你，看在帅哥的分上。"

曹北歌白了她一眼，看向顾南筝，这男人将手中的饮料递过来，缓缓笑道："没有打扰你们叙旧吧？"

"没有，没有，你来得正好。"曹北歌唏嘘感慨，一脸不自然。

苏皖在旁边看着很不爽，她拿过一瓶营养快线，喝了一口，淡淡道："谢了帅哥。"

"不客气。"顾南筝对于帅哥这个称呼一点也不避讳，反而很受用，曹北歌甩给他一个卫生球的眼神，嘀咕道："一句帅哥就把你收买了，刚还说什么阶级友情呢，扯淡。"

她的嘀咕自然而然被忽视，顾南筝竟然与苏皖聊得很火热，不知不觉就聊到了逛街和夜店，两个人好像是一见如故的莫逆之交，把曹北歌尴尬地晾在一边。

曹北歌哼了一声，拿起一瓶水，打算下床，可是刚一着地，才发现自己根本没法走路。

顾南筝其实一直都在注意着她的举动，见她要下床，赶紧伸手扶住，口中嗔怪道："你要干吗？"

"老娘尿急，不行啊？"曹北歌吼道。

"你早说啊，我带你去。"说完顾南筝拦腰就把她抱起来，不顾曹北歌红扑扑的脸色，也不管苏皖张大的可以放下鸡蛋的嘴巴，然后往门口走去。

曹北歌这时候全身都好像没有了力气，更忘记了挣扎，而苏皖，却是瞬间回过神，然后拿起电话，拨通一个号码，喃喃道："丫头，重大新闻啊。"

曹北歌哪里知道苏皖这时候正在向晓梅汇报情况，她现在处在一种十分尴尬的局势之下。

医院女厕门口，站着两位排队的女生，她们都穿着病服，看来都是在医院看病的，而顾南筝一个大男人，竟然怀抱着一个女孩，跟她们站在一起。

这无疑是一道靓丽的风景，很快就引来了非议。

"你看，那男的竟然在女厕排队唉，羞不羞啊？"

"他怀里抱着的是他的女朋友吗？那女的好幸福啊，上厕所还要男朋友抱着去。"

"可是好像不太好哦，那男的不会是有别的企图吧？"

"那男的好帅啊，要是被抱的是我该多好啊。"

一连串的声音一字不漏全落在两人的耳朵里，顾南筝还好，一点反应没有，而他怀里的曹北歌，却不干了，她性格本身就诡异，听到这些闲言碎语，加上最近被顾南筝欺负欺压，她心里的火一下就冒了起来。

她抬起头，想和那些说话的人大战一场，可是刚一起身，就对上了顾南筝深邃的眼神。

那是一个怎样的眼神啊？沉稳，孤寂，犹如深潭，将她的心牢牢地困住。

那眼神里，更多的却是安慰，让曹北歌刚才毛躁的心，瞬间冷却下来。

他低声道："别人怎么说都没关系，知道吗？"

曹北歌把头低下去，耳朵贴着他的胸膛，有力的心跳在她的耳膜扩散，组成更多的附体，让她更加地羞涩和紧张，这个男人，为什么总可以让自己所有的不安和狂躁都化解掉，这难道是老天爷安排好的吗？

曹北歌心里更加不平静，可是当顾南筝抱起她正要迈进厕所的时候，她回过神来，然后惊叫道："放我下来，我自己进去。"

"你确定，你可以，不会被马桶冲走吗？"

"顾南筝，你这个混蛋，你才会被马桶冲走。"

"如果你不能保证，我看我还是代劳吧。"说着就要往厕所里冲。

"Ok，你赢了，你是我江湖大哥还不行吗？你饶了我吧，我真的可以的。"曹北歌见他一丝不苟的样子，匆忙败下阵来。

"那行，那你去，我在门口替你把关。"顾南筝一本正经地说道。

"把什么关，姑奶奶上个厕所而已，又不是要修炼，你给我老实待着，别想占便宜。"

"谁占便宜了，我可是好心。"

"收起你的好心，好吗，姑奶奶消受不起，哦不，应该是没有一个人能消受得起。"曹北歌说完挣扎着从他怀里挣脱，落地的时候，脚碰到地面，疼得她龇牙咧嘴。

她冷冷地白了顾南筝一眼，然后一瘸一拐走进厕所，顾南筝看着她，摇摇头："不就上个厕所吗，我也不干吗，至于这样紧张吗？"

他一说完，后面排队的两个女生就低语道："这男的好帅哦，而且对他那女朋友真好呢。"

"是呀，不过那女的咋不领情，要是我有这样的男朋友，还不得幸福死啊。"

"就是就是，而且那女孩长得也不咋样嘛，真是身在福中不知福。"

"唉，你不是还没男朋友吗，要不去撬撬她的墙角吧，没准能挖过来哦。"

"话虽如此，可是不太好吧。"

第三十四章　终有红颜，白首千结

"有什么不好,你不去,我去了。"说完这女孩竟然走到顾南筝身后,轻轻碰了一下他的衣角,笑道:"先生,你好,可以让我进去吗?"

他们刚才的谈话,顾南筝听得一清二楚,对于这个来搭讪的女孩子,顾南筝一点兴趣也没有,可是他低头一听,是马桶冲水的声音,看来曹北歌要出来了,他竟然坏笑一声,对着女孩道:"我扶你吧。"

女孩眼睛一亮,暗道:"有戏啊。"然后就顺势一倒,往他怀里蹭去。

顾南筝心道:"现在的女孩都这样随便吗,真是世风日下。"他这样想着,但手上却没闲着,见女孩倒过来,他大手一翻,稳稳把她接住,然后低声道:"没事吧。"

"没事,没事,谢谢你。"女孩一边说一边冲他眨眼,挑逗之情溢于言表。

这时候,曹北歌走出来,眼前的一幕让她的心受到强烈冲击,不知道为什么她的心好痛好痛,像是被无数的触手揪扯着,拉向无边的黑暗。

她一声不吭,一瘸一拐地往病房走去,而顾南筝把一切看在眼里,见她走远,双手一松,那女孩还在陶醉呢,这一下后继无力,直接就躺到了地上。

顾南筝故作惊讶道:"哎呀,不好意思,手滑了。"然后他坏笑一声,追着曹北歌一路跑过去,而倒在地上的女生,一脸死灰,口中骂道:"你这个……"

她的骂声直接被忽略,顾南筝追上曹北歌,一把抓住她的手,喃喃道:"为什么不理我?"

"呵,真好笑,顾总经理打情骂俏,还需要我搭理,好像助理职务没这一条吧?"曹北歌死气沉沉的声音在顾南筝的耳朵里别有一番滋味。

"你吃醋了?"顾南筝问道。

"鬼吃你的醋,想得真多。"

"是吗?我还以为你吃醋了呢,害得我把那女的直接扔地上了。"

"你把人丢在地上了?"曹北歌的声音一下就亮起来,好像有种欣喜的感觉。

"是啊,你不信回去看呗。"

"谁要去看。老娘我要睡觉,要休息。"曹北歌一瘸一拐走到房间里,而这边,苏皖用一双铜铃般的眼睛看着进来的一男一女,全是玩味的味道。

"小两口回来了啊!"真是语出惊人。

有时候,寂寞像是一种解药,能拯救为爱中毒的人。

有时候,孤独像是一种技巧,能缓解爱过的痛处。

但更多时候，我们需要的是一块围巾，挡住寒冷，挡住鄙夷，挡住外来的白眼和嘲笑。

只需要把它围在脖子上，淡淡的温热，就包裹着，把所有的凄冷，都拒之门外。

曹北歌无疑很需要这样一块围巾，只是，她一直没有找到。

苏皖看着两个人，有些古怪，对于她刚才的那句话，顾南筝只是耸耸肩，然后装作什么也没有，而曹北歌，先是吃惊于苏大碗的那张嘴，再后来就是一阵紧张，这紧张出自于本能，很快她的脸就红起来。

可是却没有人注意到她的窘迫，顾南筝和苏皖，竟然又默契地攀谈起来。

看着他们那种相融在一起的感觉，曹北歌突然觉得酸酸的，酸得她心里仿佛打翻了好多瓶陈年老醋，她干脆地倒在床上，闭上双眼。

顾南筝自然看到了她的动作，可是他并未说什么，见她的模样，似乎很累很累，也许，是自己逼她太紧了，才会这样子吧。

苏皖见北歌躺下，看着顾南筝，不怀好意地说道："老实交代，怎么把我们家歌追到手的？"

顾南筝打个哈哈笑道："我哪有这本事。"

"你少妄自菲薄，像你这种有钱家的公子哥，手段多着呢，不过我告诉你，要是你敢欺负我们家北歌，我苏皖会跟你玩命的。"苏皖说着比画拳头，像只小母狮子。

"得了吧，真没有，我就是有那心，也没那胆啊，你们家这位姐，可厉害了。"顾南筝一本正经地说道，好像曹北歌就是一只凶猛野兽一样。

"我们家北歌有这么凶吗？虽然她脾气臭点，但实打实的好姑娘一个，你少胡说啊。"

"不是我胡说，我可是实话实说，她那脾气，谁摊上谁倒霉。"

他俩的对话，无疑全被曹北歌听在耳朵里，她压根儿就没睡着，一味地假寐，没想到这两人倒是聊上自己了。

听到这里，曹北歌差点暴走，但是她没有发作，强忍着，看接下来顾南筝会说些什么。

顾南筝那话一出口，赶紧看了看睡下的曹北歌，生怕这小妮子一下就翻起来跟他同归于尽，看着她睡熟的样子，他缓缓出口气，接着道："不过，她越是这样，我倒越喜欢她了。"

苏皖与躺着的曹北歌都不由一震,曹北歌心里竟然翻江倒海,全是一个声音:他喜欢我,他喜欢我。

而苏皖,却是嬉笑道:"看不出来,你还挺有征服欲的嘛。"

"这个女人,我总在她的身上看到一种东西,以前我不知道,现在我知道了,叫作倔强。"顾南筝没有正面回答苏皖,用手轻轻帮曹北歌理理被子,又道,"她安静的时候,最美啦,就像现在。"

曹北歌心里像是无数的兔子乱跳,差点突破她的喉咙,而苏皖却像发现新大陆一般大吼道:"你看着她睡觉过?"

"很稀奇吗?"顾南筝反问道。

"你们俩,发展那么快啊,该死的北歌,还瞒着我们姐妹呢。"

"什么跟什么啊?"顾南筝知道苏皖误会了,连忙解释道,"她那天喝醉了。"

"喝醉了,北歌之前可是从不喝酒的啊,他竟然会和你喝酒,而且还喝醉,你太厉害了,小女子佩服。"苏皖边说边拱手,像在拜见大侠一般的人物。

而假睡的曹北歌心里越来越乱,苏皖这丫头,把事情越描越黑,事情根本不是这样的。

顾南筝嘿笑道:"她真的都不喝酒的吗?"

"当然啊,我们家北歌可是好学生呢,虽然脾气怪,但是人很好,而且还从未谈过男朋友哦,你有福气了。"苏皖越说越远,口气竟然像是古代说媒的媒婆。

顾南筝见她这样说,忙问道:"那你知道,她喜欢什么样的男生不?"

苏皖一听,用打量怪物的眼神看着顾南筝,心道:"你们不都在一起了吗?还问,多此一举。"

顾南筝哪里知道她的想法,接着追问道:"你倒是说啊。"

"这个嘛,要我说也行,不过人家有什么好处呀?"苏皖呵呵一笑,说道。

"这样吧,请你吃大餐。"顾南筝直接亮出撒手锏。

"不稀罕。"

"那买最好的化妆品当礼物送你?"

"用不着。"

"请你SPA"

"我自己去。"

"那算了。"顾南筝突然嘿笑道,"不说拉倒。"

"唉,你这人怎么这样没耐性。"苏皖嘟着嘴,嗔怒道。

"那你就说，什么条件我能做的都满足。"

"其实很简单了，只要你和我们家北歌结婚的时候，让我当伴娘就好了。"苏皖呵呵一笑道。

"啊？"听苏皖这样一说，顾南筝还好，躺在一边的曹北歌突然坐起来大吼一声，然后对着苏皖道："苏大碗，我跟你有仇吗，你现在就盘算着要嫁我了，你安的什么心啊，我今天要和你同归于尽，免得你祸害人间。"说完就向苏皖扑过去。

苏皖见她来势汹汹，马上向顾南筝求救："帅哥，快救我，你救我我就告诉你我们家北歌喜欢的类型。"

曹北歌听她还在胡言乱语，直接把她压在身下，然后把头抬起来看着顾南筝，缓缓道："她就喜欢胡说八道，你就当什么也没发生。"

顾南筝眼皮跳了几下，然后张嘴说道："你一直，都没睡着？"

"啊，这个嘛……这个。"曹北歌一下就蒙了，自己确实是在装睡，可是这样一来，岂不是摆明了告诉他，刚才的话却被她听见了吗？她有些慌张，结结巴巴地说道："我，我，我刚醒来的啦。"

她话音一落，苏皖就挣扎出来，叫道："她一定是装睡的，她在偷听，估计心里都乐开花了，呜呜呜……呜呜。"她刚说几句，曹北歌就把她摁了下去，只剩下呜呜的声音。

顾南筝看着曹北歌，突然很认真地伸出手，然后一下就把她拉到怀里，而曹北歌根本来不及反应，自己的身体就撞到了他的胸膛。

这是第多少次，顾南筝抱着自己？他的胸膛永远那么结实，充斥着安全的味道，还有淡淡的古龙香水，从鼻腔蔓延到大脑。

然后，自己就迟钝了。

苏皖把头抬起来，看着眼前的一幕，浪漫与温馨，似乎不足以表达，她竟然伸出手掌，轻轻地拍了两声，然后拿起手机，将这个画面定格在相册，口中喃喃道："有情人终成眷属，热烈祝贺。"

这时候的曹北歌，对于外界的感知，几乎为零，她整个瞳孔，只有一个影子，慢慢地，全是顾南筝，那个男人的一颦一笑，都装在自己的眼神中央，无法撼动。

顾南筝把她紧紧搂在怀里，音节颤动："从今以后，让我照顾你，一辈子。"

"从今以后，让我照顾你，一辈子。"

顾南筝的话，铁骨铮铮，在曹北歌眩晕的耳朵里，形成巨大的洪流，一下就把她淹没了。

或许，那只是一个梦境吧，曹北歌想，她紧闭双眼，希望这场景能一直持续着，她也说不出原因，可是一挨着顾南筝坚实的胸膛，她就很安心。

自己，再怎么强悍，也终归是个女孩儿。

恰恰，眼前的男人，能给她最深厚的安全感。

顾南筝看着紧闭双眼的她，手轻轻拍着她的后背，口中喃喃道："我会一直守在你身边，相信我，好不好？"

顾南筝到现在才发现，自己已经不知不觉中深深爱上怀里的女孩，这是莫名的，毫无预兆地爱上，或许，正如张爱玲所说：没有早一点，也没有迟一点。

一边的苏皖看到这个场景，一方面感慨于顾南筝直接的告白，另一方面，对于这个好姐妹，她打心底祝福："希望你们白头偕老，子孙满堂哦。"

她一边默默说话，一边拉上帘子，这个时候，她可不想成为电灯泡。

一切天外的声音
充斥着凡人的耳朵
可是当爱的福音降落
一切便归于坦然
那音符
浸染着爱的力量
洗涤所有的铅华浮沉
而我爱的人
与我一起跳支舞吧
为祭奠
那些丢失的我们称作回忆的东西

曹北歌睡着了，在顾南筝的怀里。

她好像不止一次在他怀里睡着，这或许就叫作缘分，冥冥中注定了，有些人，要在一起。

顾南筝抱着她走出医院，然后开车拉着她回到了自己的家，一路上小妮子都睡得死死的，看来她最近确实很累、很疲惫。

顾南筝一边开车，一边用手理顺她的头发。北歌的头发乌黑乌黑的，像是黑色的瀑布，顾南筝摸着她的头发，淡淡一笑，低声道："你只有睡着的时候，才那么安静，但是我更喜欢醒着的你，那么倔强，那么要强，那么不肯退让，一切一切都让我入迷。"

曹北歌自然没有听见他说的这些，她睡得很沉，好像卸下了所有疲惫，她做了梦，梦里顾南筝骑着一匹黑色的马跑到她身前，然后在马上居高临下地对她说："曹北歌，从今以后，你就是我的妃。"

"我才不要做你的妃，你别妄想。"曹北歌回答。

"哼，由不得你，我是这里的王，大手一挥，伏尸百万，你敢不从我？"

"就算你杀光所有人，包括我，我也不会答应你，因为，我是曹北歌。"

顾南筝跳下马来，腰间的佩剑金光闪闪："你不答应我，我就杀光你的亲人，然后抢占你。"

"那我宁愿死。"

"你果真不肯吗？"

"当然。"

"那好吧，你赢了。"顾南筝突然语气一变，换了个笑脸，谄媚道，"公主殿下，上马吧，我带你去那遥远的地方。"

曹北歌心里嘀咕道："这也变得太快了吧。"她嘟嘟嘴，淡淡道："不去。"

"我的公主殿下，你看，这马儿多壮，让它带着你我，去那美丽的伊甸园吧。"

"一匹黑马？碍眼。"

"黑马不好吗？"

"别家的王子，谁骑的不是白马？你傻啊？"曹北歌指着他的鼻子，一顿臭骂，骂着骂着，就笑了，笑得很开心，她心想："顾南筝，你终于被我制伏住了吧。"

可是她睁开眼的时候，发现自己躺在床上，刚才的一切烟消云散，自己不过是黄粱一梦罢了。

房间空空旷旷的，不见人影，但是曹北歌还是认出来了，这是顾南筝的家。

她想喊一嗓子，可是还是忍住了，然后她拖着一瘸一拐的步子，慢慢走到门边，然后轻轻拉开门，透过门缝，正好看见顾南筝在厨房忙碌着。

"这家伙，不会是在制造毒药吧，难道想毒死我，把我这个死对头杀而后快？"曹北歌心里暗道。

可是她刚想到这里，突然间回忆起在医院里的那一幕，她依稀记得，顾南筝紧紧抱着她，并且告诉自己，要照顾自己一辈子。

那算是告白吗？可是自己偏偏太困，睡过去了，后面的她都记不得，实在是太坑爹了，莫非自己人生的第一次被告白，就这样过了吗？

她想到这里，心里那个不服气啊，她终于忍不住，拉开门，对着忙碌的顾南筝喊道："顾南筝，你在医院的告白，能不能再来一次？"

顾南筝回头的时候，正好看见曹北歌那张无害的脸，带着苍白的神色，让他的心没来由地一痛。

曹北歌有些木讷地看着从厨房走出来的顾南筝，刚才的问话到现在都感觉不真实，她低下头去，似乎想找个地洞把自己藏起来。

"你醒了？"顾南筝走到她身前，很随意地伸出手，然后牵住曹北歌白皙的手指，温柔地说道："怎么不再睡会儿？我做好东西会叫你哦。"

"我……我睡不着了。"曹北歌的声音细若蚊虫，连她自己都快听不见了。

顾南筝把她的手拉起来，微微一笑道："傻瓜，你的脚还没康复呢，去躺着吧，我正在熬粥，一会儿让你尝尝我的手艺。"

曹北歌抬起头来，脸上还有红晕，他们俩的关系算是确定下来了吗？她都感觉一切那么不真实，好像在云里雾里，一切只不过是幻境罢了。

她忍不住伸出手，掐了一下脸颊。

疼痛瞬间就蔓延开来，她龇牙咧嘴的样子让顾南筝一阵好笑，顾南筝把她的手放在自己的胸口，缓缓道："北歌，从现在起，我要你和我在一起，好不好？"

他的话带着询问，却那么期盼，曹北歌看着他的眼神，同样的深邃，一如既往的神采，唯一不同的是，这一次的眼神中央，流淌着更多的关爱，那不会是骗人的，曹北歌心想。

"你知道吗？其实第一次见到你，我就觉得你是一个很不一样的女生，青春，朝气，倔强，坚强，这些词围绕着你，把你烘托成一个出色的女人，而且，你那么善良，那么有爱，把自己周围的人无形中感染，虽然，我们经常斗嘴，但是越是这样，我就越无法自拔地喜欢你。"顾南筝握着她的手心，紧贴着胸膛，曹北歌感受到他胸口的温度，像是一簇火焰，熊熊燃烧。

"在疗养院，在我家，在任何一个地方，只要看到你，我的心就很坦然，看见你笑，我就开心，看见你哭，我就好难过，你的一切都好像在我的生命里，种下了无法拔掉的种子，到现在已经长成巨树，并且还在不断地扩散。"

"其实当豆子说那番话的时候，我的心就已经悸动了，也是在那个时候，我开始不由自主地接近你，希望能让你随时在身边，我知道，我这人很霸道，但是我这样做，全是想见到你，有时候我见不到你，我就好空虚，好难受，仿佛一切都沉闷着，世界都像要裂开一般，这或许就是所谓的爱情吧。"

顾南筝的话一字一句落在曹北歌的耳朵，犹如一把巨大的钥匙，打开了她的心门，所有积累的情愫，竟然在一瞬间从心底喷涌，然后撕开一个口子，汹涌而来。

她何尝不对眼前的男子心生爱意？

如果时间停顿，她可以回想到之前的所有点滴，和顾南筝的小吵小闹，和他的无数遭遇，那些过往，现在就好像一块巨大的屏幕，不断放映。

曹北歌终于明白那时候母亲那些话的含义：一切缘分，命中注定，就算遗忘几生几世，终究会在命运里，再一次撞上。

他们，像是轮盘里不断旋转的珠子，没有停下来，就不会知道结果，可是他们不会碰撞不代表他们没有火花，正是因为旋转着，他们才能够接触，才能够有相依相偎的可能，一切的定数，都归于他们自己。

曹北歌的眼泪，不自觉地流下来，流到鼻尖，缓缓坠落。

顾南筝伸出手，轻轻拭去她的泪水，笑道："那么勇敢的一个女生，怎么会哭了呢？"

"我、我就是想哭嘛。"曹北歌有些哽咽地说道。这么多年来，她一个人孤单地活着，曾经在校园，看着那些牵手的情侣穿过花坛，然后躲躲藏藏地接吻拥抱，她觉得幼稚，她的身边从未出现一个男生，因为她觉得，自己不需要。

然而，她的内心极度脆弱，那些濒临破碎的地方需要有人修补，寂寞空虚的感受让她犹如置身冰窖，但是却一直都没有谁，伸手暖她。

可顾南筝出现了，这个谜一样的男人，带着霸道和不可一世的姿态，在她的生命轨迹里画下了厚重的一笔，并且一次次地与她交接重叠。时而玩世不恭，时而霸道执着，全部的好与不好的品论都能归结在她的身上。

她突然发现，她生命中最美好的时光，竟然是和顾南筝在一起的这段时间，不用纪念，也能在心底铺成暖暖的海洋。

或许，她的生命是一块华丽的布匹，偏偏顾南筝从她最美的地方裁剪下了一块，用他的气息，定做成一件精彩的衣裳，然后小心翼翼地，给她穿上。

"北歌，答应我，以后不管发生什么事，我们都要不离不弃。"顾南筝将她紧紧搂在怀里，这一次的拥抱，带着清香，以及他身上古龙香水的味道，让曹北歌神迷而难忘。

她也紧紧地抱住他,像是漂泊多年的帆船,找到了最安全的海岸,远离了海风的骚扰,远离了风暴的侵袭,远离了鼎沸,远离了寒冷……

"我不敢相信,这一切会是真的,我真不敢相信,告诉我,这是梦吗?"曹北歌闭着眼,眼角还有温热的泪珠。

"这不是梦,我就在你面前,活生生的。"顾南筝安慰她,右手轻轻拍着她的后背。

"可是我好害怕这是个梦,是个幻想,只要我一睁开眼,它们就会消失,然后再也找不回来。"

"相信我,我会一直在你身边,照顾你,保护你。"顾南筝把她的脑袋紧紧贴在自己的脖子上,让她感受温暖,然后接着说道:"我顾南筝的女人,谁也不能伤害她。"

曹北歌身体一震,顾南筝的话,犹如一个强心剂,让她浮动的心,顿时安宁下来。

这一切,果真不是梦。

这一切,真实地存在于他们之间。

顾南筝松开手,认真地看着曹北歌,深邃的眸子里全是溺爱,然后他低下头,朝着曹北歌的唇,轻轻地吻了上去。

顾南筝的唇,让曹北歌远远地就感受到浓重的火热味道。

她的心突突地跳起来,像是被重锤击打,发出轰隆的声响。

然后她认命地闭上了眼睛,在顾南筝面前,她似乎已经没有了反抗的勇气。

她的唇很冰、很凉,这是顾南筝吻上去之后的第一感觉,然后他火热的舌头慢慢地撬开了北歌的嘴,一下就滑了进去。

曹北歌被他的力量震慑住,大脑一片空白,只感受到阵阵温热,在口腔里来回窜动,全身都像被电流击过一般,让她全身都陷于眩晕状态。

顾南筝的手,自然而然地搂住了她的腰,曹北歌哪里受过这样的刺激,情不自禁就抱住了他的脖子,然后羞涩地回应。

这是她的初吻!

那一吻,犹如地老天荒,把一切烦恼都阻挡在外界。

那一吻,充斥着暧昧的味道,巨大的情感分子撑起一片属于他们的天空,把一切浮躁都抛诸脑后。

那一吻，犹如永远，犹如在巨大湖泊里投下磐石，刹那间就波及千里，泛出爱的花火。

顾南筝慢慢松开身前的北歌，看着娇羞玲珑的她，淡淡一笑，说道："这一刻，你知道我期待了好久吗？"

"嗯，多久？"曹北歌问。

"从我喜欢你到现在，已经足足两个月了。"

"我们，是不是太快了点？"

顾南筝笑道："傻丫头，感情一旦出现，不论时间，不管迟早，只是一瞬，就足够了。"

"真的吗？难道这就是传说中的一见钟情？"曹北歌此刻已经不那么紧张，被顾南筝深情一吻之后，她似乎理解了爱的定义，或许，在心爱的人面前，不需要那么伪装，更不需要那么累。

"第一次在办公室见到你，我就被你打动了，那时候的你其貌不扬，但是身上流露出来的善良很容易捕捉到，也是那一刻，当你愿意帮我把柜子移回原处的时候，我知道，你已经开始走进我的生命。所以，我才会答应帮你发报纸。"顾南筝深情地看着曹北歌，说话的声音一丝不苟。

"原来，那么久之前，你就开始注意我了啊？"

"在孤儿院，在付大叔他们家，还有疗养院，只要能跟你在一起，我就觉得很舒心，没有大都市中的阻碍，没有商场的尔虞我诈，似乎归于了自然，你的那份纯真，那份善良，那种执着与倔强，都深深感染着我，所以，我才会奋不顾身地爱上你，才会一而再、再而三地欺负你，这些都只是我喜欢你的表现，因为我这个人不善表达。"

曹北歌掩嘴一笑，道："还说你不会表达，你一口气说了那么多呢。"

顾南筝也笑了："是不是觉得我像老太婆啊？"

"有点儿，比我妈还唠叨。"

"是吗，我未来的岳母很唠叨吗？"顾南筝拦腰抱着曹北歌，走到沙发边，轻轻把她放到沙发上，因为北歌的脚还受着伤，站着很难受。

感受到顾南筝强大的雄性气息，曹北歌脸色微微一红，有些羞涩，她连忙掩饰道："我妈啊，那可是典型的唠叨狂人。"

她只顾着掩饰自己，却没注意顾南筝那句话里映射的意思，等她反应过来的时候，顾南筝已经得意地笑起来了："你都承认你妈妈是我岳母了哦，咱们去领证吧。"

曹北歌窘迫地低下头，支吾道："谁承认了，我妈才不是你岳母呢，你想得美。"

"明明自己承认的，现在又赖账，你是赖账专业户吗？"

"我没赖账，真的。"

"那就是承认咯，哈哈，未来的老婆大人，让老公亲一个。"顾南筝低下头去，作势要亲。

曹北歌挣扎着用手堵住他的嘴，叫道："不要啊，你这个色鬼，我妈才不是你岳母呢，你少臭美了。"

顾南筝的嘴被她堵住，说话声音很怪异："未来的岳母大人要是看见你这样，肯定会不高兴的。"

"我妈才不会。"

"你怎么知道？"

"我就是知道，总之，不准亲。"

顾南筝嘿笑一声，一下就把她的手抓住，然后说道："老婆，快点让老公疼你，亲一个呗。"

他低下头去，曹北歌用力伸出手，捂住自己的嘴，瓮声瓮气地说道："不准亲，就是不准亲。"

"来嘛，还害羞啊，刚才都亲过了，乖，老婆，让老公啵一个。"顾南筝用手掰开她的手，然后嘴唇轻轻地碰了上去。

曹北歌弃械投降了，当顾南筝的唇印上去的时候，那种电流的感觉又回到了身上，然后她全身都绷起来，像根弹簧。

顾南筝的这一吻，和刚才的截然不同，这一吻温柔恬静，带着无数的柔情，曹北歌紧绷的神经慢慢地松弛，然后双手勾住他的脖子，大胆地回应。

前后两次，不同的感觉，但那吻，却实实在在地宣告着他们的幸福，只是轻柔的一吻，足以胜过地老天荒。

夜晚的美，透彻着所有的暧昧。

曹北歌倒在床上，闭着眼，想起白天的一幕一幕，那个在她心底越来越重的人影终于看清了面目，她终于可以老实地回答自己，她爱顾南筝。

回想起早上的那一个吻，仿佛刻骨铭心的触觉，围绕着她敏感的神经，然后拖着她到达幸福的海岸。

她情不自禁地笑出声来，这一刻的甜蜜，似乎就是永久。

顾南筝没有睡意，他靠在沙发上，曹北歌已经睡下了吧，他想。

白天发生的一切，在他心底深深扎根，这个女人，他发誓要一辈子疼爱，不管遇到多大的苦难，他都不会放弃，这是他对她的诺言，一个男人的诺言。

窗外的黑夜，在他的眼睛里依旧混浊，看不穿的浮华，总会在背后推波助澜，他顾南筝是个凡人，所以对于这个庞大的时代，也有卑微的无力感。

但是为了曹北歌，他不会倒下，更不会妥协，因为这是他的女人，是他的梦。

夜晚的美，除了灯红酒绿和奢靡，其实还有浓烈的血腥和乌烟瘴气。

顾南筝收回眼光，那些被绿色纱网裹起来的高大建筑，在他的眼眸中央浓缩，然后在最后的一瞥里，轰然湮灭。

墙上的时间，指向了12点，半夜12点。

这已经属于崭新的又一天，但是有的人，依旧活在过去里。

顾南筝的电话，突然响起来，在孤寂的夜晚里，有种突兀的奇怪感。

他拿起电话，看着显示的号码，是一个陌生的号，归宿地，是云南丽江。

"喂，你哪位？"他的声音很有磁性，但并不单薄。

"南筝哥哥，是我。"电话那头的声音是个女生，说话的时候充满着温柔。

"你是……宁阳？"顾南筝差点惊呼起来，要不是怕隔壁的曹北歌被吓到的话，他估计会叫出来。

"南筝哥哥，你真厉害，一下就听出来了。"宁阳站在自己的房间里，很开心地笑，这个时候的她，和训练场上的样子截然不同，要是被她训练的兵蛋子看见，一定会惊讶得合不拢嘴。

"宁阳，都五年了，你还这样叫我，你该长大了。"顾南筝逐渐平复下来，他知道，有些事，注定是要有个结果的。

"南筝哥哥，我就喜欢这样叫你，不管宁阳长多大，你都是我的南筝哥哥。"宁阳欢快地说道。

顾南筝拿她没法子，只得转移话题："你怎么知道我的号吗？还有，你怎么会在云南丽江的？"顾南筝问这个问题，是因为他知道，北歌就是云南丽江人。

"我托我爸的关系，然后就找到了啊，至于我为什么在云南，你不是该清楚才对吗？"宁阳有些幽怨，喃喃道。

"你能找到我的号码，我一点也不奇怪了，不过你在云南我倒是很惊讶，毕竟那个地方，我也待过的。"顾南筝说的是事实，他在特种部队的时候，曾经被派到边境执行任务，在云南的丽江，有过停留。

"人家现在可是训导主任哦，不过就是很想很想你，南筝哥哥，你放心，过不了多久，我就有时间了，到时候我就能来找你了。"

"宁阳，你听我说，我……"顾南筝的话刚说到这里，就被宁阳打断了："南筝哥哥不能和你聊了，我要去突击检查了，晚上有任务，再见哦。"

顾南筝的话被她堵在喉咙里，只得呆呆地说了两个字：小心。

电话那边，已经是嘟嘟的忙音了。

顾南筝松开手，电话就落在了床上，他自己也感觉到全身疲惫，然后一头扎下去，洁白的床单包裹着他，让他片刻安宁。

然而，他的内心，却是如此地翻江倒海，犹如狂风掀起海浪，拍打着沉重的心底。

"顾南筝啊顾南筝，你该怎么办？一边是你的挚爱，一边是你曾经许诺的女孩，你该怎么办？"他不断地问自己，可是越是这样，他就越不得安生。

这时候，外面的天空飞过巨大的飞机，夜色里那巨大的轰鸣声在遥远的天幕里传得沸沸扬扬，高楼上的聚光灯来回闪烁，黑暗里浮游的生物，全都无所遁形。

这终究是庞大的世界，他们都是大世界里的小小存在，渺茫，卑微，犹如尘埃，一吹即散。

但他们却又撑起了这个时代，正是这些由他们组成的微妙存在，把这个大时代，演绎得淋漓尽致，这本就是属于他们的，一直都是。

顾南筝闭上眼，竟然从眼角流出两行泪水，从不哭泣的他，心底被无助和怅惘纠结着，所有的爱和不爱，在这一刻，撕扯他的神经，然后想要将他灭亡。

但，他是顾南筝。

一个答应了曹北歌要照顾她一辈子的男人。

所以，他必须有所选择，而且，他也有了选择。

这便是爱的力量。

时间，是一个巨大的沙漏，承载着每个人不同的遐思，然后在命运的指针里，慢慢地渗透。

曹北歌脚伤恢复那天，顾南筝兴奋地带着她，在北京城里逛了一圈儿。

偌大的北京，对于曹北歌来讲，是陌生的，这里本就没有小城镇的静谧，有的只是巨大的信息洪流，以及数不清的高楼大厦，更多的是这个时代酝酿出来的繁华，让曹北歌打心底里感觉到恐惧。

但是身边有顾南筝，她却能很安心。

一天下来，曹北歌有些吃不消，兴许是腿脚好了，她硬是没有要顾南筝停下来，但是聪明的顾南筝哪能不知道怜惜她的伤势，傍晚时分，他带着她，走进了一家饭店，打算好好犒劳一下自己的女人。

自己的君皇酒店，他是不会去的，因为他觉得那样太惹眼。

乐村饭店是北京有名的饭店了，顾南筝也是这里的常客，他拉着曹北歌的手，缓缓走进店里，外面的迎宾像往常一样笑道："顾总，你来了，今天带着女朋友呀？她真漂亮哦。"

顾南筝只是微笑，因为他以前都是一个人来，顶多叫上自己的几个男性朋友，像今天带着女伴来的，是第一次，怪不得那些迎宾姑娘会这样惊奇了，加上曹北歌确实长得漂亮，这姑娘就算穿最便宜的地摊货，也能很有感觉。

曹北歌轻轻靠近顾南筝，这种阵仗她终是没经历过的，顾南筝握住她的手，给她温暖和力量，然后跟在迎宾的后面，缓缓进入电梯。

电梯不断上升，一会儿就到了四楼，这里是用餐的地方，有很多靠窗的座位，迎宾小姐把两个人带到一个位置坐下，笑道："顾总，这是你的老位置，你想吃什么，就叫服务生点哦。"

"好的，麻烦你了。"顾南筝对着她礼貌一笑，那迎宾姑娘顿时红了脸，这样帅气的男人，那一笑，足以勾魂夺魄了。

迎宾小姐有些窘迫地走开，心还在狂跳，一边的曹北歌却冷下脸来："不错嘛，我们的顾老板，对付小姑娘很有一套嘛。"

顾南筝正在喝水，被她这样一说，差点吐出来，喉咙被呛了一下，不断地咳嗽。

他红着脸，解释道："什么跟什么啊，我只是感谢人家一下啊。"

"只是一个感谢，一个微笑，你就能拿下人家小姑娘的一颗心，这造诣，真不是吹的哦！"

"我的姑奶奶，你就饶了我吧，我真没有。"

"哼，你这种人，就知道用色相迷惑外人，说，你之前用这招迷倒过多少女生?"曹北歌抱着双手,嘟着嘴巴。

"我发誓,真没有,用人格担保。"顾南筝信誓旦旦地说道。

"人格?你跟我提人格,我们的顾总啊,你那人格的积分,基本为零,呵呵呵。"曹北歌微微笑,好不容易抓住他的小辫子,这丫头自然不会错过了。

"好吧,你是我江湖大姐,我败在你手里了,要杀要剐悉听尊便。"顾南筝自然不会跟她计较,在心爱的女人面前,他永远沉淀着溺爱。

"这就弃械投降了,那么说来刚才我说的都是真的了?"曹北歌坏笑道。

"当然不是真的,虽然我投降,但我真没干过这种事,你瞧我长得也不像这种人嘛。"顾南筝摸摸脸颊,笑道。

"你压根儿就是这样的人,瞧你那副小嘴脸,不知道害了多少姑娘,姑奶奶今天要为民除害,把头伸过来,让我划一下。"曹北歌挽起袖子,嬉笑道。

自从他们走到一起,好像之前的紧张就消失得无影无踪,这好似一种默契,不觉间晕开,萦绕在他们身侧。

"大姐,你是我亲姐,你饶了我吧,我真没有啊。"顾南筝苦着脸,就是不把头伸过去。

曹北歌掩嘴一笑,说道:"看你这个样子的分上,量你也不敢招惹谁,原谅你啦。"

顾南筝马上笑道:"丫头,我演得好不好,有没有可能杀入演艺圈混个影帝什么的当当?"

"你去死吧。"曹北歌狮吼一声,就要开攻。

顾南筝嘿嘿一笑,抓住她打过来的手,道:"老实交代,刚刚是不是吃醋了?"

"鬼才吃你的醋,老娘闲来无事,逗你玩儿呢。"曹北歌被他说中,但嘴上依旧硬气。

她想把手缩回来,没想到却被顾南筝抓得紧紧的。

顾南筝一脸正气地看着她,低声道:"我知道你吃醋了,而且还不一般呢,不过我说的都是真的,因为有你,我就足够了。"

曹北歌的身体不由得一震,每次顾南筝认真地说话,总是能让她感受到心悸。

"自从有了你,我的心就被塞得满满的,再也容不下别人。"顾南筝拉起她的手,放在自己的脸上,低声细语地说道。

曹北歌还没来得及回答,突然之间一个声音突兀地喊起来:"歌,不会吧,真的是你呀?"

曹北歌被这样一吓，差点从凳子上摔倒，曹北歌定眼一看，只见一个女孩挎着一个黑色的包包，大摇大摆地走了过来。

来的人，是晓梅。

曹北歌想找个地缝钻进去，可是晓梅已经到了身边。

晓梅走到边上，瞪着眼睛仔细打量，笑道："我没看错，歌，真是你？"

曹北歌把头歪向一边，急中生智地把嗓子压低，笑道："我不是曹北歌，你认错人了。"

她这一句，不止晓梅，连一边的顾南筝都差点笑了出来，这丫头也太有能耐了，典型的此地无银三百两啊。

晓梅嘿笑道："歌啊，何必伪装呢，我又不是母老虎，不会吃了你的。"

"真的吗？"曹北歌听她这样一说，缓缓别过头来，然后看着晓梅那张逐渐坏笑起来的脸。

晓梅嘻嘻笑道："这位先生，想必就是苏大碗口中的顾南筝吧。"

顾南筝伸出手，缓缓道："我是顾南筝，北歌的男朋友。"

他话一出口，曹北歌脸上就一串黑线，一旁的晓梅却很兴奋，嚷道："幸会幸会，我叫晓梅，是歌的好姐妹。"

"你好。"顾南筝微微一笑，看着北歌，这小妮子现在不断地揉搓衣角，看来是很烦心的时候。

突然间，晓梅转过身，一眼盯着北歌，缓缓道："歌啊，你不厚道啊，上次不是说没有吗？我找到那'南筝'二字的时候，你还说是乐器，我没感觉这帅哥长得像啥乐器呀？"

顾南筝一听，顿时呜咽道：我是乐器？不会吧？

"你误会了，你一点也不像乐器。"曹北歌看着一脸苦相的顾南筝，解释道，"你长得像冬瓜。"

"你才是冬瓜。"顾南筝哼了一声，总算是没跟曹北歌计较自己被说成乐器的事儿。

一边的晓梅看着两人，嘿笑起来："我说歌啊，你这男朋友很有意思哦，长得又帅，你怎么搞到手的，传点经呗！"

"晓梅，你就别闹了，哪儿凉快哪儿待着去吧。"北歌站起来，想把她支走。

"别啊，我还没跟帅哥深层次地沟通呢。"晓梅躲开曹北歌，绕到顾南筝身前，道："帅哥，听苏大碗说你们很投缘，我想我们也会很投缘的哦。"

"哦,为什么呢?"顾南筝端起杯子,对于北歌的这些朋友,他很尊重,所以也不在意她们说话的方式。

"因为,我们三姐妹,是一条船上的人啊,内裤都能通穿一条呢,还有……"她后面的话被曹北歌的动作打断,北歌直接拉着她的衣领,然后往边上丢过去,口中嘿笑道:"梅梅,你能像高尔夫球一样不,有多远就走多远。"

"人家还没说完呢,呜呜,歌,你太不厚道了。"晓梅很快又撑上来,笑道,"其实,人家只是想把之前说的话验证了嘛。"

顾南筝听她这样一说,来了精神,说道:"什么话啊?"

"我告诉你哦。"晓梅无视曹北歌的存在,走到顾南筝面前,低声道,"前段时间我们怀疑北歌恋爱了,就到她家里去搜查证据,但这小妮子死活不承认,于是我们就打赌,我的赌约很简单,就是找到她喜欢的男人,然后看他们在我面前表演法兰西式的湿吻。"

"那结果呢?"顾南筝对此很好奇,追问道。

"别提了,这丫头果然没有玩'金屋藏君'的把戏,我们以为输了,不过我在一本汉语词典里,发现了两个字。"晓梅喃喃道,像极了名侦探柯南。

"哪两个字?"顾南筝被她勾起了兴趣,接着问道。

"嘿嘿,只见那白纸黑字大大地写着'南筝'二字。"晓梅瞬间说书人上身,连动作都有模有样。

"不会吧,她真写了'南筝',是我的名字?"顾南筝有些惊讶地问道。

"比珍珠还真啊,不过那丫头抵死不承认,硬说那'南筝'是一种乐器,搞得我当时拿她没法子,还输给她一次 SPA。"晓梅边说边看向后面的北歌,还不忘吐吐舌头。

曹北歌真拿自己的好朋友没法子,恰恰她们说的也不是假的,她只能打碎了牙往肚子里咽,一边的顾南筝听完嘿笑道:"现在看来,真相大白了,那'南筝'二字,就是我,不是乐器。"

"哦耶,正主都承认了,亲爱的北歌小姐,你无话可说了呗?"晓梅差点在地上跳跃欢呼,那架势犹如过新年。

"承认就承认,反正现在已经被你们知道了,说吧,你还要怎样,我的姑奶奶。"曹北歌知道纸包不住火,既然都已经要在一起了,何不公告天下?

"我还能怎样呀?"晓梅一副得逞的模样,嘻嘻道,"十五分钟的法兰西湿吻,一秒都不能少。"

"晓梅,你别闹,这里这么多人呢。"曹北歌很尴尬,她知道晓梅的性子,这丫头说到做到。

"人多才好呢,才能见证这美好的时刻啊。"晓梅大笑一声,然后站直身体,对着在餐厅吃饭的人喊道:"各位,今天,你们有眼福了,让我们一起来见证这神圣的时刻吧,一会儿,将有一对恋人,会在我们面前,激情地亲吻十五分钟,这漫长的法兰西的湿吻,让我们一起来为他们见证。"

她的声音很大声,所有吃饭的人都被她吸引过来,很多人竟然拿着手机,开始捕捉这个画面。

曹北歌被这个举动吓住了,站在那里无所适从,正当她不知道怎么办的时候,一个身影站在她面前,然后轻轻拉起她的手,握在手心。

"别怕,有我在呢。"顾南筝的声音温柔如玉,让她顿时安心下来。

"我……我们怎么办?"她低声道。

"还能怎么办,当然是完成这个艰巨的任务啊。"

"什么意思啊?"

"意思就是,亲呗!"顾南筝说完,就低下了头,一下就吻住她的唇,曹北歌全身都僵住了,任凭顾南筝的唇紧贴着她。

而身后,所有的人都鼓起了掌,晓梅在边上看得最入迷,不停地咂巴嘴巴,那感觉,仿佛是自己在亲吻。

所有人都沉浸在这一刻之中,忽视了角落里有个戴鸭舌帽的男人,这个男人手中拿着一个照相机,将这些画面全都拍了下来,然后嘴角微翘:"顾南筝,明儿你就要上头版了,这新闻,够爆炸了。"

从来没有觉得,亲吻是件辛苦的事,这是顾南筝这时候的想法。

曹北歌的唇依旧冰凉,让他的火热有更多的空间可以释放,他紧紧地搂住她的腰肢,生怕一不小心,北歌就会瘫软下去。

晓梅在旁边看得目不转睛,还拿出时刻表不停地计算时间,周围的人掌声不断,这一切,在北歌的世界里却都似乎不存在了。

因为此时此刻的她,全部的身心,都被顾南筝重重包裹。

但是十五分钟,实在太长了,长到可以让人窒息。

当北歌再也无法喘气的时候,她用力推开了顾南筝,然后红着脸,穿过人群,很快就消失在饭店里,所有人都用惊异的目光看着这对甜蜜的恋人,顾南筝对着晓梅耸耸肩，笑道："差不多了吧？"

"嗯，还差几分钟呢，不过看着北歌第一次接吻的分上，饶她一命吧。"晓梅嘿嘿一笑，然后拿起她的黑色包包，打算要走。

顾南筝心里很好笑，但是他憋住了，他和北歌并非第一次接吻，但这样长时间的亲吻，确实是第一次，连他自己，都快窒息了。

晓梅看着还立在原地的顾南筝，突然扯着嗓子吼道："你不要去追她的吗？你就不担心她一个人？"

晓梅的话顿时让顾南筝醒悟，自己只顾着回味刚才的事情，北歌跑开了他都没反应过来，真是该死。

然后他快速地冲出饭店，朝着北歌消失的方向追去。

晓梅微微一笑，对着顾南筝的背影说了句再见，然后慢慢地走出餐厅，边走边掏出电话，然后拨通一个号码，贼笑道："苏大碗，精彩新闻，保准你会感兴趣。"

曹北歌很郁闷，特别地郁闷，她感觉体内有强大的怨气要发泄，可是却找不到突破口，今天她丢人算是丢大发了，当着那么多人的面，和顾南筝亲吻，这要是传出去，她曹北歌就白活了，但是明明有种幸福的味道，在她的身体里蔓延，很快就笼罩着她，连外面吵杂的空气，都觉得很顺畅了。

顾南筝远远看着站在一棵树下的她，快速地跑过去，从背后给了她一个熊抱，然后对着她的耳朵根子低声道："是不是觉得今天很没面子？"

"你还好意思说？要不是你，我也不会这样，在那么多人面前，我一个好女人的形象全没了。"曹北歌靠着他的胸膛，喃喃道。

"不管别人怎样说，我都会一直在你身边，你是我的女人，谁也不能伤害你。"顾南筝的话语总是那么强硬，现在的北歌已经习惯了，并且觉得他说得出一定能做到。

"我不管别人怎么看我，现在的我既然决定跟你在一起，我就会全心全意地爱你，我是个女人，不懂得大道理，但是我愿意为我爱的人，付出一切。"

"我的小傻瓜，你就是太善良了，这样容易吃亏的。"

"不是有你保护我嘛，我才不怕呢。"

"对对，我会保护你的，因为你是我的老婆，我的宝。"

"少胡说，谁是你老婆了，别乱叫。"曹北歌的脸红起来，很是羞涩。

顾南筝笑道："我认定的人，就一定会是我的老婆，谁也改变不了，咱们现在就去领证去。"

"领证？你疯了。"曹北歌看着顾南筝，说道。

"我很正常，你看我像疯子吗？我现在就想娶你，不然我怕你反悔。"顾南筝认真地看着她，一字一句地说道。

"别闹了，我们才认识多久啊，就谈结婚？太不靠谱了吧！"

"嘿嘿，瞧你这样，你是不是没准备好啊？"

"当然了，结婚可是大事，我都还没跟家里人说我有男朋友呢，突然就结婚，我老爸老妈不被吓坏才怪呢？"

"这好办，我马上就去你家提亲去，娘子，走吧。"顾南筝嘿嘿一笑，一把就搂住曹北歌。

"你别闹，你让我考虑一下好不？"

"还考虑啥啊考虑，咱到民政局，把户口本交过去，然后盖上章，程序不就Ok了，那样咱就是合法夫妻了哦。"

"说得那么麻利，你是不是经常去民政局啊？"

"什么啊？这些都是电视上经常演的好不，看多了自然就知道流程了嘛。"

"听你鬼扯。"曹北歌看着远方的天空，低声道，"结婚这种事，我要跟老妈商量的，不能操之过急，这可是一辈子的大事呢。"

"是是是，不过我们先去领证吧，领完证，赶紧回家生个娃，然后带到岳母面前，她老人家一定会很开心的，咱结婚的事，就成了。"顾南筝邪笑道。

"去你的，没正经的家伙。谁……谁要给你生娃，想得美。"曹北歌被他说得脸红心跳，耳朵根子都热乎乎的。

"哟哟，瞧你这样儿，还害羞呢。"

"害羞你妹，我亲都让你亲了，还想怎样？"

"呵呵，不怎样，就领证吧！"

"真的要领啊？"

"难道还有假？走吧。"

"那好吧，那我回家拿户口本。"曹北歌磨不过他，她既然决定要跟顾南筝在一起，就会义无反顾地为他做任何事。

但是身前的顾南筝突然嘻嘻一笑，说道："哦，我忘记了，今儿周末，民政局没开门。"

"顾南筝，你找死。"曹北歌暴走了，攥着拳头就朝他追打过来。

顾南筝仓皇逃跑，边跑边喊道："老婆大人，饶命啊！"

君皇酒店，总裁办公室。

偌大的办公桌上，这时候放着今早刚出来的娱乐报纸，上面的头版上，赫然便是顾南筝和曹北歌接吻的照片。

顾南筝铁青着脸，拳头狠狠砸在桌子上，发出厚重的声响。

一边端着咖啡的曹北歌脸色也不好看，她缓缓走到顾南筝身边，放下杯子，轻声道："别生气了，喝点东西吧！"

顾南筝看着她，微微一笑："我没事，就是觉得窝火，这些狗仔，太猖狂了，我的私事，他们也感兴趣吗？"

"现在这个社会，什么人都有，何必跟他们一般见识呢？不过，这对我们公司的形象，会有很大的影响吗？"

"是啊，这次事件，肯定会让酒店遭受负面影响，不过你别担心，我会处理的。"顾南筝拉起北歌的手，笑道，"不管怎样，我都不会让你受委屈的。"

"我相信的，但是现在面临这样的局面，我们要想个法子应对才是啊。"曹北歌把咖啡递在顾南筝手里，然后拿起报纸，看着上面两人激情亲吻的照片，她的心有些纠结。

"这些记者，还真能瞎掰，就这一个照片，竟然把我们酒店诋毁成这个样子，真做得出来。"北歌有些气结，哼道。

"这就是炒作，不这样写，他们拿什么吃饭呢，这就叫噱头。"顾南筝喝了一口咖啡，从她手里接过报纸，然后笑道，"想整我，看谁整得过谁！"

"你觉得这是有预谋的吗？"北歌突然问道。

"看来有人惦记我这个位置很久了，才会用这种方法，我估计，很快就会有人把事捅到我老爹那里去，这家伙还真是难缠得很。"

"那怎么办，我们去找你父亲解释清楚吧。"北歌顿时说道。

"你别急，北歌，事情由我而起，我会处理好的。"

"不，事情是由我而起的，要不是我，现在也不会发生这种事，我去找顾董解释清楚。"

"傻瓜，有我在，谁也不会伤害你的，接下来的事，我会处理，你安心地做你的事吧。"

"真的吗？你不要骗我，这件事肯定很严重，你能扛得下来吗？"

顾南筝笑道："我在商场也有很多年，要是这点事就把我打趴下，我也不用混了，你放心吧，我这就去找我老爸，给他摊牌。"

"摊牌？什么意思啊？"

"意思就是我要娶你啊。"顾南筝用手刮了刮北歌的鼻子，然后走出门去，快要跨出去的时候又回过头笑道，"要乖哦。"

曹北歌看着他消失在门口，心中七上八下，报纸上把他们说得满城风雨，这事情绝对不会那么简单的。

君皇酒店的副总裁办公室，这时候一个中年人点着一支烟，不断地吐着烟圈儿，他的桌上同样放着一张报纸，与顾南筝桌上的一模一样，旁边的椅子上坐着一个戴鸭舌帽的男人，他的装扮一看就是资深的记者模样，如果那天在饭店的人看见的话一定会惊讶，因为他就是偷拍照片的那个人。

中年人一支烟抽完，嘿笑道："小李，这事做得不错，以后你们报社的广告，我们可以承接了。"

"马总，瞧你说的，这就是小事一桩嘛，不过还是要谢谢你给我们机会。"戴鸭舌帽的男人嬉笑道。

"好，没问题，你先回去吧，这后续报道，我希望能更精彩。"

"会的，你放心。"鸭舌帽男人说完站起身来走出房间，留下的中年人嘴角翘起来，阴笑道："顾南筝，我看你这次怎么死。"

这时候的顾南筝，正在接受他父亲大人的训话。

"你看看，这都是什么，你才去公司几天，就给我捅那么大娄子出来，你是存心气死我是不？"顾天海躺在病床上，手里拿着早上送来的报纸，指着顾南筝骂道。

"爸，你先别生气，这事情是有人在操作，我被人阴了一把。"顾南筝到他身前，拉把椅子坐下来，缓缓道，"照片上的人是我不假，但你知道我的为人，我从不会乱搞，这分明是有人栽赃陷害，故意用这个东西来诋毁我们酒店。"

"怎么说？"顾天海把火气压下去，淡淡道。

"照片上的女孩，是我的女朋友，我们在一起很正常吧，可是这照片登上来，说的全是酒店的坏话，这分明就是幌子，明着针对我们酒店来的。"顾南筝缓缓道。

顾天海叹口气，道："小筝啊，你妈走得早，这些年你一个人打拼也辛苦，我从来不过问你的私事，一切都是以你喜欢就好，但是我希望你能有好的追求，照片上的女孩，看上去很清秀，我也相信是个好姑娘，但是你这样明目张胆在公共场合被拍照，对你自己对人家姑娘，都是不好的。"

"爸，我明白的，这件事我会彻底查清楚，等过段时间，我就带北歌来看你，我想你会喜欢她的。"顾南筝握着顾天海的手，笑道。

"你现在是越来越成熟了，我也管不住你，不过我要提醒你，人可以风流，但却不能下流，更不能伤害那些爱你的人，我记得宁阳和你还有很多纠葛吧，你怎么处理啊，那姑娘也是个倔脾气，到时候不要把你自己拖下水了。"顾天海叹口气，拍拍顾南筝的肩膀，缓缓说道。

"这些事我会处理的，交给我吧，你现在最重要的就是好好养病，等你身体好了，我们去爬山。"顾南筝笑道。

顾天海哦了一声，道："你倒是还记得老爸我喜欢登山，那说好了，到时候我们一起去，带上你女朋友。"

"好，那你休息吧，我回公司，这件事情一定是咱们内部出现了问题，所以，当务之急是把内部安顿好。"

"嗯，去吧，自己小心，必要时候，要采取非常手段，我的儿子，我相信。"

顾南筝走出门去，然后靠在墙上，缓缓道："头条啊头条，可真够害人的。"

尹晓梅一大早就到了君皇酒店，大厅的几个负责人毕恭毕敬地站在那里，看见她进来，都走上前来。

一个区域经理走到她身前，笑道："尹经理，你来了。"

"嗯，我刚到，带我熟悉一下环境吧。"晓梅一脸冷色，这是她作为职业经理人的标准。

"好的，你跟我来。"区域经理带着她，围绕大堂转了一圈。

晓梅边走边说道："这里的花瓶摆得很不好，马上找人来换，还有那架钢琴，我希望可以离客人近点，这样才更有情调，另外，跟在我们身后一直不说话的两位，我希望你们去招呼客人，跟着我干吗？"

她的话像是一道道圣旨，每每说到重点。她走到休闲区，坐到沙发上，然后拿起一份报纸，翻了一下，道："从今天起，我们要订的报纸是'未来商情'的报纸,不需要这些娱乐新闻,懂吗?"

"是是是。"区域经理连忙点头,又道,"那个花瓶我下去就叫人来换。"

"你听不懂我说的话吗,我说的是马上、立刻。"晓梅把那张娱乐报纸拍在桌上,吼道。

"是是是,马上。"

"还有,以后不管谁来,该工作的继续工作,你们的第一要素是客人,不是我们这些高管,明白吗?"晓梅喝道。

"明白了,明白了。"区域经理站起身,对着后面的几个人喊道:"你们几个,都去工作,还有,马上联系工程部,把这些花瓶通通换掉,还有找几个人帮忙,把那架钢琴往前挪。"

"这还差不多,你是马经理吧,我要是没记错的话,你在君皇应该干了三年了,我希望以后能继续合作。"晓梅站起来,伸出手去。

区域的马经理赶紧伸出手来握了一下,然后笑道:"尹经理,你能来,对于我们酒店可是大大的帮助啊。"

"客气了,以后大家相互帮助。"晓梅说完,又拿起那份报纸,翻了几下,然后被头版的新闻吸引了。

"不会吧,这怎么回事?"她有些惊讶地问道。

"这个是今天的火爆新闻啊,咱们酒店的老总,闹绯闻了。"马经理低声道。

晓梅暗道:"顾南筝?是他,这照片上的女人,不是北歌吗?顾南筝就是君皇酒店的老板?"

"这件事情,不许下面的人议论,更不准你们议论,知道吗?"晓梅站起来,也不管那份报纸,说道,"带我去总裁办公室。"

"好的,你跟我来。"马经理走在前面,一路带着尹晓梅到了总裁办公室,然后笑道,"尹经理,要是没事的话,我先忙了。"

"去吧,下午的时候,召集所有区域部长以上的人,开会。"

"好的,明白了。"

马经理走了之后,晓梅喘了一口气,刚才在报纸上看到的新闻,可是她亲眼所见,而且始作俑者就是她。

她看着总裁办公室的大门,犹豫了一下,还是敲响了门。

"进来。"说话的是个女生,晓梅一听,顿时一个激灵,这声音太熟了,正是曹北歌。

晓梅把门推开，只见曹北歌正坐在一边沙发上，手里拿着文件，看得目不转睛。

"总裁不在，有什么事可以等他回来吗？"曹北歌头也不抬，说道。

晓梅嘿笑一声，道："哟哟，咱们老板娘说话还真是冷呢，冻死我了。"

她话音一落，北歌就抬起了头，然后瞪着眼睛惊讶道："晓梅，怎么是你？"

"哈哈哈，当然是我了，不然还会有谁啊？"

"你怎么会在这里的？"

"我来上班啊，你不知道吗？我可是君皇酒店高薪聘请的职业经理人呢，专职培训的。"

"对哦，你一说我想起来了，那时候大碗跟我提过，没想到你这么快就来了。"北歌站起来，把晓梅拉到沙发上，两个人一起坐了下来。

晓梅一坐下来，就盯着曹北歌看，然后笑道："没看出来，咱们家的歌现在有出息了，钓到金龟婿咯。"

"呸呸，胡说什么呢你？"

"谁胡说了，你男朋友顾南筝顾总可是君皇酒店的老板，我的上司唉，你还不是钓到金龟婿啊？"

"晓梅，你再说我生气了啊！"曹北歌红着脸，她拿这个好朋友一点法子都没有。

"好了，不说就是嘛，不过我刚才看到了新闻，你们好像有麻烦了啊。"晓梅叹口气继续道，"其实这个事都怪我了，要不是我逼着你们十五分钟的湿吻，现在也不至于这样了。"

"哼，你还好意思讲呢，要是让顾南筝看见你，他会怎样对付你我还不知道哦。"曹北歌媷笑道。

"嘿嘿，要是你不是我的好朋友的话，估计我会很难堪，不过现在待遇不一样了，你可是老板娘，他要是敢骂我，你可得帮着我。"

"谁、谁是老板娘了，你别乱说。"曹北歌脸更红了。

"你就是。"这时候办公室的门被推开，顾南筝走了进来，看着沙发上的两个人，笑道，"我顾南筝的女人，当然就是这君皇的老板娘了。"

"顾总，你好。"晓梅一看顾南筝回来，立马站起来，笑道。

"尹经理，真没想到会是你哦！"

"我也没想到，上次的事还请你别往心里去。"

"怎么会呢，我还要感谢你哦，要不是你，我们家北歌还不知道要犹豫到啥时候呢，是不媳妇?"他走过去搂住曹北歌，哈哈大笑道。

　　"什、什么媳妇，别乱叫，有人呢。"北歌真想找个地洞钻进去，这顾南筝也太大胆了，当着人家晓梅的面还这样说。

　　"那个，没事的话我先出去了，有很多业务要熟悉，你们继续。"晓梅嘿嘿一笑，走出门去，顺手将门带上。

　　顾南筝看着怀里的北歌，笑道："你就是我的媳妇，我的老板娘啊。"

第三十五章
一抹苍凉

偌大的会议室，此刻针落可闻。

顾南筝坐在最前方的椅子上，手里玩转着一支钢笔，像是自由的精灵，不断地变换花样。

会议室的桌子两边，整齐地坐着人，右边以董事会的几个元老为首，左边则坐着尹晓梅和曹北歌。

顾南筝咳嗽一声，正要说话，突然间右边首位上一个中年人出声道："顾总，今天的会议，我看在座的每一位同人都希望有个说法吧。"

他一边说话，一边看着顾南筝，身前正放着那张娱乐报，这一切，都显然是针对顾南筝而来的，而这个男人，赫然便是副总裁——马克。

"马总，你似乎很心急嘛！"顾南筝没有理会他，自顾自地说道。

"我只是觉得公司出了这个事情，得有人来承担责任。"马克端起面前的水杯，喝了一口，继续道，"现在业内对我们酒店的评价很不好，这几天的业绩下滑了很多，事情出了，总得有人扛起来啊，你说是吗，顾总？"

他一说话，后边的几个董事也嚷嚷起来。

"马总说得对，要有人来承担责任啊。"

"我看我们需要换一个有担当的人来领导酒店了。"

"马总尽心敬业，最适合不过了。"

"对对对，我们支持马总。"

这时候的马克却不再言语，端起杯子悠闲自在地喝水，但眼睛却瞄着顾南筝，看他什么反应。

顾南筝对于下面的议论置若罔闻，等他们停歇了，才笑道："看来马总深得人心，不简单啊。"

马克眼睛微微一挑，这句话的意思含沙射影，太明显了，他正要插话，突然间尹晓梅站起来，微微一笑道："看来大家都误会了哦。"

她的话吸引了所有人注意，对于这个新来的经理，他们还是有所好感的，晓梅毕竟出身外国培训酒店，是职业经理人。

马克微微一笑，道："尹经理，你这话我不太明白。"

"马总，你刚才说事情出来了，要有人承担责任，这句话要是放到外界，可能会被笑掉大牙的。"

"怎么说？"马克嬉笑道。

"一个公司，出现了纰漏，第一要素是把这个事件处理恰当，而不是追究责任，我们酒店是开门迎客的，所以当务之急，是要把客源维持好，各位在这里追究责任，内部自相矛盾着，我想，并非是正确之道吧！"

她的话音一落，刚才议论的人就叫嚣起来。

"你这话什么意思？"

"莫非你是在责怪我们这些董事吗？"

"你有什么资格？"

顾南筝抬眼，看着这些还在指责的人，突然吼道："你们似乎不把我这个董事长放在眼里啊！"

他的声音很有力，整个会议室都嗡嗡作响，刚才还议论纷纷的人全都噤若寒蝉。

"尹经理说得对，当务之急是解决问题，而不是在这里追究责任。"顾南筝将钢笔扔在桌上，对着马克笑道，"马总，有时候，手段是很重要，但是要看对手是谁。"

"你什么意思？"马克脸色有些变化，但终究是老狐狸，很快就克制住了。

顾南筝也不管他，只是微微一笑，然后打个响指，突然墙上的投影仪亮了起来，播放出了一组照片，照片上是一个戴鸭舌帽的男人，这个男人正好从副总裁办公室出来。

"这能说明什么？"马克问道。

"你太低估我们酒店的水平了,这些照片是摄像头拍到的,这个男人,想必马总不陌生吧。"顾南筝浅笑道。

"我是认识他,又怎样,这个人是和我们公司谈广告的,有问题吗?"马克很镇定,波澜不惊。

"哦,是吗?可是这个人似乎不太牢靠,我只用了一点小利益,他就和盘托出了呢。"

"什么,他全说了?"马克惊讶道。

"哈哈哈,是啊,全都说了呢。"顾南筝大笑,这时候马克突然觉得自己上了当,面前的水杯都打翻了。

"哼,顾总,现在似乎是你对酒店带来了负面影响吧,你不是该引咎辞职才对吗?"马克虽然紧张,但是他老谋深算,步步紧逼。

"这话不对吧,虽然这几天报纸闹得沸沸扬扬,可是那照片和文字可是大大的不相符合哦,马总莫非没有看今天早上的新闻吧?"顾南筝也不生气,笑道。

"什么新闻,我担心的是酒店的利益。"

"是吗?那可真是太不幸了啊,你找的那个记者,好像已经把事实澄清了啊,而且,我的那些照片,似乎还为酒店带来不少的好处呢?"

"你说什么?"马克站起来,怒道。

"马总,你还不懂吗?你能找人把那些照片诋毁,难道我就不能把他扶正吗?现在所有人都知道了那是个误会,而且那些照片正好为我们酒店做了宣传,自由恋爱,一直都是我们酒店的主题啊!"顾南筝哈哈一笑,接着道,"我们君皇酒店一直给客人营造的就是浪漫气息,现在我这老总都能公开恋爱,对于外界来说,是一种引领,或许,叫作潮流。"

"你以为你说的话谁都能信吗?"马克阴沉着脸,说道。

"你大可不信,不过你可以去看看今天的客源,哦,对了,你太在乎怎么推倒我,好像没把其他事放在心上了,所以,我觉得该走的人是你才对。"

"顾南筝,你。"

"我早就说过了,谁都会耍手段,但要看对手是谁,马克,我正式通知你,你被解雇了。"顾南筝哼道。

"解雇我?你有什么资格,我手上还有股份呢,你怎么解雇我?"马克狂笑一声说道。

"哦,你不说我还忘记了,你的所谓股份,好像全被你拿去炒房了吧,似乎最近房地产生意不好做，我听说马总好像损失了不少哦。"

"你怎么知道？"

"你不要忘了，我可不光是君皇的老板哦，我另一个身份，是'未来商情'的董事长，手里可是掌握这大半个北京的商业链条，你去炒房的那个公司，是我一个朋友开的。"

"你，你陷害我。"

"别乱说，我才不屑用你同样的招数，我做事光明磊落。"顾南筝说着从文件袋里掏出一叠文件丢在桌上，道，"这些是你挪用公款炒房的资料和证据，我现在有足够的理由向警方和司法部门控告你。"

"什么，你怎么会、怎么会有这些的？"马克已经委顿了，一下就瘫软在椅子上。

顾南筝微微一笑："你只顾着想赚钱，却不知道经营，我想我们公司不需要你这种人才，所以，交出你的股份，我可以不追究。"

"不，这是我的全部，我不能，不能。"马克红着眼圈，一瞬间苍老了好几岁，然后他走到顾南筝身边，拉着顾南筝叫道，"小筝，看在我和你父亲一同打拼天下的分上，你就给我一次机会吧，我发誓，我再也不敢了。"

"你没有机会了。"这时候，会议室的门被推开，顾天海缓缓走了进来，他穿着一件大风衣，里面是病服，身后跟着两个随身护士。

他走到会议室前方，对着顾南筝微微一笑，然后大声道："各位同人，我今天来，就是宣布两件事：第一，马克的所作所为已经很清楚了，从今天起，他不再是我顾氏集团的人。第二，以后顾氏集团，全权交给我的儿子顾南筝打理，我该退休了。"他说完，意味深长地看了顾南筝和一边的曹北歌一眼，然后转身，走出门去。

马克见到顾天海进来，本来还以为有希望，可是听完他的话，一下就瘫软了下去，自己精心策划的事，全都化作泡影。

顾南筝看着曹北歌，耸耸肩膀，一切，都在他的意料之中。

绯闻结束了，对于顾南筝和曹北歌，都是一种解脱。

傍晚时分，曹北歌和尹晓梅手挽着手走出君皇酒店，这两个女人，实乃一道靓丽的风景，北歌的清纯，晓梅的妖娆，让一旁的人深深感叹。

顾南筝跟在她们后面，缓缓走出酒店，看着北歌和晓梅，笑道："走吧，我开车。"

"我看我还是不要当电灯泡了吧。"晓梅很识趣地笑道。

"晓梅,说什么呢,下午的时候不是说好了,为庆祝这次事件顺利解决,晚上我们吃饭啊。"北歌拉住她,说道。

"是啊,你今天那席话可是让董事会的人吃了苦头哦,可算是大功一件,所以这次庆功会,怎么能少了你。"顾南筝也在一旁笑道。

"真的方便吗?"晓梅疑问道。

"走了啦!"北歌拉着她,然后钻进车子里,顾南筝微微一笑,打开车门,发动车子,不一会儿就开到了一家西餐厅门口。

华灯初上,街边的夜景开始被不同的光色点缀,发出一种特有的美感,顾南筝把车停好,带着俩女人走进欧莱西餐厅,两边的迎宾将他们迎进去,然后找了一个靠窗的位置。

顾南筝打个响指,一个服务生很快走过来,低声道:"您好,先生,您有什么需要?"

"把你们这里的套餐给我们来一份,另外开一瓶82年拉菲。"顾南筝笑道。

服务员点点头:"好的,稍等。"然后转过身,很快,三份套餐就送了上来,外加一瓶82年拉菲,顾南筝笑道:"打开吧。"

服务生熟练地将酒瓶打开,一股香气蔓延开来,曹北歌不喜欢喝红酒,但此刻也被这股浓厚的葡萄香味陶醉了,一旁的晓梅是见过大世面的人,微微一笑:"这拉菲是上品,那一年的葡萄受到充足的雨水浸染,所以甜味很足,很醇厚。"

"尹经理好灵的鼻子哦。"顾南筝笑道,"红酒这东西,喝不惯的人,始终喝不惯的,因为它确实不好喝,但是一旦喝上了感觉,就像是在品一种人生一般。"他一边说一边看着北歌,北歌怒视他一眼,他所说的不会喝红酒的人,就是她了。

记得他们第一次在顾南筝家里的时候,顾南筝倒了一杯84年的红酒,那时候北歌说很难喝,那也是顾南筝第一次听别人说红酒难喝。

晓梅看着北歌古怪的神色,不知道他们又在捣什么鬼,她缓缓笑道:"来吧,庆祝我们这次粉碎敌人计划,干杯。"

"干杯。"南筝和北歌也举起杯子来。

三个人轻轻一碰,红色的妖艳液体不断晃荡,泛起层层涟漪。

从西餐厅出来,已经是9点多,晓梅拦住一辆出租车,钻了进去,然后跟他们说再见。

"晓梅，你确定不要我们送你吗？"北歌有些担心。

"没事的了，我能照顾自己，你们浪漫去吧。"晓梅嬉笑一声，对着司机师傅说了地址，然后出租车呼啸着消失在夜色里。

看着晓梅离开，顾南筝牵着北歌的手，走在马路上，他轻轻道："我们散会儿步吧。"

"嗯，正好刚才吃撑了，这样走走也好。"曹北歌轻轻把头靠在他的肩膀上，缓缓走在路上。

"这段时间发生了不少事，让你受累了。"顾南筝低声道，自从绯闻事件出来以后，君皇酒店上上下下对于曹北歌的出入都是指指点点，这让她心里很难过，如今危机解除，公司里的人也都知道了这位董事长秘书就是董事长夫人，让北歌的压力，也徒增不少。

"其实还好啦，不是还有你吗？"曹北歌淡淡一笑，说道，"你一个人把整个事件扛起来，并且解决，这其中的辛酸曲折，我也能知道一二的。"

"我是男人，自然要扛起来，而且，我还要保护我的女人呢。"顾南筝笑道。

"你就知道油嘴滑舌，我也不知道怎的，就被你骗到手了。"

"怎么说话呢丫头，我可是光明正大把你追到手的。"

"是是是，都怪我头脑发热，上了你的贼船。"曹北歌手上用力，掐了顾南筝一把，顾南筝龇牙咧嘴地笑道："老婆大人，我错了，我再也不敢了。"

"算你识相。"曹北歌松开手，她其实只是轻轻一掐，并没有使出多大力，她与顾南筝并排走着，突然间她想到了什么，便问道，"对了，你是怎么知道马总和那个记者的事的？"

"你说这个啊，我也是无意中发现的，我知道这个事件一定是公司内部的人要搞我，才设下的局，所以我将计就计，调了监控，找到了这个鸭舌帽男人。"

"那这么说，那个记者把什么都告诉你了？"

"我哪里去找什么记者啊，在会议上说的都是编出来的，只是做贼心虚的人自己心慌露出了马脚而已。"

"哦，你使诈。"

"水无常形，这就是商场，商场如战场，钩心斗角，尔虞我诈，司空见惯了。"

"看来我们的顾总还是位懂兵法的人。"

"那是，当年读《三国》的时候，最认真了。"

"哦，你是不是上学的时候偷看课外书了？"

"才不是。"顾南筝嬉笑道,"我是正大光明地看。"

"切。"

两人沿着马路越走越远,渐渐地灯火开始昏暗,顾南筝拉住曹北歌,低声道,"很晚了,我们回去吧。"

"嗯,好,听你的。"

正要回头,突然从马路两边的树林里跑出来几个人,手里都拿着棍子,当先一个领头的看着顾南筝二人,嘿嘿一笑道:"对不住二位,有人请你们去喝茶,跟着走一趟吧。"

顾南筝心中一惊,这几个混混他是不惧怕的,可是身后还有北歌在呢,不能让她有闪失。

他沉住气,低声道:"兄弟,是谁要见我?"

"不该问的就别问,我们也是收钱办事,你们乖乖地走,也免得受苦。"

"好,我跟你走,你放了她。"顾南筝只能用这个方法让曹北歌脱身。

"不行,上面说了,你们俩都要去。"

"那到底是谁要见我?"

"去了你就知道了。"

顾南筝心里很不平静,但越是这种时候,越要冷静,曹北歌紧紧握住他的手心,轻声道:"怎么办?"

"没事的,这些人既然要见我,想来还不至于把我怎样。"顾南筝安慰道。

对面的几个混混似乎很不耐烦,叫嚣道:"叫你走就是,磨蹭什么,是不是要吃点苦头你才满意?"说着扬起手里的棍棒,威胁道。

"既然有人要用这种方式见我,那我倒要看看谁那么大能耐。"顾南筝哼了一声,拉着曹北歌,然后对着混混头道:"走吧。"

几个混混倒是没想到顾南筝这么爽快,便将他们押着,上了一辆面包车,一路上倒是很安分,不过他们不知道顾南筝是特种部队出身,更加不知道他曾是特种部队里的最好精英。

车子很快消失在黑夜里,谁也没注意到顾南筝就在刚才说话的时候已经发了一条短信,内容是:救我。

而接收短信的人,这时候正要上摩托车,这人不是别人,正是陆昊。

陆昊根据顾南筝的信息,先是报了警,然后依据导航,一路追着顾南筝的手机信号，跟到了一处废墟中。

顾南筝和曹北歌这时候站在一个废弃厂房的中央空地上，几个混混围住他们，厂房里亮着灯，曹北歌感觉很刺眼，顾南筝伸手帮她挡了挡，然后安慰道："没事的，有我在，谁也不能伤害你。"

时间嘀嘀嗒嗒，不一会儿，一个黑衣男子就从深处走了出来，他的身后跟着几个同样装扮的混混，顾南筝定眼一看，吼道："马克，是你。"马克哈哈大笑道："顾总，没想到我们会用这种方式见面吧？"

"我还真没想到，堂堂一个副总，竟然会跟黑社会沆瀣一气，怎么，打算用这个方式威胁我？"顾南筝怒道。

"顾总，快人快语啊。"马可嘻嘻笑道，"这些都是我在道上的朋友，听闻我的遭遇，觉得我很不幸，他们都说要帮我治治你，我怎么劝都劝不过，你可别怨我哦。"

一旁的混混头也笑起来，说道："马大哥，这小子有什么能耐嘛，还能把你拉下水？看我打折他一条腿，让他街上要饭去。"

"李兄弟，少安毋躁，我还有事要处理。"马克制止道，"要是你把他打坏了，我们以后可就没保障了。"

马克阴笑一声，对着顾南筝道："小筝啊，说到底我和你爸爸也是一起打天下的，这回你把我弄下台，让我面子丢大发了，我要的不多，你给我一个亿，我就放你们走，不然的话，我这帮兄弟可不会便宜你的哦。"

"马克，你少异想天开，一个亿，你当我是谁，说给就能给，就算我有，我也不会便宜你这白眼狼的。"顾南筝哼道。

"话不能这样说，我只要回我该得的。"马克有些丧心病狂地吼道。

"马总，你冷静点。"这时候曹北歌突然出声，她握着顾南筝的手，只要这个男人在她身边，她就不会害怕，她看着马克，缓缓道，"你这样做，谁也帮不了你的，你既然错了一步，那就不要再错下去了，回头吧！"

"回头，你说得轻松。"马克哈哈大笑，"你知道我这么多年，为顾氏集团付出了多少，现在说让我走就让我走，当我是条狗吗？哼，你倒好，攀上枝头当凤凰了，哈哈哈。"马克吼道。

"我并不要做什么凤凰，只要跟着南筝，平淡一点就好。"曹北歌看着顾南筝，这时候，所有的温情都流露无遗。

"你们少卿卿我我，今天要是不把钱拿出来，我就让你们做亡命鸳鸯，顾南

第三十五章 一抹苍凉

筝，我已经打了电话给顾天海，半个小时以后见不到钱，他就会帮你收尸的。"马克嘿笑道。

"马克，你疯了。"顾南筝怒道，"我父亲不会受你威胁的，而且，你以为就凭这几个小混混，就能翻天了？"

顾南筝说完，突然像头猛虎一般冲了出去，身前的两个小混混还没反应过来，就被他一个手肘打翻，昏厥在地。

"哟，还没看出来，是个练家子嘛。"混混老大邪笑道，"兄弟们，给我招呼他。"说完提着棍棒当先冲了上来。

顾南筝当然不给他们机会，一个翻身，将曹北歌护在身后，然后一个长拳，将左边的小混混击倒，顺手捡起来一根球棒，对着右方的小混混横扫过去，一下就把他击飞好几米远。

混混头眼睛一挑，他可是混了多年的老油条，打架很有经验，看顾南筝生猛，于是便朝曹北歌下手，顾南筝应接不暇，背上挨了一棍，喉头一甜，差点吐出一口血来，饶是这样，他还是护住了曹北歌，一脚将混混头踢得倒飞出去。

马克看着这些混混被打翻，口中冷笑，突然抬起手，一个黑黝黝的洞口对准了顾南筝，骂道："都给老子安分点，不然一枪毙了你。"

"你竟然有枪？马克，你知道你在做什么吗？"顾南筝不敢乱动，生怕一不小心马克枪就走火。

"我当然知道，只要你老爸拿钱，一切都好说，不然的话，我们就一起死吧，哈哈哈。"这时候的马克，已经彻底疯狂，握枪的手有些发抖，但他心中对于钱的渴望很坚定，所以一直对准顾南筝。

就在这时候，突然响起一阵轰鸣声，众人眼睛一花，一辆摩托车快速地冲了进来，马克心中有预感，慌忙跳开，只见那摩托车车灯刺眼，把他们都晃晕了。

开车来的自然是陆昊，他见马克手里拿着枪，直接就冲了过去，马克赶紧躲开，手里一抖，枪就响了。

枪口，俨然对着顾南筝。

曹北歌这时候只觉得一切都好缓慢，她的幸福才刚开始，谁也不能夺走它。

她一个闪身，就挡在了顾南筝身前。

遥远的，是北方不断飘散的冷风

在无人的冬季里

那些遗忘了许久的思念

从山谷深处

慢慢地崛起

或许很痛，或许很轻

或许带着仇恨带着不甘

但那颗滚烫的可以为你不顾一切的心呵

永在，永在！

当子弹，从黑黝黝的洞口喷薄而出，强大的火舌，瞬间就将一切吞没，曹北歌在一个念头里，就闪身挡在了顾南筝身前，把自己单薄的后背，留给了那颗飞跃而出的子弹。

时间，仿佛凝固，带着一种破碎的声响，被他们牢牢地攥住，枪响的瞬间，陆昊一脚把马克踢倒在地，然后将他迅速制伏，不远处，遥遥响起了警车的鸣笛声。

顾南筝眼睑模糊，他感受到曹北歌身体的颤抖，并且冰凉，那些流失的温度从他的指尖慢慢地经过，然后散落在空气中。

"北歌，北歌，你不要吓我，你怎么那么傻？"顾南筝的心像是碎了一般痛，他把曹北歌抱得紧紧的，自己单膝跪在地上，而北歌，就那样安静地躺在他的怀里，口中，吐出大量的血色泡沫。

"南筝，我……我好痛。"北哥勉力地说出话来，像是把所有的力气都用在了这句话上，顾南筝摇着头："没事的，没事的，你撑住，我带你去医院。"

顾南筝一把抱起她，看了一眼陆昊，陆昊的眼神很复杂，带着一种悲痛，但这个时候的顾南筝，根本没有心思来查阅这些神色，他转过身，快速地骑上陆昊的摩托车，北歌就靠在他的身后，他把她的手放在腰间，就像要抓住她一辈子那般紧。

"北歌，你会没事的，我们还要结婚，还要在一起一辈子，你不能有事。"顾南筝发动车子，像头野兽一样冲了出去，陆昊远远地看着，他的手慢慢地握成拳头，对着躺在地上的马克，狠狠地一记重拳，口中哼声道："这是替北歌打的，这是替北歌打的。"

可怜的马克，被当过特种兵的陆昊，几下就揍成了猪头。

这时候的顾南筝，正在马路上疯狂地前进着，曹北歌的头紧紧靠着他，路上的风不断地吹动他们的衣襟，像是要将那些飘散的灵魂带走一样。

"北歌，你坚持住啊，我们马上到医院了。"顾南筝的眼角不断地流出泪来，说话的声音充满了悲怆，他从来没有这样难受过，心脏在枪声响起北歌出现的那一刻，就好像被一双大手揪住，并且不断地揉捏，随时都有碎裂的可能。

"南筝，南筝。"靠在他身后的北歌，发出微弱的呼唤，顾南筝精神一振，应到："我在，我在的，北歌，你不要说话，我们马上到医院，你挺住啊。"

"我……我好痛，真的好痛，我是不是快死了？"

"胡说，你怎么会死，我怎么会让你死。"顾南筝哭出声来，"我不准你走，你给我坚强点，要是你走了，我就下去陪你。"

曹北歌的口里，时不时溢出鲜红的血液，把顾南筝的后背都浸湿，感受到湿润，顾南筝更加心痛，把摩托车的油门开到了最大，一路上也不知道闯了多少红灯，终于赶到了医院。

他将北歌抱着，像只野兽一样地冲进医院，周围的人看着他们，都避而远之，顾南筝大叫道："医生，医生，快出来，救救她，救救她。"

医生很快就出来了，赶紧将病人接下来，顾南筝看着昏迷过去的曹北歌被送进手术室，他的心，痛到了最极限。

另一边，陆昊在警察到来以后，把事情原委解释了一遍，然后从警察局做完口供，才跑到了医院。

这时候，距离曹北歌进手术室，已经足足过去两个小时了。

顾南筝就坐在手术室门口的椅子上，眼睛看着那闪亮的红灯，心中不断地祈求，他在北歌进手术室的那一刻，给老天爷起了一个誓，若让北歌安然无恙，他顾南筝宁愿减寿十年。

他的手里，还淌着北歌的血迹，后背那些湿润犹在，他把头低得沉沉的，生怕有人看见他狂涌而出的泪水。

陆昊看着顾南筝坐在椅子上，他的表情充满了悲色，陆昊认识顾南筝这么多年，从来没有见过他这个样子，以前在部队，不管执行多艰难的任务，顾南筝都能轻而易举地解决，可是这一次，他脸上那种悲怆，让陆昊有种说不出的伤感。

他缓缓走过去，低声道："你没事吧？"

顾南筝看着陆昊，眼神迷离，他把沾满血的手藏起来，苦笑道："小耗子，谢谢你。"

"你别谢我,我什么都没做,倒是北歌小姐,现在情况怎么样了?"

顾南筝抬头看着红色的手术灯,说道:"已经进去两小时了,到现在一点消息都没有,我很担心,真的很担心。"

"南筝哥,你先别急,你要相信北歌小姐,她是坚强的女孩,她会没事的。"

顾南筝闭上眼睛,两行泪水就流了下来,"都怪我,是我没用,是我害了她,她那么傻,帮我挡子弹,我怎么可以这样,我真不是男人啊。"

陆昊看着他,不觉间那个在他心中一直高大的形象,竟然开始慢慢地脆弱,或许,这便是每个人都有的弱点,就算在世界面前如何坚强,但在自己心爱之人面前,他都是卑微的。

"南筝哥,你在我心里,一直是这个。"陆昊竖起大拇指,笑道,"不管任何时候,你都不能倒,因为你现在,不是一个人了。"

顾南筝被他的话刺痛,他现在不是一个人了,是啊,他有了北歌,他已经不是从前的他,他需要照顾她,可是今晚,他却忽略了,把他和北歌推进虎口,然后北歌才会受了枪伤。

是他太自负了,还是他还沉浸在以前一个人的世界里?

他突然把头深深地埋到膝盖里,哽咽的声音随着肩膀抽动,陆昊靠在墙上,不断地摇头。

他们是军人出身,有时候对于女人想要的生活只存在一种遐想之间,所以他们容易陷入一种困境,老是觉得自己依旧是一个人,可当那个本已经深深存在于心底的女人突然不在了,或者离去了,他们才感觉到疼痛,而那种痛,会让他们接受前所未有的煎熬。

顾南筝此时无疑是煎熬的,手术室的灯一时半会儿没有熄灭的意思,陆昊拉着他,走到了吸烟区,这个时候,只有烟草味道能让他冷静。

他们站在走廊的尽头,那里有一扇窗,外面的夜色苍凉单薄,顾南筝接过陆昊递过来的烟,大力地抽了几口,然后眯着眼,看向夜空,仿佛北歌的脸就印在上面,对着他微笑。

更远的远方,有高亮的星,它们闪耀着光芒,刺眼夺目,却那么难以触及,或许有些人,就如那星辰一般,可望而不可即吧。

顾南筝抽着烟,慢慢地平复下来,他决定,自己无论如何,都不会再让北歌受到任何伤害,不然,他会比北歌痛苦千倍万倍。

陆昊抽着烟,低沉道:"北歌会没事的,你别担心。"

"我很害怕，我从来没这么怕过，以前咱们执行任务的时候，很多次可能还会有生命危险，但我都不曾怕过，可是这一刻，我真的害怕，我怕她会悄无声息地离开我，然后让我再也找不到。"顾南筝的手指微微颤抖，或许是风的原因。

"北歌是我见过最坚强的女生，她会没事的。"

"谢谢你，耗子。"

"咱们兄弟俩客气什么。"陆昊微微一笑，但是嘴角却有些苦涩，谁会知道，其实自己也对那个叫北歌的女孩儿有着不一样的心绪呢。

时间一分一秒过去，当手术室的红灯熄灭，已经过去了整整五个小时，顾南筝一个箭步就冲了上去，眼睛里布满血丝："医生，病人怎么样了？"

"你放心，病人暂无大碍了，子弹击穿她的胸口，离心脏只有两厘米，很庆幸。"医生的话让顾南筝顿时一块石头落地，一边的陆昊也松了一口气，顾南筝对着医生笑道："谢谢你，谢谢你，我可以进去看看她吗？"

"可以是可以，但最好不要吵到她，她现在需要休息。"医生说道。

"我知道了，你们去休息吧，手术五个小时，辛苦你们了。"

"这是我们的职责。"医生说完，就缓缓离开了，顾南筝迫不及待地就冲进病房，一眼就看着躺在床上、戴着氧气罩、脸色苍白的曹北歌。

他的眼泪，再一次喷薄而出。

病床上的曹北歌，呼吸微弱，氧气罩将她的大部分脸颊挡住，顾南筝坐在一边的椅子上，轻轻握住她有些微凉的手。

"傻瓜，你是最大的傻瓜，你知不知道，当你冲上去给我挡子弹的时候，我整个人都崩溃了，要是你不在了，我该怎么办。"顾南筝的声音充满了哽咽，眼睛里的泪水缓缓落下，把愧疚满满地写在了他英俊的脸上。

屋外的陆昊没有进来，他透过窗户，看着顾南筝和曹北歌，然后叹口气，转身离开，背影里那份孤独，被走廊上昏暗的灯光浓缩，看起来十分萧条。

屋子里的顾南筝此时没有留意陆昊的离开，他紧紧抓住曹北歌的手，因为先前医生叮嘱不能吵到北歌休息，所以他的动作很轻柔，说话声也很低。

"你要快点好起来，我们还有很多事要做，你答应过我的，要陪我一直走下去，我们才刚起步，你不能说话不算数的。"

没有声音回答他，但是顾南筝坚信曹北歌能听得到，那是他们从心底深处一直绵延出来的感应，谁也不会明白，除了他们自己。

"等你好了，我就带你去泰山看日出，去夏威夷度假，我们去迪拜，去观摩水下七星酒店的美景，好不好？"

"等你好了，我带你去见我爸，然后我们结婚，我们生很多小孩，好不好？"

"等你好了，我们……"

他的声音愈加哽咽，泪水模糊了他的双眼，他的手抓住曹北歌的手指，淡淡的冰凉将他的神经刺痛，他突然感觉到寒冷，是从心底蔓延出来的，快要将他淹没的寒冷。

"北歌，你一定要听话，要好好的，我欠你那么多，我们还有很远的路要走，你答应我，答应我，快点醒过来。"

整个病房里，充满了寂寞的味道，以及消毒液刺鼻的特殊气味，顾南筝偏过头去，将眼泪擦干，然后又目不转睛地看着曹北歌，缓缓说道："你知道吗，这个时候的你，好美好美，安静而深邃，最让我着迷了，还记得我们第一次见到的时候吗，那个时候我就被你深深吸引了，我们认识这么久以来，你在我心底，已经成为了最重要的部分，谁也不能从我这里把你带走了。"

他用手捂着自己的胸膛，把曹北歌的手缓缓印在胸口，那里是一颗快速跳动的心，一颗滚烫的热爱曹北歌的心。

病床上的北歌，眼角边慢慢溢出两行泪水，虽然她还未醒过来，但是她确实能听到顾南筝的声音，那份感动，让她心生共鸣，才会留下幸福的眼泪来。

顾南筝看着她的眼泪，伸手轻轻将它拭去，然后弯下身子，在她的额头上浅浅吻下去，带着温柔和深情，良久良久。

夜已经很深很深，深得已经快要沉入地底，黎明就要来临，顾南筝双眼布满血丝，就这样坐在曹北歌的床前，手紧紧地握住她，不肯放开一秒钟。

早上8点，顾南筝的手机发出一阵振动，他掏出来一看，是父亲顾天海打来的。

他不想放开曹北歌的手，于是就这样拿着接起来。

"爸，昨晚的事你都知道了？"

"小筝，我刚刚才接到消息，你没事吧？"那边的顾天海经过太多沉浮，对这样的事件保持着很清醒的头脑，或者他是相信顾南筝，能将这一突发事件都处理好。

"我没事，只是……"顾南筝看着还在昏睡的曹北歌，说话声又悲凉起来，"北歌她，还没醒过来。"

"小筝，你别急，我已经跟医院打好招呼了，他们会用最好的医疗手段，帮你女朋友医治，我知道你很在乎她，但是你也要知道，你是个男人，而且现在君皇全权交给你打理，你要知道轻重缓急，明白吗？"顾天海的话极度威严，顾南筝知道这是作为商人的父亲采用的口吻，他不怪他。

他只是微微地说道："爸，我要等北歌醒来，公司我会叫人照应，现在大局已定，你就放心吧，我有分寸的。"

"小筝啊，我知道你能做好的，我也知道那个女孩对你意味着什么，等她醒了，你告诉我一声，我亲自去看望她。"

"爸，你要来看北歌，那真是太好了，我还打算等她好了就带她回家见您呢。"

"哈哈哈，你小子，看来你是迫不及待了。"顾天海在电话里大笑几声，然后又说道，"好好照顾她吧，不过公司的事你也不能落下，一个男人，要懂得决策，不管是事业，还是爱情。"

"我懂得，爸，那就这样，你也照顾好身体，多休息。"顾南筝缓缓说道。

"我知道了。"顾天海说完挂了电话，顾南筝看着挂掉的电话屏幕，嘴角微翘，然后温柔地看着曹北歌，笑道："北歌，你听到了吗，你要快点好起来，我爸都说要来看望你呢。"

北歌没有回应，但是她的睫毛却在抖动，像是美丽的精灵，充满着无数的徜徉和幸福。

时光，缓缓流淌，一晃，三天过去了，这三天顾南筝都没怎么睡，中途的时候，苏皖和尹晓梅都来看望了北歌，顾南筝把公司事务都交给晓梅打理，一切都井然有序，他把所有的时间和精力都用来陪伴北歌，脸上也爬满了青色的胡茬。

三天之后的中午，阳光透过窗户洒进来，是顾南筝特意将窗户打开的，他知道北歌喜欢阳光，喜欢温暖，所以他希望那些阳光能照射进来，能够唤醒昏睡中的北歌。

顾南筝实在扛不住了，趴在北歌的病床上睡着了，但他的手一直抓着北歌，那么倔强。

昏迷中的北歌仿佛做了一个很漫长的梦，梦里面她像是漂浮的水草，不知道该往哪儿，她依稀能听到顾南筝的呼喊，带着撕心裂肺，于是她哭了，可偏偏她不知道怎么逃离那种虚无的世界，直到一缕阳光照射到她的身体，久违的温暖回归，她的睫毛微微发抖，然后缓缓睁开了眼睛。

映入眼帘的，是白色的天花板，曹北歌有些艰难地动了动身体，发现后背传来巨大的疼痛，那是伤口被扯到的原因，她才想起来，那个夜晚，是自己挡在了顾南筝的面前，那颗子弹，像是一个幽灵，硬生生将她的身体撕裂了。

这时候她发现自己的手被人握住，偏过头看去，正好看见顾南筝睡着的样子，他的睫毛充满着不安，在杂乱地跳动，眉头会经常皱起来，仿佛睡梦中又遇见了什么可怕的事情，头发已经长了很多，最让北歌吃惊的是，一向不留胡子的他，竟然爬满了青色的胡茬，这样看去，他仿佛苍老了好多岁，北歌的心一下就痛起来，她知道，顾南筝一定是在这里没日没夜地守着她，才会成这个样子的。

她想轻轻缩回手，可是她刚动，顾南筝就醒了，看着苏醒过来的曹北歌，顾南筝欣喜若狂，就差没欢呼了。

"北歌，你终于醒了，你终于醒了。"他的声音有些哽咽。

北歌看着他，伸手摸摸他的脸，笑道："傻瓜，你这不修边幅的样子，好丑哦。"

顾南筝呵呵一笑："只要你能醒，我就算做乞丐都行。"

"你去做乞丐了，我怎么办？难不成你也要我跟你一样做乞丐？"北歌嘟嘟嘴，刚醒过来的她身体还很弱，多说几句话脸色就开始苍白。

顾南筝让她躺好，微笑道："我做乞丐一般都是帮主，你可就是帮主夫人哦，很厉害的呢。"

北歌缓缓一笑，道："筝，我饿了。"

这是她第一次叫顾南筝叫得这么亲密，顾南筝微微一愣，笑道："傻瓜，我马上就给你叫东西来。"

他转身拿起电话，拨打了酒店的号码："总厨，你亲自动手，给我熬点鸡汤，然后派人送医院来。"

第三十六章
嫁给我

一个月后,曹北歌出院,顾南筝开车接她回家,苏婉和晓梅也一起来了,四个人在顾南筝家里聚了一次。

北歌住院的这段时间,顾南筝他老爸来看过她,顾天海被曹北歌的举动所感动,能够为心爱之人挡子弹,这是需要多大的勇气,顾天海当时就拍着顾南筝的肩膀小声说:"好好善待人家,别再出岔子,另外,你和宁阳的事情,要早点有个了结,他老爹可是难缠的主,我虽然是你爸,但你们年轻人的儿女情长我只能当个旁观者,不过你放心,宁阳她老子要是敢蛮横不讲理,我不会坐视不管的,北歌这儿媳妇我很满意,你小子要是敢跟我三心二意,我第一个不放过你,就连你老妈在天之灵也不会原谅你的。"

顾南筝对曹北歌的心意,只有他自己知道,就算顾天海不说,他同样可以做到,只是宁阳那边,多少有些麻烦。

那天晚上,晓梅和苏皖走得很早,因为北歌大病初愈,就没喝酒,收拾完以后,北歌送她们离开,回来的时候见顾南筝站在落地窗前,像是寂寞的雕塑。

她轻轻走过去,伸手环抱着他,侧脸靠在他的背上,喃喃道:"你没事吧。"

顾南筝回身将她搂在怀里,说:"北歌,你相信宿命吗?"

"我不信命,但我有信仰。"

"我也一样,只是有太多事我们无法左右,所以才会惆怅,才会不安,才会难过。"顾南筝不知道怎么说起这个,声音有些无奈。

曹北歌抬起头看着他，缓缓道："筝，你有心事？"

顾南筝缓缓一笑，说："是啊，我的心事就是你什么时候答应嫁给我。"

"不嫁，就是要急死你。"曹北歌脸色一红，有些羞涩地说道。

"就知道你会这样，所以我已经打算好了，三天之后就去云南，到丽江找岳父岳母，我亲自提亲去，到时候看你答不答应。"顾南筝有些狡黠地说道。

"你要去我老家？"曹北歌吃惊地说道。

"当然，我都要娶你了，总不能不见见老丈人吧。"

"不，不准你去。"曹北歌哼道。

"怎么不准去，我这女婿上门见老丈人，天经地义。"

"呸呸呸，什么女婿，尽知道往脸上贴金。"曹北歌白了他一眼，说道，"再说我也没答应嫁给你啊。"

顾南筝微微一愣，突然低下头，深情地吻上她的唇，曹北歌感受到他的火热，心跳突然加速起来，顾南筝的唇性感而热烈，让曹北歌应接不暇。

过了好久，顾南筝才抬起头，笑着说道："你嫁不嫁？"

三天之后，顾南筝和曹北歌上了飞往云南昆明的飞机，两个多小时后，飞机降落在昆明机场。

北歌的老家要转几次车才能到，蜿蜒曲折的马路让顾南筝胃里一阵难受，曹北歌一直用手拍着他的后背，终于在颠簸了三个多小时后，到达了北歌的家。

那是一个古色古香的小镇，山清水秀，红墙白瓦，小桥流水，清静自然，一条清澈的河流围绕远处的大山汩汩而过，波光粼粼，看上去那么亲近，那么唯美。

北歌家的屋子是一个农家复式的小院，二楼上正好可以看见对面的青山河流，顾南筝站在她家门口，突然间有点紧张。

曹北歌看看他，笑道："怎么，这会儿害怕了？是谁在北京的时候说的那些话啊，现在真要见面了反倒怂了。"

顾南筝挠挠脑袋，嘿笑道："第一次见家长嘛，有点紧张，但你放心，我说的话绝对算数，我堂堂大老爷们儿，还会认怂？"

说完，他轻轻敲响了门，不一会儿，一个中年妇女就将门打开，顾南筝看去，那是一个十分慈祥的女人，脸上的轮廓与曹北歌有些相像，她看着顾南筝，有些发愣，这时候曹北歌从顾南筝身后蹦出来，一把抱着中年妇女，大喊道："老妈，我回来咯。"

顾南筝微微咳嗽一声，笑道："伯母，你好，我是……"

他正要做自我介绍，曹北歌突然松开母亲，嘿嘿笑道："老妈，这是我朋友，来这里旅游的。"

顾南筝看着她，苦着脸，本来他的自我介绍为自己是北歌的男朋友，可是曹北歌一句话就把他划分成了来旅游的普通朋友了，顾南筝叹口气，看曹北歌的眼神充满了无赖，曹北歌趁自己老妈不注意，悄悄丢给顾南筝一个坏笑。

曹北歌的母亲十分好客，将顾南筝带进屋子里，又给他安排了房间，顾南筝将行李收拾一番，曹北歌因为和母亲很久不见，所以一回来娘俩就躲到房间里说话去了，顾南筝闲着无聊，就到小院里坐坐，这时候，一个中年男人扛着锄头走了进来，一进屋就看见了顾南筝。

顾南筝急忙站起来，不用想，这一定是曹北歌的父亲，他微笑道："您好伯父。"

中年男人看着他，嘿嘿一笑，将锄头放到角落里，走到顾南筝身边，说道："你是？"

"哦，我是北歌的朋友。"

"小歌回来了？跟你一起来的？"

"是啊，刚到，现在正跟伯母在房里聊天呢。"

中年男子点点头，缓缓笑道："她娘俩很久不见咯，让她们聊会儿也行，小伙子，你要是闲得慌，就跟叔叔出去溜达溜达，我带你到河边打鱼去，一会儿弄回来下酒。"

顾南筝拍拍手笑道："好啊。"

北歌的父亲转身拿起一副渔网，便带着他往河边走去，顾南筝跟在后边，将这美丽的风景全部收入眼底，他们打鱼的地方是河流的中游，流速缓慢，水也最深，河水清澈，看上去犹如一块巨大的蓝色玻璃，北歌的父亲划着小船，到了河中心，然后撒开网，固定好之后，就坐在船头，抽起旱烟来。

顾南筝也从兜里掏出香烟，递给北歌的父亲，他摇摇头，笑道："抽不惯那个，还是我们自己种的烟草有劲儿。"

顾南筝微微一笑，点燃手中的烟，深吸一口，看着满目的青山绿水，慢慢说道："伯父，这儿生态环境这么好，来旅游的人一定多哦，你想没想过搞个农家乐？"

"农家乐？"北歌的父亲叹息一声说道，"之前北歌就跟我提过，但是要搞这样的场所，没有一定的资金是搞不下来的，我和她妈都是老实巴交的农民，做不起来的。"

顾南筝笑起来："伯父，你信不信我？"

"啥意思？"

"你要是信得过我，这个农家乐我帮你办。"顾南筝自信地笑着，作为在北京摸爬滚打并且打出一片天下的佼佼者来说，办一个农家乐真的是小菜一碟。

"年轻人，不是我不信你，我一眼就看出来你不简单，我们家小歌有你这样的朋友我也很欣慰，但是你不是本地人，说到底你还是要回属于你自己的地方去，所以……"

顾南筝吸了一口烟，笑道："伯父，这你不用担心啊，我跟你说，现在北歌不得了了，在北京已经混出名堂了，她绝对有能力给你们办一个农家乐的。"

"小歌？"北歌的父亲摇摇头，笑道，"女儿长大了，她有自己的生活，做父母的哪能让她来操心。"

"总之这个事你就放心吧。"顾南筝还想说什么，这时候北歌的父亲猛地一抓渔网，笑道："收网咯。"

顾南筝看着他的渔网里正扑棱着几十尾大鱼，看着这些原生态的美味，更加坚定了他要给他们办一个农家乐的想法。

顾南筝提着鱼进院子的时候，一眼就看见了曹北歌，这姑娘正坐在桌子边上择菜呢，他咳嗽一声，嘿笑道："快看，我和伯父的杰作。"说完晃荡着手里的水桶，里面的大鱼拍打着水，有两条差点蹦出来。

北歌的父亲跟在后边，进屋之后笑了笑："小歌，快给人家搭把手啊，这小伙子可是从河边一直提到家里呢。"

曹北歌看着自己的父亲，苍老的脸上挂着和蔼的笑容，她走过去拉住他的手，轻笑道："他力气大着呢，不管他，老爸，我想死你了。"

"你这个鬼丫头，人家是客人，你这样子哪里是待客之道？"北歌的父亲溺爱地看着自己的女儿，声音轻柔。

曹北歌嘟嘟嘴，看向顾南筝，缓缓道："嗯，看在你打鱼辛苦的分上，今天的午餐交给我了，你有口福咯。"

顾南筝放下水桶，点点头，笑着说："要我帮忙吗？"

"不用，你来反而碍手碍脚，厨房是我们女人的专属天堂。"曹北歌走过去提起他放下的水桶，然后走到厨房，对着里面喊了一声："老妈，河鱼来啦。"

顾南筝暗自好笑："还说是你亲自下厨，原来是老妈掌勺呢，还说得如此冠冕堂皇。"

一边的北歌父亲走过来，与顾南筝坐到桌子边上聊天，顾南筝掏出烟来，递给他一支，这回他没有拒绝，放在嘴边，顾南筝给他点燃，他深吸一口气，突然笑道："小伙子，还没问你叫什么名呢？"

"伯父，我叫顾南筝，你可以叫我小顾。"

"小顾，你和我们家北歌？"北歌的父亲一上来就直入话题，作为一个过来人来讲，有些东西不用说就能看通透。

"伯父，我和北歌，我们是……"

"哈哈哈，我看得出来，你们关系不一般，我们家小歌脾气有点倔，但为人心地善良，这半年去外边不容易，她虽然不说，但我知道她吃了很多苦，我和她老妈就这么一个宝贝疙瘩，都希望她能有个好归宿，我第一眼见你，就发现你是个不错的孩子，如果你们真的真心真意，我和她妈妈一定祝福你们。"

顾南筝没想到北歌的父亲竟然会说出这些话来，一时间有点发蒙，过了好一会儿才回过神来，他有些不知所措地站起来，说话都有点结巴："伯……伯父，我……我。"

"别这么激动，慢慢说。"

顾南筝确实有点激动，不过很快他就平复下来，认真地说道："伯父，其实我这次来，就是正式来提亲的，我很爱北歌，我们是真心真意要在一起的，希望您老人家成全。"

"光是要他成全可不够哦。"这时候厨房的门打开，曹北歌的母亲端着盘子走了出来，她一边走一边笑，身后是红着脸的曹北歌。

她走到桌子边上，缓缓道："小顾啊，你们的事小歌都跟我讲了，你千里迢迢赶到这里来，说明了你的诚意，但是你光求她老爸一个人成全可不成哦，还有我呢。"

顾南筝急忙对着她鞠躬，然后真诚地说道："伯母，我是真的爱北歌，我这辈子非她不娶，希望你们二老能够成全，我会用尽全力去保护她、照顾她。"

他的声音铿锵有力，句句肺腑，曹北歌不知不觉泪水模糊了双眼，就连北歌的母亲也泪眼婆娑，只有父亲淡定点，见她们眼红的样子，忙咳嗽道："都老大不小的了，还哭哭啼啼，像什么样子。"

"你懂什么，这叫高兴，你这老头子真没情调。"北歌的母亲笑起来，瞪了他一眼，然后拉着北歌又进了厨房，剩下两个男人又坐下来聊天，不一会儿，菜就出锅了，四个人围坐在桌子边上，北歌的父亲特意拿出了珍藏多年的好酒和顾南筝对饮，一顿饭，一直吃到黄昏。

到最后，顾南筝和北歌的父亲都相继醉倒了。

两个女人分别负责自己的男人，将他们安顿好了之后，北歌和母亲坐到凉亭下，她轻轻把头靠在母亲的肩头，手搂着母亲的腰身，母亲溺爱地摸摸她的脑袋，缓缓笑道："我的女儿，长大了。"

"不管女儿怎么长，在老妈眼里，不都是小屁孩儿吗？"曹北歌嘿笑道。

"是啊，可是女儿要嫁人的嘛，嫁了人就离开我的怀抱，投向另一个人的世界啦。"

"老妈，你放心，我一直都是你的宝贝，谁也抢不走的。"

"傻瓜，嫁了人成了家，你就不能再像现在这样了，要有做妻子的责任，不能老任性，以后有了小孩，更要做好妈妈的义务，不能像之前那样吊儿郎当的了。"

曹北歌嘟着嘴，脸色微红："老妈，你说什么呢，什么当妈妈呀，早着呢。"

母亲微微一笑，道："我和你老爹年纪大了，都希望能早点抱到外孙，小顾人不错，对你也是真心实意的，既然他都上门了，我看这件事早办早好，也了却我和你老爹的一桩心事。"

曹北歌坐直身体，有些不自在地说道："可是我还想过两年才结婚呢。"

"傻丫头，女人能有多少个两年来虚度？遇见个好人就嫁了吧，我看得出来，小顾对你很用心，把你交付给他，我和你老爹都安心。"北歌的母亲用手搂住女儿，抬头看着天上的星星，缓缓道，"女儿就要嫁人啦。"

曹北歌轻轻靠在她的肩头，突然有些哀伤，自己若真是嫁人了，就不能时常回到爸爸妈妈身边，老妈说得没错，嫁人之后多了一份责任，那是对家庭、对婚姻，还有对孩子不得不承担起的责任。

那一晚，曹北歌和母亲睡在一张床上，母女俩一直聊到凌晨5点多才睡，等曹北歌睁开眼的时候，已经是第二天的下午1点多。

她洗漱一番打开门，发现小院里没人，只有厨房传来锅碗瓢盆的声音，她走过去，发现是母亲在张罗午饭，而顾南筝和自己的父亲却不知去了哪里。

"妈，我爸他们人呢？"曹北歌伸个懒腰，对着厨房里喊道。

"哦，他们说出去走走。"北歌妈妈看女儿起床，微微一笑，"小歌，你去镇上小店给我买瓶酱油回来吧,家里酱油用光了。"

"哦,好,我这就去。"曹北歌说完转身走了出去,脚上只穿着一双凉拖鞋。

等她把酱油买回来的时候,正好在家门口碰到顾南筝和自己的老爸,她嘿笑道:"二位去哪里潇洒去了?"

"你这丫头,穿得吊儿郎当就出门,一点样子都没有。"北歌父亲看了一眼曹北歌的穿着,笑着指责她。

曹北歌嘟嘟嘴,说:"又不是结婚,穿那么隆重干吗?你还没告诉我,你们去哪儿呢?"

顾南筝微笑道:"我和伯父到处转了转,这边风景真的很美。"

"那还用你说,咱这边的风景那叫一个独好,你在大北京是看不到的。"曹北歌边说边走进门,把酱油送到厨房里,顾南筝和北歌的父亲也相继走进小院,北歌父亲看着曹北歌出来,突然笑道:"你们聊,我去帮你老妈。"

曹北歌有些不自然地走到顾南筝身边,低声道:"我老爸有没有对你说什么?"

顾南筝看着她,摸着下巴,煞有其事地说道:"有啊有啊。"

"他都说什么了?"曹北歌紧张地抓住顾南筝的手,追问道。

"他说,你很调皮。"顾南筝顺势抓住曹北歌的小手,趁着不注意,一下在她唇上亲了一口,曹北歌面红耳赤,想挣开但顾南筝力气太大,她有些不知所措地说道:"我老爸他们看着呢。"

顾南筝看了看厨房的方向,呵呵一笑:"其实伯父伯母对我印象都挺好的,北歌同志,看来你离嫁给我的时间不久了。"

"放屁,谁要嫁给你,姑奶奶还没单身够呢。"曹北歌倔强地说道。

"你又来这招,告诉你不顶用了,我已经搞定岳父大人了,你就死了那条心吧。"顾南筝有些狡黠地笑起来。

"你搞定我爸?"曹北歌话一出口,突然意识到上了顾南筝的当,然后她举起手打在顾南筝胸膛,"谁是你岳父大人,乱嚼舌根,罚你今天中午不准吃菜,只能吃干饭。"

"不是吧,北歌,你这么狠,你家里人知道吗?"顾南筝哭丧着脸,可怜地问道。

午饭过后,顾南筝和曹北歌坐在二楼的走廊上乘凉,曹北歌虽然说不准他吃菜,但真正吃饭的时候,却给他夹了很多,两个人就那样安静地坐着,看着远方的青山，像是一层苍翠的琉璃，在阳光的滋养下，生机勃勃。

顾南筝突然对曹北歌说道："歌，你有没有想过在这里办一个农家乐？"

"农家乐？"曹北歌有些疑惑地看着他，说道，"我们这里好像没有这个东西哎，不过我听说在丽江古镇那边倒是蛮多的。"

"你看啊，这里风景很美，来旅游的人估计也不会少，如果弄一个农家乐，肯定能吸引更多的人来，那天我跟伯父也有讲过，我看得出来，他有这个想法。"

"听你一说，我也觉得可行，不过具体操作细节我一点都不懂，怎么搞？"

"你难道忘了我是谁？"顾南筝嘿笑道，"我可是五星级酒店的总经理唉，区区一个农家乐还能难住我？倒是你，堂堂总经理的秘书，竟然会被一个小小农家乐唬住，要是传出去，你这秘书还怎么当？"

"是啦是啦，顾总经理最厉害了，运筹帷幄，决胜千里，了不起，我这小小秘书只是个配角嘛，只能给你打扫打扫卫生什么的了，哪能跟您比？"曹北歌嘟着嘴有些阴阳怪气地说道。

"哎哟，我咋闻见酸溜溜的醋味了呢，有人貌似被我说到痛处咯。"顾南筝哈哈笑道，脸上的表情全是溺爱，在他看来，他不需要曹北歌做什么，也不需要她会什么，他喜欢的，是北歌那份至真至诚的心，以及那个永不言败的倔强的灵魂。

他伸出手轻轻将她揽在怀里，缓缓说道："等我们都老了，就到这里来定居，我没事就学伯父划船打鱼，你就在家里做饭，晚上的时候咱们就坐在这里，看满天的星星，你说好不好？"

曹北歌紧紧靠着他，轻轻地点头，如果真有那么一天，该是多么幸福的事情，她看着渐渐昏暗下来的天色，突然抬起头，笑道："筝，我们出去走走吧。"

顾南筝看看她，笑了笑，说道："好啊。"

说完两人走下楼来，曹北歌跟母亲打了声招呼，就牵着顾南筝的手走出门去，两人沿着水泥小路走了十多分钟，就到了河边。

河水清澈，波光粼粼，夕阳的光幕罩在水面上，把它点缀得像是一块五彩斑斓的镜子，河岸两边是青嫩的水草，偶尔有鱼群在水草底下穿梭，顾南筝想弯下身子去捉，却怎么也捉不到。

曹北歌笑道："它们狡猾得很，你就算看到它们在水草底下，也捉不住的。"

顾南筝试了几次，果然没有收获，倒把衣服给弄湿了，不过天气逐渐炎热，他并不觉得不舒服，曹北歌微笑着看他，浅浅的酒窝，晶莹深情的眼神，让顾南筝有些失神，他愣了好一会儿，才一把将她抱住，趁她不注意，一下就吻上她的唇。

曹北歌急忙挣开，低声道："有人看着呢，你这个流氓。"

顾南筝这才注意，不远处的河边也有人，不过应该没关注这边，他嘿嘿一笑："我是流氓，你就是流氓媳妇，有道是，不是一家人不进一家门嘛，流氓老婆，咱们走咯。"他说完一把将曹北歌拦腰抱起，然后迈开步子就向前跑去，曹北歌脸色潮红，大喝道："快放我下来。"

顾南筝哪里肯放，一直抱着她跑了五分钟，最后在一座石桥边停了下来。

石桥是横亘在河面上的，不宽，但很长，从桥上看下去，下面的流水清澈见底，鹅卵石圆润剔透，来来往往的鱼儿嬉戏玩耍，与这青山苍翠完美搭配在一起。

曹北歌和顾南筝就靠在石桥边的栏杆上，夕阳已经渐渐沉没，昏暗纷至沓来，黑夜总是很及时地把世界渲染，只留下这最美丽的一瞬，像是流星般错落的一瞬。

两个人都没有说话，看着渐渐隐入山那边的光线，一边的顾南筝突然转身对着曹北歌，神情严肃。

曹北歌看着他，有些不知所措，突然，顾南筝单膝跪地，从衣服口袋里掏出一个盒子，然后轻轻地将它打开。

一颗璀璨的钻石戒指安静地躺在里面，看上去高贵而典雅，曹北歌捂着嘴，有些惊慌，这时候桥上路过的人被这一幕吸引，慢慢地聚拢过来。

顾南筝很认真地看着她，慢慢说道："北歌，认识你的这段时光，是我人生中最快乐的时光，也是我最伤痛的时光，快乐是因为你无时无刻都给我正能量，带给我很多惊喜，而伤痛，是因为你的痴傻，为了我，你差点丢了性命，你可知道，我多么希望那个受伤的人是我，与你相遇的这些日子，我觉得每天都好有意义，是你让我找到了生活的本真，如果没有遇见你，或许我此刻正在北京的高楼大厦上孤芳自赏，或许已经沉沦在夜店的角落里烂醉如泥，一切都是因为你，你的肯定，你的倔强，你的真诚，是你让我懂得人生可以有很多种活法，今天，在你的故乡，在这个生你养你的土地上，我这个外来人，真诚地向你求婚，希望你能接受我，接受如你心中所想的那个我，嫁给我，好吗？"

他的话坦诚而直率，是发自内心深处的，曹北歌的眼泪不知道什么时候已经流出眼眶，淡淡的泪痕模糊了眼睑，周围聚集的人越来越多，他们大部分都认识北歌，不知道是谁突然喊了一声"答应他"，一下子就形成一个效应，所有人都异口同声地喊起来："答应他，答应他。"

曹北歌笑了，带着眼泪而笑，她狠狠地点着头，顾南筝看着她，欣喜地拿出戒指，然后看着曹北歌伸出的手，缓缓将那枚钻戒戴在了北歌的无名指上。

曹北歌含着泪将顾南筝拉起来，顾南筝紧紧拥抱着她，身后的人又开始咋呼起来：亲一个，亲一个。

顾南筝低下头，深情地亲吻她，他们头顶的天空上，星星满布，不停闪耀，像是为他们的爱情庆祝而绽放的烟火。

回到曹北歌的家已经是晚上9点多，两人幸福地牵着手，一进门，就看见北歌的父母坐在凉亭里，正目不转睛地看着他们。

曹北歌急忙甩开顾南筝的手，有些不好意思地走到母亲身边，笑道："老爹老妈，咋还不睡？"

北歌的父亲没有说话，只是有些发笑，母亲看了看北歌，又看了看一旁的顾南筝，缓缓叹息道："女儿真是长大咯。"

曹北歌有些不知所措，不明白母亲为什么会突然说这句话，还是父亲比较直接，大笑道："小顾向你求婚的事，你二叔公的儿子已经跑过来告诉我们了，你是没看见，当时你妈都乐坏了，还哭鼻子了呢。"

"谁哭鼻子了，我那是高兴。"母亲突然白了自己丈夫一眼，然后拉住北歌的手，轻柔地说道："小歌，妈替你高兴。"

"原来，你们都知道了，我还说给你们二老一个惊喜呢。"顾南筝终于插上话，有些不好意思地挠挠头，北歌的父亲大笑道："小顾，以后我们就是一家人了，快过来坐。"

顾南筝坐下来，认真地看着两位老人，郑重地说道："伯父、伯母，我会一辈子对北歌好，要是我做不到，你老人家就用扁担抽我。"

"都一家人了，还叫伯父、伯母，该改口了。"北歌的父亲大笑起来，拍拍顾南筝的肩膀，又说道，"你小子不错，我喜欢，让你当女婿我觉得行。"

顾南筝看着他们，突然站起来，向他们深深鞠躬，然后说道："爸、妈，你们放心，我会一辈子照顾北歌，不让她受一点委屈。"

"有你这话，我就放心了。"北歌的母亲看着顾南筝，又看了看身边的女儿，突然伤感起来，"我们就这么一个女儿，平日里宠坏了，小顾，你要多担待些，她脾气要是不好的时候，你多包容，我相信我们家小歌是真心喜欢你的，我和他爸祝福你们。"

"我会的，妈。"顾南筝溺爱地看着北歌，眼神中那份坚定，犹如磐石。

那个夜晚，他们聊到很晚，一来是因为两个年轻人将要完成的事情，二来是他们要准备搞的农家乐。第二天一大早，顾南筝早早起床，打电话联系了北京的朋友，然后找到了在云南的建筑公司，开始着手准备修建农家乐的事宜，而他和曹北歌，动身飞回北京，顾南筝决定，要将他和曹北歌的事情，亲口告诉自己的父亲顾天海。

　　走的时候，北歌的父亲一再叮嘱，希望在农家乐建成的时候，顾南筝可以带着自己的父亲到这里来做客，毕竟他们很快就会是亲家了。

　　飞机到达北京首都国际机场已经是下午时分，曹北歌有些累了，顾南筝带着她回到住的地方，让她好好休息，自己又马不停蹄赶到了公司，可是他怎么也没想到，一个人已经在他的办公室里，足足等了两个小时。

第三十七章
错乱的纠葛

顾南筝见到宁阳的第一眼,表情有些凝固,一边的尹晓梅看着一向严肃的顾总,心底暗暗吃惊:这个女人,到底会是谁呢?怎么会让顾南筝露出那样的表情?

顾南筝对晓梅点点头,示意她可以出去了,尹晓梅这才转身离开,刚一出门,她就掏出电话,拨通了曹北歌的号码。

可是电话响了半天也没人接,她哪里知道北歌因为坐飞机累坏了,这时候正睡得香呢。

她又打了苏大碗的电话,那边刚接通,晓梅就咋呼起来:"苏大碗,你说北歌是不是咱们最好的姐妹?"

苏皖有些丈二和尚摸不着头脑,倒还是坚定地说道:"当然了,北歌是我们的铁姐妹,谁要是敢动她、欺负她,我第一个削他。"

"那好,那咱们要做好打仗的准备了。"晓梅的声音很严肃,这让电话那头的苏皖有种风雨欲来的感觉。

她急忙问道:"怎么回事,难不成还真有人欺负咱们北歌?不能够啊,咱北歌可是金刚葫芦娃附身,号称打不死的'小强',她不去欺负别人就不错了,谁敢招她?你把话说清楚。"

晓梅怕酒店的人听到,就走出了公司,站到酒店外的树荫下缓缓说道:"你还记得那个顾南筝不?"

"顾南筝?不是北歌的男朋友吗,上次人家去酒店约会,你不是逼着他们当着很多人的面接吻来着，怎么了？是他欺负北歌了？"苏皖疑惑地问道。

"欺没欺负我现在是不太肯定，但是今天我们酒店来了一个女人，一上来就指名道姓找顾南筝。"晓梅缓缓说道。

苏皖一听，立马喝道："你怀疑那女的是顾南筝的情人？"

"具体情况我也不敢说，要不这样，我马上就下班了，估计你也快了，咱们约个地方，我再仔细讲给你听，这关乎着北歌的幸福，咱们作为她的好姐妹，一定要帮她把好关。"晓梅叹息一声，郑重地说道。

"嗯，好，那一会儿老地方见。"苏皖说完挂了电话，而晓梅又进了酒店，离下班时间还有半个小时，这时候的顾南筝真希望时间可以过得快一点。

办公室里，宁阳就坐在顾南筝的对面，她还是那么美，一如顾南筝珍藏的照片上那般，一头干练的短发，让她看上去英气逼人，她穿白色的衬衫，下身套一条紧身牛仔裤，脚上的高跟鞋与她的身材相得益彰，虽然穿着朴素，但一眼就能看出来大家闺秀的潜质。

事实上，宁阳出身确实是名门望族，他的父亲与顾南筝的父亲是生意上的伙伴，两家算是世交，宁阳在很小的时候就和顾南筝待在一起，还记得很小的时候，他们玩过家家，顾南筝答应过她长大会娶她为妻，这个诺言，一直铭刻在宁阳心里，后来顾南筝参军，进了特种部队，转业之后，宁阳来找他，当时他一句无心的玩笑话，竟然让眼前这个女孩，奋不顾身地投身去了部队，这一去，就是五年。

如今，当初那个懵懂的小女生已经不见，站在顾南筝面前的，是一个成熟干练并且在部队有着极度威信的美女教官，时间真的是最好的催化剂，拉扯着那些斑驳的青春回忆，在他们渐渐老去的年华里，抹上重重的一笔。

顾南筝有些艰难地开口，却不知道该说什么，只问了一句："你怎么会来？"

宁阳微微笑道："南筝哥，你好像变了。"

顾南筝没想到她会这样说，有些尴尬地掩饰道："我变了吗？不是老样子吗？"

"不对，你就是变了，以前的你可不会对宁阳这样疏远。"宁阳站起来，走到顾南筝身边，伸手挽住他的右臂，将头靠在他的肩上，缓缓道，"你知不知道，当兵的这几年，我每天都在想你。"

顾南筝本能地想挣脱，可是宁阳抓得死死的，他感受到宁阳身体的温热，大脑深处凌乱极了，突然间，曹北歌的身影出现在脑海里，像是一道闪电，将他不安分的心撕裂，他轻轻推开宁阳，走到酒柜旁边作势取酒，缓缓笑道："你回来了，你爸爸知道吗？"

宁阳跟着他走到酒柜边上，淡淡道："他知道我回来了，但我一下飞机就往这儿来，是爸爸告诉我你在这里的。"

"你这姑娘，怎么这么任性呢，你和你爸爸都这么久没见了，他一定很想你，你快回去看看他嘛。"顾南筝仿佛抓到了救命稻草，现在只要能将宁阳支走，就算是阿弥陀佛了。

"可是宁阳真的很想你啊，南筝哥，我爸那里我会应付的，今天我要你陪我逛街吃饭。"宁阳撒娇地笑起来，拉着顾南筝的手来回摇摆。

"可是我还要上班，还在工作啊，你先回家看看你爸爸，等我空闲了我一定陪你好不好？"顾南筝开始走曲线救国的路线。

"我可以等你下班啊，当总经理也不用24小时工作吧。"

顾南筝闭上眼睛就是天黑，看来这丫头是跟自己铆上了，他叹息一声，倒了一杯拉菲给宁阳，然后坐到电脑面前开始处理这段时间去云南留下的工作，宁阳就站在他的边上，用水灵灵的眼睛看着他，那是一双充满爱意的眼神，火热并且毫不遮掩，或许在宁阳的世界里，顾南筝已经是全部。

半个小时后，尹晓梅和苏皖同时到了老地方餐馆，两人一碰面，苏皖就拉着晓梅的手，匆忙地问道："到底怎么回事？"

"你先别急，听我慢慢跟你说。"晓梅拉着她走进餐馆，坐到最后的位子上，然后点了一些小菜，才慢慢说道，"今天中午，我在酒店值班，一个女的走进来，指名道姓要找我们老总，也就是顾南筝，我以为是生意上的伙伴，就把她带到了办公室。"

"最近顾南筝不是和北歌出差去了吗？"苏皖疑惑道。

"嗯，说是去出差，但我想应该是小两口出去散心去了，早上的时候我接到顾南筝的电话，他说下午会回来，所以我才让那个女人上去等他的。"晓梅喝了一口水，继续说道，"顾南筝回来的时候，你是不知道，他看见那女人的神情，就像老鼠见到猫一样，我从来没见过他这样子，所以我才心生警惕，叫你出来商量商量，咱们北歌这次的对手有些强大啊。"

苏皖听她讲完，大笑道："那女的有三头六臂没？"

"没啊。"

"既然没三头六臂，又不是哪吒，咱怕她干吗？"

"苏大碗，以我多年经理人的经验，我看人的眼光绝对不会差，那个女人不简单啊。"晓梅叹息一声，似乎在为曹北歌接下来要面对的事情捏一把汗。

苏皖甩甩头发，缓缓道："那怎么办？总不能找个麻袋套在人家头上，然后扁她一顿吧。再说了，现在情况还不分明，那女的要真是顾南筝的姘头，咱们师出有名倒还好说，要是人家只是普通朋友或者生意上的伙伴，咱们贸然行动可就麻烦啦。"

"你说的我懂，你说说，咱们要不要把这个事告诉北歌？"尹晓梅问道。

苏皖沉吟一会儿，摇摇头："暂时别讲，人家两人正甜蜜如火，你现在把这事情抖出来，按照北歌的脾气一定打破砂锅问到底，要是到时候出了岔子，咱们可就是罪魁祸首了。"

"那咋办？"

"你最近注意观察顾南筝的动向，看他和那个女的到底什么关系，我也动用点身边的资源，查查那个女人的底细，咱们知己知彼，百战不殆，一起帮北歌打赢这场攻坚战。"苏皖沉声道。

两人商议完毕，吃了一些东西，然后才各自离开，这时候的顾南筝却被宁阳死磨硬泡地拉着，徒步走在繁华的大街上。

北京的夜晚，华灯初上，霓虹灿烂，无数的灯火渲染着这座城市的恢宏，宁阳一直拉着顾南筝，生怕他跑掉，顾南筝几次想挣开都无济于事。

陪宁阳逛了几家服装店，最后他们走进一家西餐厅，宁阳说已经有很久没在北京的餐厅吃过饭，今天无论如何都要顾南筝请她一顿。

这家西餐厅顾南筝之前有来过，里面的迎宾一眼就认出来，她看着顾南筝，又看看身边的宁阳，微笑道："顾总，你可是很久没来了。"

"最近工作太忙。"顾南筝缓缓一笑，在迎宾带领下走上二楼，在一个靠窗的位置坐下来，然后点了餐。

很快，服务员把所点的菜品端了上来，并开了一瓶拉菲，宁阳看着顾南筝，傻傻地笑道："南筝哥，你是这里的常客吗？"

"以前经常会来，这段时间工作忙，就很少来了，这里的菜不错，你尝尝就知道啦。"顾南筝微笑着说道。

宁阳点点头，端起红酒杯，优雅地摇晃起来，然后放到唇边轻轻抿了一口，然后露出雪白的牙齿，说道："说起品酒，估计很少有人是你的对手哦。"

"你就别捧我了，年轻时候不懂事，就知道贪杯，现在不行了。"

"还记得小时候吗，你到我家，偷了我爸的一瓶茅台，结果一口喝下去之后，足足躺了两天，可把我们吓坏了，还害我被老爸狠揍了一顿呢。"宁阳一边说一边绾绾头发，干练的发线与红酒杯里的颜色相互映衬，看上去美轮美奂。

如果这个时候的顾南筝没有遇见曹北歌，没有与她发生这么多的事，估计会沉迷在宁阳的那份美丽里，事实上很少有男人能抵御住她这样的女人。

顾南筝缓缓一笑："那个时候哪里懂什么酒，还以为是大人藏起来的饮料，现在想想，真是幼稚。"

"那叫童真，那些美丽的时光，真的一去不复返了。"宁阳突然有些感伤，她放下杯子，认真地看着顾南筝，突然问道："南筝哥，你还记得你答应我的事吗？"

顾南筝一愣，心想：完了完了，这丫头果真要说到点子上了，但他不能表现出来，只好装傻道："什么？"

"你不记得了啊？小时候你答应我的，等我长大了，你就娶我呀。"宁阳说这话的时候脸不红气不喘，仿佛拉家常一样。

"宁阳，那个小时候说的话，怎么可以当真呢？那时候咱们什么都不懂，你就当是玩游戏，别太较真了。"顾南筝有些慌张地说道。

"南筝哥，小时候说的话我可以不当真，那后来你说的话呢，不是真的吗？你说你希望你的女人和你一样，经过部队的洗礼，成为一名合格的战士，只要我能做到，你就娶我的，我现在做到了，为了你，我吃再多苦也愿意的，这五年来，我每天都在坚持，就是因为你的一句话。"宁阳的语速并不快，但每一字每一句都深深刺入顾南筝的心底，这正是他所担心的。

就在顾南筝无言以对尴尬的时候，电话响了，他拿起来一看，是曹北歌打来的。

他慢慢站起来，对着宁阳解释道："你先坐会儿，我接个电话。"说完就朝卫生间走去。

曹北歌醒来之后没有见到顾南筝，心里莫名地空虚起来，她看到了晓梅的未接来电，打过去之后晓梅只说有点小事而已，她挂了之后才打给顾南筝，询问他什么时候回家。

顾南筝有些无奈地回答："现在在陪一个客户，不用多久就会回去。"

两人寒暄了一番，顾南筝挂了电话走回座位，宁阳歪着脑袋看看他，缓缓问道："谁呀？神神秘秘的。"

"一个朋友。"顾南筝端起杯子喝了一口酒，看了看宁阳，说道，"宁阳，能再见到你，我很开心，是那种发自心底的开心，其实在我眼中，我一直把你当亲妹妹看待，你有任何困难，我就算肝脑涂地也要帮你，谁敢欺负你，我把脑袋别在裤腰带上也帮你出气，可是我真的不知道该怎么跟你说，你明白吗？当初我说那些话的目的，是想让你知难而退，可是我没想到你竟然当真，并且为了那句话一头扎进部队，一去就是这么多年，我真的很抱歉，如果一切可以重来，我希望那句话一直不说出口。"

宁阳有些惊讶地看着他，脸上的表情充满着难以置信，还有无尽的不解，她有些惊慌地站起来，膝盖撞到桌子，差点将红酒杯打翻，她看着顾南筝，有些颤抖地说道："南筝哥，这个玩笑一点儿也不好笑，这算是你给我的惊喜吗？那我不要，我不要这样的惊喜。"

听着她带着哭腔的声音，顾南筝也慌了，他最怕女人的眼泪，急忙站起拍拍宁阳的肩膀，没想到宁阳竟然一下扑到他怀里，失声哭起来："你知不知道，这五年的时间有多漫长，要不是想着你，我真不知道该怎么熬过，我一直相信你不会骗我，也不能骗我，你在跟我说着玩的对不对，你是故意要让我在你面前哭鼻子的对不对？如果是这样，你做到了，在你面前我还是当年那个爱哭爱闹的小女生，还是那个追在你身后的小宁阳。"

顾南筝被她抱住，听着她的话语，心中一阵酸楚，眼前这个女孩，为了他做了很多很多，这也是他最为难过的事情，如果他不遇见曹北歌，那这辈子，他一定会娶宁阳，可是偏偏一切的缘分纠葛如此诡异，让他不得不做出选择。

他伸手轻轻摸摸宁阳的脑袋，缓缓说道："都这么大的人了，还哭鼻子，要是被其他人看见，羞也羞死了。"

说完他轻轻扶住宁阳的肩膀，看着她有些微红的眼睛，微笑道："已经很晚了，我送你回去吧。"

宁阳点点头，跟着他走出西餐厅，顾南筝开着车，将她送回住处，然后马不停蹄往家里赶。

本来宁阳要留住他的，顾南筝使出浑身解数才借口逃脱，最后的代价是，下个礼拜天要陪宁阳去游乐场疯一天。

这时候的顾南筝只能妥协，以此来逃离现场，回到家里的时候，已经是11点多，一进门，就看见曹北歌靠在门边，正在等他回来。

"你怎么还不睡？"顾南筝轻轻搂住她，在她脸上吻了一下，问道。

"你不在，我睡不着。"曹北歌搂住他的脖子，嘻嘻笑道。

"吹牛吧你，明明中午的时候睡得跟只小猪似的，我看是睡够了，现在没有睡意了吧。"顾南筝伸出手刮刮她的鼻子,笑道。

"是啊,睡得稀里糊涂的,晓梅打电话都没接到,醒来发现你还没下班,就问问你,今天陪哪个客户应酬去了?有没有喝超量呀?"

"你看我这样子像喝高的人吗?再说了,你老公何许人也,在古代那叫作千杯不醉。"顾南筝一把抱住她,走到沙发边上,然后将她放下去,随之倒在她身上,鼻尖正好碰到北歌的脸。

没等曹北歌反应过来,他就亲了上去,曹北歌赶紧用手挡住他的嘴,笑道:"先去洗澡,一身汗,臭死了。"

"不洗不洗,臭男人臭男人,不臭怎么叫男人呢?"顾南筝摇摇脑袋,嘿笑道,"老婆大人,今天人家这么辛苦,你不犒劳一下我吗?"

曹北歌歪过脑袋,眨着眼睛笑道:"那我们家的南筝大人,需要什么奖励呢?"

"别无所求,只求姑娘你香吻一个足矣。"

"不要,不要。"

"要嘛要嘛。"

"不给,不给。"

"给嘛给嘛。"

"先去洗澡。"

"亲完就去。"

"去了再亲。"

"那好,石头剪刀布。"

"来就来。"

曹北歌是个简单的女人。

在她看来,爱情是一件并不棘手的事情,她可以轻松地面对这种突如其来的幸福感,以至于在顾南筝面前,她完全坦诚地交出自己,包括身体和灵魂。

有人说,情感的分子一旦扩散,就会蔓延成无尽的灾难,这些灾难犹如狂风骤雨,在人们最脆弱的时候袭来,将所剩的唯一的记忆和力气摧枯拉朽般撕碎,随后变成泡沫,消失无踪,正如那情感从未出现过一样。

也有人说,情感所承载的,是伤痛之后的喜悦,是一种难以磨灭的冲动和快感,那是心底深处滋生的萌动,犹如春寒料峭,磅礴而向上。

曹北歌或许对这两种说法都嗤之以鼻,在她的思维里,只有简单的两个字:

相信。

她相信顾南筝，就像她相信自己一样，或许这就是笨女人唯一的砝码。

曹北歌回到酒店继续上班，是第三天之后了，顾南筝特意让她休息了两天，她一回来，酒店的人们所有的眼光都聚焦过来，这让她很不适应，还是晓梅懂事，帮她收拾那帮看热闹的家伙，然后趁着空当的时间，拉着她跑到了酒店的顶楼。

"晓梅，你带我到这里干吗啊，我还在工作呢。"曹北歌看着自己的好友，疑惑地问道。

"歌，你信不信我？"晓梅一上来就严肃地问她。

曹北歌认真地点点头，说："你和大碗都是我最好的朋友，我当然信你。"

"那好，那你向我保证，接下来你听到的每一句话都要保密，不能告诉顾南筝。"

"搞什么啊晓梅，神神秘秘的，是不是顾总经理欺负你了，还是他克扣你工钱？你跟我说，我一定修理他。"曹北歌拉着她的手，笑着说道。

"不是这个啦，歌，你听我说嘛。"晓梅看着她，神情肃穆，"你相信顾南筝吗？"

曹北歌有些发蒙，但还是点点头道："我信他。"

"歌，我的好姐妹，男人靠得住，母猪也能上树啊，宁可相信世界上有鬼，也不能听信男人那张嘴，你凭啥这么肯定？"晓梅甩着脑袋问道。

曹北歌扑哧笑道："要是几个月前你这样给我讲，我一定跟你的想法一样，可是现在我发现并不是这样的，我是从心里相信他的，或许，这是我的第六感吧！"

"狗屁第六感。"晓梅有些抓狂起来，"事到如今，我也不想瞒你了，我特意带你到这里来，就是想告诉你，顾南筝在外边可能有小三。"

曹北歌听到晓梅的话，顿时火冒三丈，然后鼓起腮帮，双手叉腰，怒吼道："他敢养小三？走，姐妹儿，带上苏大碗，帮我灭了他。"

"你说真的？"晓梅突然来劲儿，兴奋地问道。

"当然是假的。"曹北歌立马吐出一口气，嘿笑道，"晓梅啊，你哪只眼睛看见我们家南筝养小三了？有道是饭可以乱吃，话不能乱说哦，罚你今天晚上请客。"说完她转过身，摆摆手，"走吧，还要工作呢。"

"不是啊，歌，你听我说嘛，唉，你等等我啊。"晓梅看着越走越快的曹北歌，连忙摇头追上去，边走边嘀咕道，"这姑娘，是真的走火入魔了。"

回到办公室里，顾南筝正在埋头处理文件，这是几家连锁酒店传过来的月销售总额分析表，曹北歌怕打扰到他，只是给他倒了一杯热水，然后安静地坐到旁边的椅子上发呆，眼睛时不时看向他，她突然发现，从这个角度看过去，顾南筝简直帅到了极点。

她的心里突然想起晓梅说的话，如此优秀完美的男人，喜欢他的女人估计能组成一个团，他要养小三，还不是轻而易举的事？她刚有这个想法，就被自己掐掉了，她拍拍脸，在心里告诉自己：你要相信他，你要相信他。

曹北歌的小动作引起了顾南筝的注意，他抬起头，伸个懒腰，然后站起身来，走到曹北歌身边，轻轻搂住她，挨着她坐了下来。

"你刚才在干吗啊，又拍又掐的，像个神婆。"顾南筝打趣地笑道。

曹北歌靠在他肩头，摇摇脑袋，说道："没有了，就是看你辛苦，想着晚上做什么吃的犒劳你。"

顾南筝邪邪一笑，道："有你犒劳我就够了。"说完就对着她的唇吻了上去，曹北歌连忙挣扎道："有人呢。"

"哪有人啊？"

正说着呢，响起了敲门声，曹北歌赶紧站起来，顾南筝有些不悦地咳嗽一声，走到办公桌前，沉声道："进来。"

晓梅脸色有些慌张地走进来，道："顾总，酒店有麻烦了。"

顾南筝看着晓梅的神情，这个职业经理人平常表现出的自信和干练一直让顾南筝很放心，可是现在，他从她脸上看到了焦虑。

"怎么回事？"顾南筝问道。

"有一桌客人在我们酒店消费之后，全部进了医院，检查的结果是食物中毒，现在已经被媒体知道了，酒店门口围了一帮记者，我刚才已经出面解释过了，但人越来越多，我怕这个事情很难收场了。"晓梅缓缓说道，听得出来她的声音里有一种难以抹平的忧虑。

顾南筝一听，来回走了几步，然后沉声道："把今天所有进出的食材集中起来，推掉所有的订单，今天咱们酒店不营业了，把负责进货的人都给我找来，另外，尹经理，你去厨房检查一下，有没有过期的调料和食品，发现的话全部给我收集起来，然后你把所有厨师都集中起来，等我回来。"

"你要去哪儿？"曹北歌看他要走，急忙问道。

"门口那帮记者不去打发怎么行？"顾南筝回头看看她，笑道，"放心吧，不会有事的。"

"我陪你去。"曹北歌倔强地说道。

"你不能去,这些记着全是来找八卦新闻的,你要是去了估计事情更麻烦,到时候顾总会很头疼的。"晓梅连忙说道。

"晓梅说得对,你别去了,如果你想帮忙的话,就跟着晓梅一起吧,她的任务可不轻呢。"顾南筝说完,微笑着看了她一眼,然后走出门去,晓梅拉着她的手,沉声道:"走吧,我们得快点,要是让肇事的跑掉,可就麻烦啦。"

曹北歌听她话语里的意思,好像这次食物中毒事件是有人在背后操作的,难道又是上次那个马克?

但他不是已经被抓了吗,怎么可能还会找酒店的麻烦?

这时候想什么都是多余,晓梅带着她快速地进了厨房和仓库,两人兵分两路,开始收集材料,而一边的顾南筝,正在接受记者严厉的"拷问"。

"顾总,上次君皇酒店的形象事件才平息没多久,这次又是食物中毒事件,不知道您作为酒店的负责人,有什么想说的呢?"

"顾总,听说这次食物中毒是因为你们内部人员采用了过期食物和调料,堂堂五星级酒店出现这样的事情,你作何解释呢?"

"顾总,我们听说你们的进货人员用的全是最便宜的食材,好像还有用地沟油的嫌疑,这次食物中毒,是否跟地沟油有关呢?"

面对一连串的问题,顾南筝脸色严峻,但他并没有退却,等到这帮记者停下来,他才缓缓道:"各位记者朋友,这次食物中毒事件是个意外,具体情况要等医院那边给出准确的结果,至于刚才你们提出的疑问,我可以明确地告诉你们,都是不存在的,我们君皇酒店不管是食材还是调料,都是最好的,至于刚才有记者朋友提到地沟油,我倒是想问问你,你见过国家统一认证的地沟油吗?"

他的话一说完,下面立刻就炸开了锅,顾南筝轻松地将事情缓解,虽然并没有从根本上解决问题,但至少给自己争取了时间。

他看着聚集的人群,继续说道:"各位记者朋友,我不知道是什么风把你们吹来的,但我并不惊讶,相反,我很欣慰,正好你们来了,我可以借这个机会,向在暗处放冷箭的那些鼠辈提个醒,人在做天在看,你不要太嚣张,嚣张是要本钱的,小心把老命都丢掉。"说完他转过身,快速走进酒店,留给所有媒体一个大大的疑问。

这时候的曹北歌和晓梅已经将所有东西集中起来,顾南筝来的时候,尹晓梅缓缓说道:"材料都没问题,但我在厨房发现了这个。"她说着举起手来,顾南筝看过去,那是一瓶料酒,颜色浑厚,看上去不像有问题。

"这是黄酒,用来调味的,我特意看了今晚那桌客人的菜单,里面的菜根本用不到这个,但是却有人在做菜时用了,并且加大了量,医院那边的消息说,这批中毒的人都是对黄酒过敏,看来是早有预谋的,顾总,接下来怎么办?"晓梅叹口气说道。

"这些东西全都别动,我想有关部门很快就会上来查,我们不动反而好些,晓梅,你留在这里等检查,另外你把今天厨房所有人都给我看好,等我回来。"顾南筝沉声道。

"你要去哪儿?"曹北歌问道。

"我得去趟医院,看看那些人。"顾南筝温柔地看着她。

"我陪你去吧。"

"好吧。"顾南筝没有拒绝,看了一眼晓梅,便带着曹北歌去了医院。

从医院出来,已经是傍晚,顾南筝又马不停蹄赶回酒店,因为食物中毒事件,酒店并没有营业,他和曹北歌走进大厅,看到晓梅把所有人都召集起来,正在训话。

"你们当中有的人吃了猪油蒙了心,试问酒店没有对不起大家一丝一毫吧,你们就忍心干出这种事来?这件事情全部的责任都在厨房,我想问你们大家,你们这样做,你家里人他妈的知道吗?"晓梅越说越生气,到最后竟然带起了脏字。

顾南筝走过去,看着站在面前的所有员工,咳嗽一声,微笑道:"大家想必都知道酒店出了什么事情,这里我就不多说了,我只希望这件事不会影响大家以后继续工作的态度,当然,对于这件事的始作俑者,我不怪你,但也不能放纵你,你如果能够自己站出来,把事情说清楚讲明白,这里还是你的家,但你不愿意说,被我逮出来,那对不起,你只能卷铺盖走人,而且去的只有一个地方,那就是——监狱。"

顾南筝看着他们,缓缓掏出烟来,笑道:"你们都知道,我在你们面前工作的时候从不抽烟,但我现在很生气,所以我破戒了,刚才说的话绝对不是危言耸听,我绝对有这个能力说到做到。"

他说着将烟点燃,然后吐出烟圈,邪笑道:"你们大概知道我之前是做什么的,我旗下的商情通公司覆盖的面积占到北京的五分之四,不管是谁指使你,我都能查得到,怕就怕到时候你只能去监狱里忏悔。"

所有人都没有说话,全场安静得针落可闻,顾南筝叹息一声,嘿笑道:"看来大家都没做过这种龌龊的事儿，我很欣慰，好了，没事了，大家散了吧，今天不用营业，大伙收拾一下，就下班吧，明天也可以不用来上班了，具体上班时间会有人通知的。"

说完他带着曹北歌、尹晓梅进了电梯，回到了办公室。

一进门，晓梅就问道："顾总，明明就是厨房的责任，你怎么？"

"尹经理，我知道事情发生在厨房，但这个事情绝对不是我们自己人干的，你帮我查查监控，今天除了厨房的人，有没有人进过里面。"顾南筝坐下来摸着脑袋，靠在沙发上。

晓梅点点头，他知道顾南筝这么肯定的原因是什么了，如果真是厨房的人干的，刚才那种情况下，一定会被他逼出来，可是没有一个人动摇，那就说明，真的不是他们做的。

她转身走出办公室，去调查监控去了，曹北歌看着疲惫的顾南筝，缓缓走过去，帮他捏了捏肩膀，缓缓说道："别担心，事情会过去的。"

顾南筝闭上眼，呼吸沉重："我担心的不是这个，基于上次马克的事情，我是怕他针对你。"他说着伸手抓住曹北歌，轻轻说道，"本来还说回来带你去见我爸的，可是一直耽搁到现在，如今又遇上这摊子事，只能委屈你啦。"

曹北歌摇摇头，没说什么，这时候晓梅进来了，她一进门就笑起来："顾总，你真是料事如神，我看了监控，这桌客人点完菜之后，有一个黑衣人进了厨房，并且趁厨师不注意的时候，把料酒倒进了菜里。"

"看清这个人长相没有？"顾南筝问道。

"我在监控里一直看他的动向，没想到他从厨房出来之后径直去了那桌客人的房间，就再也没出来过。"晓梅停顿了一下，又说道，"我问了传菜部的人，他们说那桌客人点菜之后很急躁，有个穿黑衣服的人下来催过菜。"

"这么一说，他们是自己给自己下毒？"曹北歌算是听明白了，真是世界之大无奇不有，自己给自己下毒的事都干得出来，这帮人用心之险恶简直令人发指。

"另外，顾总，我刚上来的时候接到门口通知，说安检部门过来检查，我下去看看。"晓梅看着顾南筝说道。

"你去吧，剩下的事情我会处理。"顾南筝点点头，等晓梅出去之后，他才缓缓道，"歌，我先送你回家吧。"

"我不回去，我知道你要去哪里，我陪你。"曹北歌倔强地看着他，说道。

"好吧。"顾南筝牵着她，走出办公室，然后开车直接往医院赶去，他相信，那个下毒的人一定在医院，一时半会儿跑不了。

果然，到了医院之后，顾南筝经过晓梅之前的讲诉，一下就找到那个穿黑衣服的人，这家伙正在病房看电视，模样悠闲。

顾南筝推开门，微笑着走进去。那人没想到顾南筝会来，有些慌张，脸上的表情也十分怪异，顾南筝搬了一把凳子坐到他面前，沉声道："你小子，让我好找啊。"

那人强装镇定地说道："你……你说什么，我听不懂。"

"你以为你成了病号我就不敢收拾你了？你以为你自己给自己下毒就能逃之夭夭了？你以为这样子就可以嫁祸到我们酒店头上了？"顾南筝一连串的以为让那人脸色灰白，眼神中散发出一丝恐惧。

"你现在告诉我是谁叫你这么干的，或许你还有机会不进监狱，不然的话，接下来的日子你只能在里面去唱铁窗泪咯。"顾南筝站起身来，说道，"我时间有限哦，你要是不说，我可就把监控录像交给警察了，不出十分钟，你就只能去局子里看电视了。"

"我说我说，是马明叫我做的。"那人终于开口说出来，顾南筝眉头一皱，缓缓道："马明，是你？"

马明是马克的儿子，小时候跟顾南筝关系不错，那时候他、马明和宁阳是最好的朋友，长大之后，顾南筝发现马明很喜欢宁阳，但宁阳却一直都黏着自己，这让马明很不开心，渐渐地两人关系越来越远，几乎都不再联系了，后来顾南筝参军，宁阳上学，马明也去国外进修，这一去就是多年，没想到他竟然回来了，并且对自己下这样的黑手，不用想也知道，肯定是因为他父亲马克的事情。

他走出医院，带着曹北歌回了家，现在事情算是真相大白，但绝对不会就这么简单，马明是个什么样的人顾南筝最清楚，他就好比沙漠里的响尾蛇，总会在你放松的时候，给你致命一击。

这时候的马明，正微笑着和宁阳吃晚餐，他刚回国没多久，要不是父亲马克的事情，他是不会回来的，不过这次回来收获很大，一来他知道了宁阳还没有和顾南筝在一起，这就证明他还有机会，二来，他决心搞垮顾南筝，今天的食物中毒事件，只是第一步而已。

他看着宁阳，微笑道："小宁，这么多年没见，你越来越漂亮了。"

"你也帅了很多啊，还记得小时候你总是哭鼻子，脏兮兮的，现在摇身一变，成为很多女生心中的男神了吧。"宁阳对于马明并没有太多的厌恶，因为他们都是从小一起长大的,在她心里,马明就像自己的家人一样,只是她不知道,马明并不这样想。

"小宁,那你心目中的男神是什么样的啊?"马明微笑着说道。

"像南筝哥那样的。"宁阳想都没想脱口而出。

马明听到他说的话,怒火中烧,心里暗骂道:"顾南筝,从小到大你样样都比我强,连我最心爱的女人你也要抢,我不会让你好过的。"

宁阳发现他的样子有些古怪,连忙问道:"你不舒服吗?"

"啊,没有,没有。"马明回过神来,暗道,"你那么喜欢顾南筝,我不会便宜他的,我得不到的,他休想得到,今晚过后,我看你还怎么惦记他。"

宁阳"哦"了一声,站起身来,笑道:"失陪一下,我去趟洗手间。"

马明缓缓一笑,点点头,等她离开之后,快速从衣服里掏出一粒药片,丢进了宁阳的红酒杯,那药片遇水就化,很快就混合在红色的液体里,无法分辨。

看得出,马明来之前就有所准备,他今晚不会让宁阳一个人回去了。

很快,上完洗手间的宁阳回到座位,马明微微一笑,道:"来,为我们久别重逢,干杯。"

宁阳端起杯子,然后和他轻轻一碰,然后放到嘴边,喝了一口。

马明没有放下杯子,接着说道:"为了感谢你今晚答应陪我吃饭,再干一杯。"

宁阳无法拒绝,又喝了一口,过了十分钟,马明缓缓一笑,说道:"吃饱了吗?"

"嗯,可以了。"宁阳站起身来,这时候药效还没发作,马明时间把握得很好,如果在餐厅里宁阳就晕倒,那一定会引来其他人的关注,这种药效一般要十五到二十分钟才会起效。

"那我送你回家。"马明很绅士地笑着,带着宁阳出了餐厅,他的车就停在不远处,这时候夜深人静,宁阳出了餐厅之后,突然发现头开始晕起来。

马明一看,时机到了,他拉着宁阳慢慢走向车子,那是一辆丰田商务车子,玻璃全是黑色的,加上停在阴暗的角落里,就算在里面天翻地覆也不会有人知道。

马明阴笑着将宁阳拉往车子边上,这时候的宁阳已经开始神志不清,身体燥热起来,不用说,一定是马明的酒有问题。

宁阳很快发现不对劲,可是她已经四肢无力,好在她这几年当兵,练就了一身不错的毅力,立马停下身子,对着马明喝道:"你……你在酒里下了什么?"

马明哈哈笑道:"小宁,你现在才发现,不觉得晚了点吗?今晚你是我的。"

说完一下拉开车门，打算将宁阳往车里推。

宁阳身上的力气越来越细薄，全身感觉有千万只蚂蚁在钻，燥热的感觉让她快要失去理智，最后的一丝清明眼看就要湮没。

但她还是鼓尽力气一把推开了马明，有些结巴地说道："马明，你卑鄙。"

马明被她推了一把，退后几步，然后又走上来，一把拉住她的手，嘿笑道："卑鄙？跟顾南筝比起来我强多了，从小到大，他什么都比我好，连你都对他死心塌地，现在他竟然把我爸送进监狱，这笔账我迟早要跟他算。小宁，你是知道的，一直以来我都喜欢你，今天是老天爷给我的机会。"

他一说完就朝宁阳的唇吻过去，宁阳已经没有太多力气，只能死死咬住嘴唇，等马明亲过来的时候，她正好在他嘴唇上咬了一口。

马明吃痛，松开她的手，伸手在嘴巴上一抹，鲜红的血液流出来，他抬起手就给宁阳一巴掌，响亮的声音在寂静的夜色里十分刺耳。

"臭婊子，敢咬我，一会儿有你求我的时候。"马明又再次扑上来，打算把宁阳扔进车里面去，宁阳全身无力，蔓延的泪水打湿脸颊，这个时候她多么希望顾南筝在身边，只要他在，一切都会好起来的。

可是顾南筝并没有出现，他怎么可能会出现呢？他根本不知道宁阳正在遭受这样的屈辱。

不过老天爷是善良的，顾南筝虽然不出现，但不代表别人也不会。

陆昊今晚很无聊，特意出来散步，走到这家西餐厅的时候，突然发现一辆停在角落里的车发出异样的响动，作为特种兵出身的他，对这个动静十分敏感，起先他以为是有人在偷车，可是走近一听，才发现有人在施暴。

就在宁阳要被拖进车子的时候，陆昊出手了，他一把揪住马明的衣领，将他掀了个趔趄，然后抬起拳头，在他的脸上重重打了一拳，可想而知，特种兵出身的他拳头有多重，马明还没搞清怎么回事，就被砸晕过去。

宁阳还在不断挣扎，衣服都有些破烂了，陆昊急忙将她拉起来，宁阳不分青红皂白，对着陆昊的手臂狠狠地咬了下去，陆昊闭上眼睛，剧烈的疼痛让他张大嘴，却不敢叫出声来，他看宁阳的样子就知道这姑娘一定是被人下了套，急忙一把抱起她，朝着最近的医院跑去。

在西餐厅不远的十字路口，正好有一家医院，陆昊抱着宁阳跑了五分钟，一头扎进医院里，进门就大喊："医生，医生，快来啊，这里有紧急病人。"

他嗓门大，很快就引来关注，几个医生护士将宁阳送到手术室，陆昊才一屁股坐下来，这时候他才发现自己的手臂鲜血直流，刚才那一口，可真够狠的。

宁阳醒来已经是第二天早上，清晨的阳光照进房间，将洁白的床单照得发亮，陆昊坐在病床边，正在打瞌睡，他昨晚基本上没睡着，天亮了才勉强打了个盹。

宁阳昨晚从手术室出来的时候很虚弱，医生说他是被人下了迷药，经过洗胃，已经没大碍了，昏迷中的宁阳一直很不安分，到后半夜才迷迷糊糊睡过去，在睡梦中他不停地喊一个人的名字，陆昊似乎听见她叫的人是顾南筝。

宁阳睁开眼，好半天才发现自己在病房里，她甩甩昏沉的脑袋，依稀记得昨晚是跟马明一起吃饭，然后……

她不敢再想下去，浓烈的恐惧感包围着她，她竟然开始轻轻地抽泣起来，陆昊听到她的声音，急忙站起身来，仅有的睡意也消失无踪，他看着宁阳，笑道："你终于醒了。"

宁阳这才发现陆昊的存在，她有些疑惑地问道："你是？"

"哦，是我送你来医院的，昨晚上你……"

"你别说了，我知道了，谢谢你，我叫宁阳，你叫什么？"宁阳打断陆昊的话语，问道。

"我叫陆昊。"陆昊挠挠脑袋，笑道。

"昨晚谢谢你。"宁阳想下床，陆昊急忙扶住她，宁阳这才看清他手臂上绑着纱布，她依稀记得，那是她咬的。

"对不起，你救我，我还咬你。"宁阳有些不好意思地道歉，脸色微红。

"没事，我皮糙肉厚，以前在部队的时候，比这严重多了都扛得过去。"

"你当过兵？"宁阳诧异地问道。

"是啊，不过现在转业了，之前在特种部队。"陆昊嘿笑道。

"我也是当兵的，这次休假回来探亲，没想到遇到那个人渣。"宁阳似乎对昨晚的事心有余悸，说起来的时候脸色不太自然。

"那家伙吃了我一拳，估计够呛。"陆昊干笑一声，突然说道，"你也是当兵的？"

"是啊，我也在特种部队，不过我做教官。"

"这么牛，女特种教官，我还是第一次见到呢。"

宁阳微微一笑，道："现在是信息时代，女特种教官很常见的，哦对了，你之前当过特种兵，你认识顾南筝吗？"

"南筝哥？"陆昊嘿笑道，"他可是我的老大，顶头上司唉。"

"你真的认识他？"宁阳十分激动地抓住陆昊，不偏不倚正好抓到他的伤口，陆昊龇牙咧嘴半天，宁阳才意识到，"对不起，对不起，我不是故意的。"

"呵呵，没事，你这么在乎南筝哥，你和他很熟悉吗？"陆昊问道。

"我和他很熟，我们一起长大的，以后我还要嫁给他呢。"宁阳说起顾南筝的时候，一脸的幸福，把昨晚的事忘得一干二净。

"你要嫁给他？那北歌怎么办？"陆昊脱口而出。

"你说什么？什么北歌啊？"

"啊，没、没什么，我说我背你下床。"陆昊急忙掩饰道。

"不用了，我自己能行。"宁阳说完走下床来，然后笑道，"我没事了，咱们可以走了。"

陆昊拦住她，说道："医生说了你这个情况还要在医院里休养两天，看看有没有后遗症，你现在还不能走。"

"我没事的，当兵的人还怕这点小毛病？"宁阳倔强地推开他，然后走出病房，刚走几步就发现头晕目眩，差点摔倒。

陆昊眼疾手快，急忙托住她，然后将她抱上床，摇头道："逞强吧，都跟你说了，你要留院观察。"

宁阳摸着脑袋，有些无力，刚才陆昊抱住她的时候，她闻见他身上的薄荷香味，十分迷人，她的心竟然有些慌张。

陆昊看着她，笑道："老老实实待着，折腾一晚上，肚子肯定饿了吧，我去给你买点吃的。"说完就走出门去，宁阳本想拒绝，却没来得及开口。

陆昊出了医院，正好看见不远处有家早餐店，他买了一些餐点，又带了两杯热奶，才转身走回医院。

宁阳看着他买来的东西，有些不好意思，陆昊放在床头，笑道："快吃点吧。"

"嗯，谢谢你，你也吃啊。"

"我吃过了。"陆昊笑着打开门走了出去，宁阳这才拿起桌上的早餐，慢慢吃起来，她确实有些饿了，喝了热奶，吃了一些餐点，觉得体力恢复不少。

这时候的陆昊正在吸烟区打电话，电话那头赫然便是顾南筝。

"耗子，打电话给我有事吗？"顾南筝笑道。

"南筝哥，你在哪儿？"

"我在家啊，打算去公司了。"

"你能来一趟医院吗？"

"医院?"顾南筝立马问道,"你怎么去医院了?出什么事了?"

陆昊嘿笑道:"你先别急,我没事,不过我昨晚救了一个姑娘,她貌似认识你。"

"你小子,英雄救美这么好的事都能遇见,艳福不浅啊,那你还磨叽啥,直接上啊,干吗打给我?"顾南筝嘿嘿一笑,又说道,"你说那姑娘认识我?不能够吧,大清早的拿你哥开涮,不带你这样折磨人的哦。"

"哎呀,我说真的啊,你快来医院吧,那姑娘叫宁阳,我这没逗你。"

"什么?宁阳?"顾南筝一听慌神了,陆昊还想说什么,那边已经窸窸窣窣传来出门的声音,陆昊对着电话说道:"哥,你别急,我在东来医院,你来我在门口等你。"

第三十八章
挑开

顾南筝挂了电话，急急忙忙出门，曹北歌看着她慌张的样子，问道："怎么了？"

"我一个朋友进医院了，我去看看她，今天你就别去酒店了，在家等我回来，乖。"顾南筝说完打开房门就跑了出去，然后开着车很快到了东来医院。

陆昊在门口等他，顾南筝一来就问道："耗子，咋回事？"

陆昊把大体经过讲了一遍，就带着顾南筝进了病房，宁阳看见顾南筝来，一把抱住他，"哇"的一声就哭出来。

"南筝哥，你怎么才来，你怎么才来？"

"宁阳，没事了，都过去了，没事的。"顾南筝轻轻拍着她的后背安慰道。

过了好半天，宁阳才平复下来，可能是见到顾南筝来，没过多久她就昏昏沉沉睡着了，陆昊这才和顾南筝走出门去，两人到了吸烟区，陆昊递给顾南筝一根烟，笑道："哥，咱们可是好久没见了，自从上次北歌小姐的事情之后就没聊过，你最近还好吗？"

"有好有坏吧，上次北歌的事情还没好好谢谢你，这次你又救了宁阳，当哥的真不知道该怎么谢你。"顾南筝吐出烟圈儿，缓缓道。

"咱们兄弟俩说这些就见外了不是，不过哥，你老实告诉我，这个宁阳是咋回事啊？你跟北歌小姐不是挺好的吗？这姑娘和你……"

"她是我妹妹，从小一起长大的。"顾南筝一本正经地说道。

"妹妹啊。"陆昊叹息一声，缓缓说道，"哥，做弟弟的有句话不知道该不该说。"

"你我兄弟，直接说就是，别搞得像个娘们儿似的。"

陆昊点点头，说道："哥，依我看，这个宁阳一定喜欢你，现在你又和北歌在一起，到时候她们要是遇上，你怎么办？"

顾南筝看着他，沉声道："你怎么知道宁阳会喜欢我？"

"你是不知道啊，昨晚那姑娘昏迷的时候一直念叨你的名字呢。"

顾南筝沉默不再说话，有些寂寥地抽着烟，过了好一会儿才慢慢说道："我一直拿她当妹子，这辈子除了北歌，我谁也不娶，你也知道，北歌为了我可以不要性命，我不能辜负她，我也不会辜负她。"

"哥，你说这话我爱听，这才是我认识的你，但女人心海底针啊，宁阳这姑娘不好对付啊，她可是特种教官，昨晚要不是被人乘人之危，估计她的身手，十来个大汉都近不得身，她要是死心缠着你，北歌怎么办？"陆昊靠在窗边，说道。

"这就是我头疼的，其实你不知道，如果没遇见北歌，没有发生这么多事，我这辈子可能就真的会娶宁阳了，因为我欠她一个多年的承诺。"顾南筝缓缓说起来，把他和宁阳之间的事情一五一十地说了出来，到最后陆昊瞪直眼睛，张着嘴喝道："不是吧哥，你这也太坑人啦，就这样让人家一个大姑娘，把五年青春奉献给了部队？你我都知道，部队那地方一般人根本待不住，何况她一去就是五年，而且还混成了特种教官，这份毅力，太牛了。"

"所以我才头疼嘛，耗子，你给我想想办法呗。"

"我又不是情感专家，怎么帮你？"

顾南筝揉揉太阳穴，吸口气道："真是烦啊，宁阳还叫我这个礼拜带她去游乐场，正好我公司最近又出了状况，真是焦头烂额。"

陆昊摇摇头苦笑道："哥，北歌知道你和宁阳的事吗？"

顾南筝摆摆手，苦着脸道："我怎么跟她说啊，我和她都要准备结婚了，这时候杀出个宁阳来，这不是存心拆我的台吗？"

"你们，你和北歌要结婚了？"陆昊有些惊讶。

"是啊，就在她故乡的石桥上，我向她求的婚，她答应了，她父母也很高兴，我打算过段时间就带她领证去，可是宁阳突然杀出来，这下子事情全给搅黄了。"

"得，有你好受的，女人可是世界上最凶猛的动物，最好别招惹，要不然，粉身碎骨啊。"陆昊嬉笑道。

"你小子少幸灾乐祸，我告诉你，你无论如何得帮我。"顾南筝缓缓道。

"不是我不帮你，关键是我怎么帮？你要我上刀山下火海，我绝对不皱眉头，可是你要我帮你解决感情问题，那可是难住我咯！"

顾南筝听他的语气，有种无力回天的感觉，他盯着陆昊看了半天，想起早上打电话时候说的话，他突然眼睛一亮，嘿笑道："有了，耗子，你就是我的救星啊。"

陆昊被他的声音吓了一跳，看着顾南筝有些不怀好意的眼神，他退后几步，双手抱住胸膛，疑惑道："哥，你想咋地？"

"耗子，是哥们儿不？"

"那必须是啊。"

"那行，我知道有个办法能救我了。"

"啥办法？"

"早上的时候我在电话里跟你说的话还记得不？"

"早上的电话？"陆昊有些纳闷地挠挠头，说道，"早上电话里我说什么了？"

"不是你说什么了，而是我跟你说的，你的艳福不浅啊，英雄救美，哈哈哈。"顾南筝嘿嘿一笑，接着说道，"耗子，你觉得宁阳这姑娘怎么样？"

"还不错啊，长得漂亮，干练精神。"陆昊笑着说道。

顾南筝拍拍他的肩膀，笑道："要是哥给你介绍介绍，让她做你女朋友好不好？"

"什么？"陆昊一下子跳起来，喝道，"哥，你……你你。"

"好好说话，结结巴巴干吗。"顾南筝走到他身边，笑道，"宁阳这姑娘不错，虽然脾气有点偏，但心地善良，你刚才也说了，人家长得也漂亮，要是给你做女朋友，你还不乐到天上去啊，还瞎咋呼什么？"

"哥，你不是坑我嘛，刚才我说女人不好惹，你现在就给我来这么一出，你成心的吧。"

"耗子，我跟你说，你也老大不小了，该成家立业了，现在正青春，谈谈恋爱之后就结婚生小孩，多好啊，哥给你牵线，到时候你和宁阳还得感谢我。"

"拉倒吧你。"陆昊嘟着嘴，"你少拿我当炮灰，我不吃你那套。"

"什、什么炮灰，哥可是在引导你走向幸福的康庄大道，有道是，不孝有三无后为大，你老爹不想抱孙子吗？他老人家要抱孙子首先得有儿媳妇吧，我这可是帮你的大忙，让你尽孝的大好机会。"

"哥，你别扯犊子，你那点心眼我还不知道，你就是成心的。"陆昊把脑袋摇得像个拨浪鼓，"我老爹想抱孙子我自己回去想法子，你想把你的烂摊子转移到我身上，门都没有。"

"你小子成心跟我过不去是吧，今天你答应也得答应，不答应也得答应。"

"你想怎样？"陆昊看着他，有些惊恐地说道，"哥，咱有话好说，大家都是读过书的人，千万别动手。"

"你哥是文化人儿，不动手，但是你今天要是不帮我搞定这事，哥不止动手，还要动脚。"顾南筝嘿嘿一笑，脸上尽是狡黠的神色。

陆昊苦着脸，呜呜道："你不是存心要我命吗？我还没谈过恋爱呢。"

"这不，实践真理的时候到了。"顾南筝扳过他的肩膀，说道，"看见没，她就在房间里，你只要进去，做你该做的就行了。"

陆昊赶紧回过身，摇头道："不去，不去。"

"你去不去？"顾南筝瞪着他，喝道。

"我真不想去啊。"陆昊快哭了，"我去了能干什么啊？"

"你就给她说，你喜欢她，要照顾她一辈子，最好能跪下来求婚。"

"哥，哪有这样的，人家那些谈恋爱的都是慢慢来的，你一来就让我求婚，电影里也没这种搞法啊。"

顾南筝拍拍脑门，笑道："是我太急躁了，这样，你等我，我去给你买束玫瑰，然后你拿进去，再顺便聊会儿天，就能搞定。"

说完他转身打算去买花，可是刚一迈步就定住了，宁阳不知何时站在角落里，正满目哀伤地看着他。

"宁……宁阳，你怎么起来了？"顾南筝有些结巴地问道。

"南筝哥，北歌是谁？"宁阳开口就让顾南筝愣住了，看来她已经把所有的对话都听到了。

顾南筝有些尴尬，但并没有掩饰："你都听到了？"

"你告诉我，北歌是谁？"

"她，是我未婚妻。"顾南筝认真地看着她，并没有回避她那双泪眼迷离的眼睛。

宁阳哭了，眼泪不停地夺眶而出，然后她转过身，疯狂般地跑出医院，顾南筝愣在原地，同时愣住的还有陆昊。

过了一会儿，顾南筝突然给陆昊一脚，喝道："你愣着干吗，追去呀。"

陆昊被他一踹，嘀咕道："干吗我去追啊。"但脚下已经跑起来，追着宁阳跑了出去。

顾南筝长长出了一口气，现在算是挑开了，他心情反而轻松不少，真心希望陆昊能把接下来的事情搞定。

出了医院，顾南筝开车回到家里，曹北歌见他回来，拉住他的手，替他脱了外套，问道："你那朋友没事吧？"

"现在没事咯，安心不少。"

"那就好，哦对了，晓梅打了电话过来，说安检部门检查之后没有什么问题，我们酒店可以恢复营业，至于这次食物中毒事件，晓梅把那个视频给了警察局，警察局已经立案调查了，相信很快就会有结果的。"曹北歌说道。

"那就好。"顾南筝躺在沙发上，呼出一口气，然后对着曹北歌微笑道，"晚上陪我去见我爸吧，咱们都快结婚了，好歹也让他老人家见见未来儿媳妇嘛。"

"嗯，我听你的。"曹北歌脸色微红，对于要上门见家长这种事，她有些不适应，但丑媳妇迟早要见公婆，况且她并不丑。

夜晚如约而至，顾南筝带着曹北歌回了家，顾天海对于曹北歌那是相当满意的，大家一起吃了晚饭，之后顾南筝和曹北歌打算出去走走。

刚出门，顾南筝愣住了，原来宁阳红着眼眶就站在他家门口，身后是一脸紧张的陆昊。

曹北歌看着顾南筝古怪的神色，又看看对面泪眼婆娑的宁阳，一时间不知道怎么回事，陆昊也看到了曹北歌，他知道今晚这事有得折腾了。

"南筝哥，她是谁？"宁阳看着顾南筝，用手指着曹北歌，有种明知故问的感觉。

顾南筝正想说话，曹北歌却走了过来，轻轻伸出手，微笑道："你好，我是曹北歌，你是？"

宁阳没有想到曹北歌会如此动作，她本想给他们一个下马威，可是当曹北歌站在面前，并且礼貌地伸出手的时候，她知道自己已经输了，输得很彻底。

"我是宁阳。"她的声音干脆而干练，手已经跟曹北歌握在一起，顾南筝在后面看着两个女人，不知道宁阳这丫头有没有趁着握手的时候使暗劲呢，这姑娘可是特种教官，那功夫可不是吹的，曹北歌肯定不是她对手。

但他看了半天，两个人并没有奇怪的地方，他稍稍放下心，对着陆昊挤挤眼，陆昊极不情愿地点点头，然后走到她们中间。

"两位美女,你们打算就这样握着不放开了吗?老实说,你们不累,我看得都累了哦。"

他的声音让两位姑娘回过神来,纷纷松开手,北歌看着陆昊,微笑道:"上次的事我还没好好感谢你呢。"

"有啥好谢的,要是我早去一会儿,你也不会进医院了,说起来,我还蛮愧疚的哩。"陆昊挠挠脑袋,有些窘迫地笑道。

宁阳看着两人说话,缓缓道:"你们之前认识?"

"认识啊,他还救过我和南筝呢。"曹北歌笑着回答。

第三十九章
婚礼（大结局）

宁阳听得出来，曹北歌和顾南筝之间，一定发生过什么，那或许就是她无法逾越的地方。她莞尔一笑，说道："大晚上的，不打扰你们了，我回去了，有机会一起出来坐坐吧，哦，我差点忘了，再过两天我就要回部队了，下次见面就不知道何年何月了。"她这话明显是说给顾南筝听的，但顾南筝只是站在原地一动不动，只是他的眼睛里透露出一阵哀伤，那是一种对于好朋友就要远去的惋惜。

"算了，不说了，有缘再见吧。"宁阳转过身，朝着黑暗的夜色里走去，顾南筝看着一脸茫然的陆昊，喝道："还站着，追去呀。"

"又……又是我？"陆昊指着自己的鼻子，无奈地摇摇头，朝着宁阳消失的方向，马不停蹄地追上去。

敏感是女人的天性，也是最让人头疼的东西，曹北歌只是一个平凡的女人，所以她也很敏感。

"南筝，她是谁呀？"宁阳他们刚走，曹北歌转过身就询问起顾南筝来。

"谁是谁呀？"顾南筝有些窘迫地问道。

"跟我装糊涂是吧，你以为姑奶奶是三岁小孩呢，那姑娘明眼人就看得出来对你有意思，怎么，还没跟我结婚，就开始储备小三了？"

"哪儿跟哪儿啊，我的姑奶奶，那是我从小玩到大的妹子，叫作宁阳，你想多了。"顾南筝走上前打算拉住她，曹北歌立马缩手，哼道："你给我老实站着，要是再敢往前，姑奶奶一个过肩摔撂倒你。"

"哟哈，小妮子长脾气了，我就不信这个邪。"顾南筝说完一个大步冲上来，将她抱住，曹北歌本来想挣扎，可是顾南筝已经不由分说堵住了她的唇。

甜蜜的味道在唇间绽放，那是上帝创下的杰作，经过人们前赴后继地揣摩并且发扬光大，曹北歌躺在他的怀里，有些幽怨地说道："那姑娘对你有心，我看得出来。"

"我知道。"顾南筝沉重地点点头，接着说道："可是我有你就够了，这颗心只能装一个人，你已经在里面填满了，别人怎么进得去？"

"你想过她的感受吗？"曹北歌轻声地问道，她不知道为什么自己会这样说，或许是宁阳离别时那决绝的样子让她有些心悸。

顾南筝叹息一声，缓缓说道："爱情这东西，勉强不来的，喜欢就是喜欢，不喜欢就是不喜欢，你能叫醒一个装睡的人，也不能对一个不喜欢的人说爱她，这样只是加大伤害而已。"

"咦，看不出来，你还是情感专家嘛，分析得头头是道哦。"

"这年头，母猪都能上树，国民丈夫都能出轨，咱要是再不学点防身，就该被时代淘汰了。"

曹北歌看着他，嘻嘻笑道："那你怎么解决我和她之间的矛盾呀，我的情感专家。"

"嘿嘿，山人自有妙计，你没看见，耗子已经追上去了吗？"顾南筝嘿嘿笑道，一副奸计得逞的模样。

"你、你让陆昊。"曹北歌捂着嘴，半天才笑道，"原来你早就打定主意把她介绍给陆昊，你这人可真够狡猾的。"

"这不叫狡猾，这叫顺水推舟，耗子老大不小了，该找个女朋友了，他们俩在一起郎才女貌，男的高大威猛，女的出水芙蓉，简直天生一对儿嘛，我就顺手捡个月老当当呗。"顾南筝轻轻笑着，其实在他心里，宁阳这姑娘不光是出水芙蓉，同样也高大威猛。

两人边走边聊，时间过得很快，回到家已经是半夜了，顾南筝硬要和曹北歌鸳鸯戏水，结果在他屁股被踹了两脚之后而得逞。

两天之后，宁阳动身回到了部队，顾南筝没去送她，只是发了一条短信，并且提前就给陆昊打了电话，让那小子一定不能错过这个上好的机会。

后面的事情估计只有靠陆昊自己了，顾南筝算是落下了心底一块大石头，接下来，是该好好和马明算算总账了。

和曹北歌回到公司，顾南筝第一时间让负责人通知员工回来上班，并且让晓梅整合了一下资料，他打算从这些员工里找一些人出来，安排到云南去扩展他的农家乐。

警察局那边根据酒店提供的监控录像，找到了那个穿黑衣服的下毒者，并且从他口中得知了幕后主使是马明，不过现在的马明已经轻微脑震荡，进了医院，不用想，一定是陆昊那拳头的功效。

半个月后，顾南筝从酒店里选出的十五名员工正式动身飞往云南，他已经有了初步的计划，等农家乐开张那天，他就和曹北歌结婚。

安排好一切，曹北歌和顾南筝难得闲下来，曹北歌想起小豆子一直在疗养院，最近都没怎么去看她，于是和顾南筝一起去疗养院看望小豆子。

疗养院里，小豆子的病情已经好转，看到久违的曹北歌，小豆子一下扑在她怀里，眼泪簌簌地往下掉："北歌姐姐，我还以为你们都忘记我了，还以为你们再也不来看我了。"

"怎么会呢，姐姐不是来了嘛，还有南筝哥哥也来了，豆子，你最近好不好呀，有没有想我们？"曹北歌摸着她的脑袋，笑着说道。

"我天天都想你们，在这里好无聊啊，到处都是药水的味道，我身体已经好了，我想回孤儿院了，想那里的小伙伴了。"小豆子有些抽泣地说道。

"很快就会好的，到时候姐姐带你出去玩儿。"

"嗯，好。"小豆子笑起来，可爱的虎牙配上浅浅的酒窝，看上去十分可爱，顾南筝就站在一边，她一下跑到他身边，笑道："南筝哥哥，你和北歌姐姐要结婚了吗？"

"嘘，小点声，别让她听见了，我要给她一个惊喜。"顾南筝蹲下来，摸摸她的脑袋，说道，"等你病好了，来当小伴娘好不好？"

"真的吗？我可以当小伴娘吗？太好了太好了。"小豆子在原地跳了起来，顾南筝急忙拉住她："别把这个秘密说破咯，到时咱们一起给你北歌姐姐一个大大的惊喜。"

"嗯，那我们拉钩。"

"好，拉钩上吊一百年不许变。"顾南筝伸出手指，和小豆子拉钩，在疗养院待了一个多小时，才和曹北歌开车回家。

"刚才和小豆子说什么呢，看她那么开心的样子。"在车上曹北歌询问道。

"小孩子嘛，当然是哄她开心的话题了，怎么，吃醋了？不能够吧北歌大小姐，小豆子的醋你也吃？"顾南筝边开车边打趣道。

"美得你，还吃醋？姑奶奶犯不着。"

"哟哟，还拽上了。"

"就拽了，怎的？"

"得，你是我江湖大姐，我怕你还不成吗？"顾南筝嘿嘿一笑，话锋一转，笑道，"咱家那农家乐可快完工了啊，到时候咱们回去观摩指导去。"

"这么快？"曹北歌唏嘘道。

"这可是高速发展的时代，你以为像古时候修长城啊。"

"那也太快了点吧，感觉时间怎么跑得这么迅速呢？"

"你要是再不注意，就被时间丢弃在滚滚长河咯。"顾南筝哈哈大笑，车子在路上拖出大大的痕迹，将一路暗色带向远方。

一个月之后，顾南筝带着曹北歌回到了云南老家，农家乐已经竣工，整个场地看起来俊美而清新，给人流连忘返的感觉。

北歌的父母早早就准备了一切，就等他们回来，整个农家乐透着一层让曹北歌看不懂的气氛，到了晚上母亲才告诉自己，顾南筝已经和他们都说好了，将在这里举行婚礼。

曹北歌有些惊讶，虽然之前顾南筝有跟她提过这个事，可是她没想象到来得这么快，她完全没有准备，不管是思想上，还是行动上。

夜色匍匐，顾南筝敲响了曹北歌的房门，曹北歌紧张地看着他，低着头："你怎么不早告诉我，害得我一点准备都没有。"

"早点告诉你还叫惊喜吗？"顾南筝抱住她，笑道。

"可是你这样我根本来不及嘛。"

"什么来不及？"

"来不及找伴娘啊，本来那时候我跟晓梅和苏皖都说好了，结婚的时候一定让她们做伴娘的，现在怎么办啊？"

"你放心吧，她们这会儿恐怕已经在收拾行李咯。"顾南筝缓缓一笑，说道，"你能想到的，我都帮你想到了，你就安安心心嫁给我好了。"

曹北歌靠在他的肩上，脑袋蹭着他的下巴，淡淡的温暖流过，他的身躯像是坚实的城堡，让她很暖很舒心。

"婚礼我和爸妈商量过了，定在后天，黄历上说那天最好。"顾南筝轻轻吻上她的额头，说道。

曹北歌若有所思地点点头，突然扬起头，问道："你爸呢，他不来吗？"

"儿子结婚，他怎么可以不来？"顾南筝呵呵一笑，"他明天中午就到了，你就放心吧。"

两人就这样相拥，屋外的夜色慢慢回流，星光慢慢地稀疏偏离，夜，已经很深很深。

顾南筝照顾曹北歌睡下之后，只身走回房间，两天后的婚礼，他还有很多细节要处理。

第二天，顾天海到了，就在不久后，尹晓梅和苏皖也相继到来，最令曹北歌想不到的是，小豆子竟然也来了。

所有人都到齐了，伴娘的人选已经足够，可是伴郎呢？伴郎却没有着落。

顾南筝嘿嘿笑着："不碍事，不碍事，我有准备的。"

果然，他话音刚落，门口就响起脚步声，大家伙看去，只见陆昊一身正气地走进来，脸上的笑容却淳朴而厚实，顾南筝一把抱住他，拍着他的肩膀，嘿笑道："看吧，伴郎到了。"

悠扬的音乐轻轻在山水之间流淌，带着让人沉醉的乡间味道，青山绿水之间，苍翠流里，满目绿黛，刚修成的农家乐大院里，这时候挤满了人，随着婚礼进行曲的奏响，顾南筝一身礼服走了出来，紧接着，曹北歌穿着洁白的婚纱，在父亲的搀扶下，一步步朝他走来。

所有人都鼓起掌，今天的曹北歌格外美丽，那身婚纱是顾南筝早就替她准备的，特意定制并且由晓梅亲自带过来的，穿在她身上落落大方，高贵而典雅，她和父亲一步步走到顾南筝身边，父亲只说了一句话：以后，女儿就交给你了。

顾南筝从岳父的手中接过曹北歌的手，坚定地点点头，然后牵着她，一步步走向礼台。他们身后，是帅气的陆昊和漂亮的苏皖以及晓梅。

没有牧师，没有宣言，只有相对站立的两人，两人的眼光静默地相对，这一眼，恍若隔世，恍若无尽的等待。

"北歌，这一天，我期待太久了，我们真是……"顾南筝终于开口，但曹北歌轻轻用手堵住他的嘴，摇摇头，然后笑道："我们闭上眼好不好？"

"闭眼干吗？"顾南筝疑惑道。

"叫你闭就闭嘛，哪来这么多话。"

"哦，听你的。"顾南筝乖乖闭上眼，他感觉到曹北歌已经牵住他的手，接着传来她的声音："还记得第一次见面吗？"

第一次见面，顾南筝的心微微一抖，他们的相遇，像是黑白的交替，他怎么会不记得，那些依稀的画面突然纷至沓来。

那些记忆，像是巨大的沙漏，过滤他们的伤痛，沉淀他们的喜悦，一幕一幕，像是昨天。

所有人都没有说话，时间就这样过了很久很久，到最后，他们看见曹北歌满脸泪水，而顾南筝已经俯下身子，亲吻她的脸颊。

"亲爱的，我会照顾你一辈子，相信我好不好？"

"我信你。"曹北歌点头回答。

"你愿意跟我一起，不管贫富，不管病痛，自始至终不离不弃吗？"

"我愿意。"

顾南筝幸福地将她抱起，正要往下走，曹北歌突然叫道："快放我下来。"

"干吗？媳妇儿。"顾南筝放下她，问道。

"在我们老家，娶媳妇有规矩，你得按照规矩来。"

"什么规矩？"

"喝酒。"人群里大喊起来，接着有人抬着一个大缸走了进来，里面少说也有五十斤白酒，顾南筝睁大眼睛，喝道："不是吧，这也太坑人了。"

"怎么，怕了？"曹北歌笑道。

"媳妇儿，这也太多了，咱攒起来，慢慢喝行不行？"

"当然不行，来划两拳。"曹北歌一把挽起婚纱，大摇大摆走过去，拿起缸子里的水瓢，舀了一瓢水酒，咕咚咚喝起来，然后大呼道："太爽了，装得我太累了，今天终于解放咯！"

一旁的顾南筝看到，顿时呜咽道："我命休矣！"说完不顾形象地跳下来，转身就跑，身后的曹北歌一马当先追下来，吼道："上了姑奶奶的贼船，还想开溜，门都没有。"

他们身后，是无数的欢笑声，陆昊看着追打出去的两人，掏出电话，对着那边说道："小宁，你听到了吧？"

电话那边一阵沉默，陆昊微微叹息一声，看着他们追逐的身影，像是他们年华里斑驳的记忆，那么消瘦，却又那么丰盈。